猫道

単身転々小説集

shōno yoriko

笙野頼子

講談社文芸文庫

目次

猫道

単身転々小説集

前書き　猫道、――それは人間への道

ある時、と言ったってそれは始終、思う事なのだが。

とうとう最後の一匹になってしまった私の猫ギドウが、もし天国に行ってしまえば、この猫のためにだけ買った千葉の建て売りで、一体私は、何をあてにして？　どんな心境で？　まったくどうやって生きていったらいいのであろうか？　と……、ただその時はことに切迫した気分に陥ったのだった。ギドウが去ったらつまり、私は家族のいない暮らしになる。次の猫？　ところが私はひとり住まいの上、万が一とはいえ兆候のない突然死の可能性がある病気、しかももう、還暦を越えている。

さあ、いつかは必ず猫のいない運命を歩くのだ。それで、……。

ふと思いついて、押し入れから古い生活メモを引っ張りだしてみた。猫を知る前の私の日記。「居場所もなかった」にあるバブルの時代。それは八王子のワンルームで没ばかり食らっていた日々。ユニットボックスに何段もあるその「大傑作」どもは、すべて手書きであるという日常の記録、さて、「そいつ」は、そのような無猫砂漠において、何のあてもなく、実に何の展望もなく、一体まったく、何をしていたのであろうか、すると案外に、……。

泣きもせず首も吊らずに、生きているではないか。でも、どんな風に？

不遇の長い歳月、元気に生活していたのだった。当時の金銭や外出のメモが残っているからそれが判る。とはいえ、猫のいなかった頃の記憶自体もうどこかに消えている。というかモードが違いすぎてなかなか取り出せない。

ただ、当時は随分「意識が高かった」らしく、本の感想などもいろいろ残っている。よくもまあ、えらそーにねえ。

若かったからか、やたら元気強気、寒けのするような不遇にめげていない、まあ親がお金を送ってくれていたからなのだが、ある日は八王子の駅前に出掛け、中国人留学生の働いている店で一皿五百円の蒸し鶏とチャーハンを、贅沢にも両方とも食べてしまっている。「これで大丈夫、立ち直れる、この食欲があれば次は採用だ」などと平然と書いて。しかしそれは何百枚も、何年もの作品が没をくらったあと（どうでもいいかもだが、実は、「レストレス・ドリーム」の初稿）。またその一方で、豪華コンサートに行ってしまった穴埋めのつもりか、十円モヤシと豆腐、小量の干し蝦《えび》（お好み焼き用のやつ）、これも十円の春菊で、「勝手に名乗るベトナム風焼きそば（タイ風なのか火星風かも？）」を作り続ける。つまり「これで大丈夫、この怒濤のやりくりさえあればいつかは自活出来る」と。

しかし当時から私の首は固まり、全身は痛くすぐ高熱が出た。就業率十五パーセントの難病とも知らず、しかもその時既に軽症ではなかった。まあそれでもともかく東京が珍しくて「機嫌良かった」のだろう。

しかしそれ以前の「冬眠」の時代、つまり京都では、たまの夢日記しかない。その他には憎しみを手帳に綴っていて、そもそも自分という感覚がない。自分は悲しい器であって、朝から晩まで死にたくてならず、いつも凍結気味で、人間という自覚も感覚も失い気味で、あるいは、最初からなかったのか？

で？　さて、文学研究において、私は猫以前と猫以後というテーマを立てて論じられる事もある作家である。とすぐ他人の解説のように自己言及するが、――実はこの自己言及以外の方法を私はほぼ、持っていない。自己言及しながら、目の前を書いていく。――かつて、私が人類ではなく、器に過ぎなかった時、猫はいなかった。だけれどもやはり私はその時からずっと続いている。

しかし猫と出会ってこそ人間になった。人が家族のために頑張る事を理解し、人間がひとつ屋根の下で眠る事さえも、単なる不可解、不気味とは思わなくなった。猫といてこそ緊張があり、欲望が湧き、しかも常に夢中でなおかつ、闘争の根拠、実体を得た。

死ねばいいと言われるような猫を拾う、その猫に世界にひとつの価値を見出している。そして、「ふん、金にもならないのに何の役に立つの」という言葉は何の役に立つか。市場原理の愚かさとその奴隷根性を知らしめてくれる。一方、じゃあ、猫は「何の役に立つのか」、広告なきメディア、猫新聞の主幹は、富国強猫を提唱している。猫は国力で民の幸福だと。そうそう、弱いもの叩きこそ国難を生むものだ。かつて余りあった日本の富は、その国民の醜い嫉妬心から生まれた「効率化」、「民営化」によって外資に奪われた。貧乏にされた。

猫はただその本体自体が価値ある事を示し、生命の喜びに溢れてみせる。その事で人間を、人間性まるごとを徹底擁護する。かつては仏典の守護獣であった。今は、生きた平和憲法だ。猫がいなかった時、私は強いものに負けていた。その結果自分が潰《つぶ》されていた。(だがそれでもかつての自分が自分でないなどと私は絶対言わない。私はずーっと続いているから私なのである。)市場経済に参入するという言い方は甘すぎるのだが、芸術でご飯を頂いていくというひとり暮らしの道を、歩かざるを得ぬ、その道の入り口、猫はふと出現し、私を選んだ。そこには、猫とともに歩く猫道が開けていた。

恐ろしい事だった。あの時、何の「真意」もなく、「居場所もなかった」において私は言ってのけた。「そろそろ猫を飼おう」と言って引っ越したのだ。肉球というものさえ見た事もなく、猫嫌いの一家で育っていたくせに。

かつては凍える器でしかなかった私、ならば私は今何をしているのか？　実生活においては「ただ心をぼーっとさせ体はあたふたと、猫の用をしている」だけ。例えば一年に六冊本を出した年も、自分ひとりの意識はかき曇っていた。ただ猫と混じって無我夢中でいた。

稼げず、仕送りを受けて家族からも嫌われて、筆での自活は三十半ばから。猫はそんな私を人間にした。器としての、書くだけの機械にはしておかなかった。私には色が付いた、猫文学機械、そういうものになった。だってドーラを受け止めてからの私は死ぬわけに行かなかった。その晩年も、愛する人間の看病中「幸福」だという人の心境が判った。

しかし猫といる恍惚と苦難は良いとしても、失う時の最悪のタイミングやあんまりな病名に、私は別れの度毎《たびごと》、危機を乗り越えるしかなくなっている。

というわけで、いわゆる猫話を求める方はこの本に対して苦情を言うかもしれない。猫のいない悲しみ、別れの乗り越え、それが殆どの小説集なのだ。まあ心配性の方のため、後書きに少しばかり、幸福な様子を報告しておいた。とはいえ、世相が世相、もう殆ど戦前化しているのでその心配があるが……。

それでも、私と私の読者にとってならば、これは猫といる幸福の本と呼んでいいのかもしれない。

冬眠

町の北の片隅にある植物園で、真冬の蓮池をYは眺めていた。蓮池は仮死状態にあるようにYには思えた。そこではちりちりに枯れて、霜柱のように脆く崩れそうな蓮の大葉や、折れ残って裂けた茎の、危うく思えるはずの鋭い折れ口さえ、氷中花のように静かに保たれていた。結実して炭のように乾き、今にも無数の鋭い破片に砕けて了《しま》いそうな蓮《はちす》の実も、森を背にした二十メートル程の丸い池のあちこちに人の死んだ後のような隙間を造って、残っていた。理由があってここに来たというのではなかった。感情の高揚にまかせて歩いてきただけの話だった。

夏の間よく、わけの判らない自分の不機嫌を宥《なだ》めるため、Yはここへ、蓮池のほとりの一本のシリブカガシの木陰に涼みにきた。

そこでYは造りもののような放射状の葉脈が整いすぎているので、歯の浮きそうな感じのする青白い蓮の葉裏を眺め、葉脈と同じように真直ぐすぎる鮮やかな緑色の茎と、遠目には芯から輪郭まで同じ調子の、無表情な美人のような大きな蓮の花を眺めたのだった。

Yが水中を覗きこむと、決まって黒灰色の鯉が泥の中から一匹、背中をくねらせ、飴のように動かし難く、怠惰な水を盛り上げ、魂を探しているもののようにゆらゆらと現れてきた。鯉はすぐに葉陰へと迷い込んで見えなくなったが、動きにつれて扇に残る波の模様は、池の岸に達するほど長く、水の表面を滑り続けた。整わぬ事が当たり前の森の中で、その池の一画だけが異様に整っていた。あの時の蓮池は神の手で造られた工芸の都に、しかも決して毒々しくはない、超常の造りものに見えたものだ。但し、結局嫌な夏だったとYは思い出した。疲れる夏を蓮の花だけ見てすごしたのだ。

だが今ではその蓮池の枯れ葉はもう半分がた池に落ちて泥に埋もれ、鯉はその泥の上でただ胸鰭《むなびれ》と尾を水の中の、這いつくばって流れる時間に合わせ、戦《そよ》がせるだけであった。鰓《えら》までもが冬の凍えた時間に合わせて動かされた。蓮が葉を沈ませて半ば露《あら》わになって了った水面には、偏執的に描かれたペン画のように細部まではっきりとして、葉を落とした地上の黒い枝々がびっしりと映っていた。いや、映っているというよりは刻み込まれて、そのくせ風の度《たび》にその傷口がひとつ残らず正確に対応してわななくのだった。この水面の絵画には人を追いつめる執拗なところがあるな、とYは思った。

去年の春Yは誤ってジンとある睡眠薬を一緒に飲み、目覚めた時に幻覚の中で自分の背中を見た。ほどなく、その背中に導かれて自分が死んでも構わないという夢をも見る事になった。それからというものYの頭の中では生きる事も死ぬ事もさほど恐ろしい事では無くなって了ったらしい。いや、それがどこかに胡麻化《ごまか》しを含んでいる事を知っていたがら、狭く、効率良く生きて死ぬため、そのような思い込みを持ち始めたのである。例えば、いきなり死ぬ事はまだ恐ろしい。ただ、〝ああもう死ぬな〟と思いながら自然にすっと死んでゆくのなら怖くない、と思った。そしてまた死ぬというのがたいした事ではないと思うと生にもさほどの充実を覚えなくなった。いや、それがスタイルにすぎない事を知っていても恐ろしくてそこから踏み出すことができなかった。このごろでは感情が動くのが恐ろしくて頭の働きを止めようとする。気分の良い時は相変らず幻を追い、幻を剝ぎ取られるとかたくなになる。

緊張を解かれた喜怒哀楽が体の中に均等に行き渡っている。溺れている人を見ても風景の一部だと思うような、自足した落ち着きを造り出そうとして。――甘ったれた事をしていると気付き始めると、そのようにYは自分勝手に信じこもうとした。

心臓の手術のさ中に、そこに氷を詰めるという話を聞いた事がある。心外膜と心臓の間に、片手に二杯程の粉雪のような氷を詰めるのだという。固まったみぞれ状のかき氷を、乾いたさらさらの粉雪にするのが新米医者の役目で、執刀の手を邪魔せぬように素早く次々と氷を補ってゆくのは難しいらしい。溶けた水は吸引ポンプでとり除いてゆく。患者の呼吸を人工心肺に切り替え、薬で心臓の代謝を落とし、血液には抗凝固剤を送って心臓を保たせる。それをまた氷で冷やして手術は行われる。そうやって、切開と止血を合わせると手術は一昼夜かかる事さえある。特に、止血は抗凝固剤のせいであちこちから血がし み出すために困難なのだそうだ。研修の医者は激務の眠気がさすと、かき氷状の氷を入れて冷え凍える容器に、手を触れて緊張を保とうとする。——その話を思い出すのはいつも真冬だった。不思議な話として覚えていたのだった。時々、Yはコートから手をつっこんで自分の心臓がちゃんと動いているかどうかを確かめるのだ。但し、去年からは、心臓の上に手を置いたら、さらさらした冷たい感触が指を切るようになった。指先から脳までそれは巡ってきた。心臓に氷を詰めているのだった。そんな思い方を手術への冒瀆だと思う感覚まで凍っている。——冬に入って、時間が余ってもYは本を読まなくなりもともとあまり得意ではなかった料理を一層しなくなった。十年前からTVも新聞もなく暮らしてきたが、とうとう深夜のラジオさえも聞かなくなった。ただ身じろぎもしないでいる事が快かった。半日を退屈しないで静止していられた日が、良い日だった。炬燵を入れた四畳半一間の部屋で、Yは冬の窓硝子がひやひやした吐息をついて、自分の肩や首筋に物を言いかけるのをぼんやり聞く。仕事はなんとか細々と続いていた。余った時間を全部、Yは石か何かのように暮らしている。茶色い砂壁をじっと見ていると感情も砂壁のような形になり、喜怒哀楽がつぶつぶに変って、汚れてゆく。自分が人間なのか部屋なのかが判らなくなって了う。——古都から、どこかへ移った方が良いのではないか、学生時代から数えると九年いる、ここでの生はもう生き尽くして了ったのではないか、とうとう、寺院も祭も見ないままに終わって了ったけれども。——少しだけ残った理性はYをそのように考えさせた。だが、理性を働かすと感情が戻って了うことがあり、死にたいという気持ちになったりした。

——寒いから頭が馬鹿になり死にたくなるのだ。つまり寒いという事は非常に正しい。この正しさに人間の肉体は耐え切れない。できればもっと暖かいところに越そうではないか。死ぬ事より引っ越す事の方が冒険ではないか。生きるに値する生でもあるし。なにしろ、なんと言っても遼の白磁で造った人魚を見られたのだから。水族館にも行けたし。——Yはぼんやりした頭で遊び事のように、そうやって自分を説得した。そして十日前から切れていたお茶を買うために外に出ると、なぜか勢いづいて遠い植物園まで歩く事になって了ったのだ。だが歩いてその勢いを使い果たして了うと、急にまた何の理由もなく不機嫌になった。

　Yが自分の背中を見て了ったのは去年の春の終わりで、それは一番先の見えないどうしようもない時期であった。独りきりで毎日酔払い続けていた。誰かと一緒に酒を飲むなど、Yには信じられない事であった。他人と一緒にいる事のできる人間がなぜ酒を必要とするのかが判らないのだった。八時過ぎに外に出る事はまずなかった。もともとはアルコールに弱い体質なのに、その日はスピリッツを一日で一本も空けて了った。朝の四時まで、吐きそうになりながら飲み続けていた。喉が酒を送る独立した蛇腹のように感じられた。胃の腑で噴水のように運動する透明な液体の、上顎を切り裂いて上る生臭みと、寒気、というよりは何かのぎざぎざしたウロコが波立って、腹の中で裏返る感じとに、耐え切れなかった。だがそれでも覚めて現実に立ち返るのが恐ろしいのだった。世界から見捨てられたような気分になる。だが妙なことにその苦しみにはまったく何の原因もない。あってても、自分では判らなくて、ただ嫌だ苦しいと思うばかりなのだ。それなのに、とりあえず当面の緊張にYは耐えられなかった。何かでたらめな事をYは叫んでいた。ブラフマンよ何で私を造ったとか、おとうさんおかあさんごめんなさいなどと喚《わめ》き立てた。矛盾した事を平気で言いながらもその両方に涙が出るのだった。酒のせいでそうなったのではなく、酒に逃げてぼんやりした心持ちになり、それで救われた上での叫びだった。何かの金属の角に足をぶつけて〝痛い〟と叫んだ。するとその痛いと言う事に自分の今までの悲しみが全部籠っているような気がしたので、痛いよと叫びながら大声を上げて泣き続けた。酒が無くなって了ったので恐ろしくなって、慌てて何か市販の薬を飲んで了った。しかし泣いているうちに段々心が冷えてくるような感覚があり、やがて寝入った。目が覚めた時にはドアの下から薄紫色の棒が一本のぞいていた。それはドアと敷居の隙間に覗いている、共同台所越しの春の空気だった。酔いがまだ頰の熱さや、感情を遮る硝子になり変って体に残っていた。頭が中途半端にぼんやりしているので、自分の置かれている立場がひどく整然として、そのため他人事のように感じられた。私はでたらめに動くように造られた、何の意味もない役にも立たない機械みたいなものだ。——考えながらYの頭は次第にさめて行った。立方体の白く小さな冷蔵庫から冷たい水を出して何度も飲み、何度もトイレに通った。正午過ぎて、腹の中が水だけになり喉や胸の気味悪さが癒《なお》ると、今度は体が動かなくなって了った。畳の上にじかに横になっていても、まったく気にならない季節だった。一度また眠ってから目を覚ますと夕方ではなくて、昨日と同じような、次の日の朝。目を開けると物の存在感が無くなっていた。冷蔵庫も透明なプラスチックの箱に見えた。自分の体に何の力もなくなり、十分明るくなった狭い部屋の中で、視線を上げる力もない眼球だけが、生きて真直ぐに見詰め続けていた。視線につれて薄い干菓子のように壁が壊れた。壁の向こう側には何も無かった。畳にあたる体側と風景を切り崩して進んでゆく眼球だけが、感覚であった。体側が辛うじて地平を造った。眼球は遮るもののないままに無限遠方へ走り、最後にはYの背中のところに戻ってきた。まるで板きれのような背中だった。視線の当たった背中は壊れなかった。そのかわりあっけなく腹這いに倒れた。何もない大地にYの背中は拡がり、粉になり霧になって肥料のように隈なく、大地に播かれた。——今べつに死んでもどうという事もない、とYは思った。そのまままた半日じっとしていたのだ。少し動けるようになったのは次の日であった。それから二階の部屋の階段を登り降りする度、踊り場から飛び降りそうになる状態が一週間続いた。踊り場の鉄柵に体をかけて、際限なく下の石畳を見詰め続けていると、体と地面の間隔がほんの十センチ程に思えたのだ。

丁度一週間後に夢があった。全体に白い霞のかかった夢であった。霞は足の下にもたなびいていた。

深い山の中に切り開かれた灰色の道路の上にYはいたのだ。道路にはセンターラインがなく、ガムの嚙みかすひとつ落ちてなかった。空気が湿って緑は綺麗だった。深すぎて恐ろしすぎるようだが影を感じさせない緑である。道路は黒い鉄柵で行き止まりだった。それも塗りたての光り輝くような黒なのである。鉄柵の上にまで山の空気の露が降りているのが見え、頂上がくっきりとしているのになぜ下の方には霞がかかっているのだろうかとYは思った。鉄柵の向こうは駐車場で、灰色の自動車が一台停《とま》っていた。Yが中を覗くと内から鉄柵を開けて、髪を切り揃えた女が出てきた。女は運転手の付いたその自動車にYとともに乗り込み、駐車場の向こうのさらに高いところに登るようにと命じたのだ。アナウンサーのような声であった。外から見ても、灰色のブリキの箱のような自動車だったが、乗ってみると中は真黒でガソリンの臭気がまったくなかった。女は助手席に乗り込んでいて、Yにはその顔も運転手の顔も見えないのだった。程無く自動車の速度が上がり始めた。後部席なのにYの前には様々な計器と一緒に速度計があった。目盛りが上がって、それが振り切れるところをまずYは認めた。坂道がどんどん急になって、自動扉は少しずつ縮みながら角度を上げ、縦になった。がくん、がくん、と言いながら車体は折り畳まれるように狭くなってゆく。その時には車内はもう真四角で前の席もビニールシートも灰色にぼやけて了って、霧のようなものが車内を満たし始めていた。運転手は消え、最後まで残ってシート越しに少しのぞいていた、切り揃えた真黒な髪も消えて了った。目が見えなくなった。もう終わりだと思った。だが、別に死んでもかまわない、死ぬというのは多分あの時に自分の背中を見たあれがそうだ。——と夢の中のYは思ったのだった。Yはへんにあきらめの良い自分に安心した。意識はぼやけ、目蓋の中にまで灰色の霧が入り込んだ。息が苦しくなり、目を覚ますと、心臓がどきどきして息が詰まっていた。その夢のあと、生きているのも死んでいるのも同じなのだとYには思えたのだ。——だが時々、その感覚がただ、満たされた安全な状態での、強がりに過ぎなかったのではないかと、あるいは、強い生命力の裏返しかと思い返すこともあるのだった。だが結局はその思い方さえ、いきなりどこからかやってきてYを占領する、感情や無感動によって左右された。何の理由もなく動き回る肉体と感情に引き摺り回されて、自分は生きている。何を考えているのかも何ができるのかも何ひとつ判らないで、一日を十年に感じたり十年を一日に感じたりして、暮らしている。そうして、こんな自分は呪われている。——呪われた自分の心臓に氷を詰めるという、自分勝手な幻をやっかいな感情を抑える道具にして、一年以上生きているのか死んでいるのかも判らないままにYは暮らしていた。しかし、本人はそのようにぼんやりしているのに、家族や知人の目には、Yは苦しそうに見えるらしいのである。

穀物の代わりにアルコールを摂《と》るせいか、Yの体は少しも衰えなかった。体力や神経は損なわれているのかも判らないが、外見上は四本の疲れ皺が顔に生じた以外には変らなかった。職業柄どこに住んでも構わないという事に、Yはある種の恐れを抱き始めていた。中心のないところにふらふら住んでいる自分に耐え切れない、というのは具体的な困難のせいではなく、ただ、中心がないという言葉が恐ろしいせいであった。〝背中がなくなる〟という恐れに二、三日前からYはとりつかれていた。が、そこでなんとかしてあの〝背中の見える風景〟を思い出すと、自分の心臓に氷を詰める事ができた。自分は健康になってきたのか病気になりかけているのか。心弱くなるのは、半分くらい風邪やその他の体の病が原因である。だが、残り半分は気が弱るから体が弱るのだという気がした。交互にくる恐怖と安心をコントロールできず、感情に支配されながらYは生活した。内科でもらった精神安定剤はただひらがなを忘れるだけの効果しかもたず、そのくせ、胃が痛んだ。死にたくなる時、そのうち、〝背中の見える風景〟が来るだろうとYは待った。多分それはYの隠れた生命力が待たせたのだった。実際にその幻を再現しなくとも、あの感じさえあればYは却《かえ》って自分を殺さずに済んだようであった。但し、そんな時は悪魔にでもなって了ったようで、Yには少しばかり淋しい感じがした。

冬の鯉のように遅い代謝で、死なぬように死なぬようにとアルコールを使って眠り暮らしながら、Yは〝中心のない生〟という事を考え始めていた。去年の冬頃から初夏まで水族館に安らぎを見出していて、郷里の水族館に二回も出掛けた、Yの頭に、その考えは海獣の形を取ってあらわれてきた。いやもともと考えが海獣の形だからこそ、水族館に出かけるのかもしれなかった。Yには地上も人間もそこにある規則も判らなかった。世界は、Yには恐ろしい災害に過ぎなかった。

感ずる事も考える事もどこか拷問のようだ。自分はバクテリアか何かに生まれた方がよかった。――Yは時々真剣にそう思う事があった。

冷たいクッションに頬をあてながら、Yは、二十年も前に見た何かの海獣の事を思い出していた。それから昨夜見た、中心のないところに住んでいる人魚の親子の夢が、その記憶の影響ではなかったかと考え始めた。

日付がいつだったのかはもう忘れて了った。ただ、波が冷たそうだったからきっと冬だったのだろう。郷里のではない、遠い水族館にYとおとなたちがいた。誰もが退屈していて、所在なさにそなえつけの望遠鏡を覗いたりした。金網があった。トドか、アシカかオットセイか、ともかくそんなものが飼われていた。子供だったYにはその種類に何の区別もつかなかった。高く暗く、頬を押しあてると視野の掻き曇るような金網があり、それは多分海に続いた生け簀《いす》だったのだろう。向こう側の金網から岩ばかりの島がのぞいていた。生け簀に一匹の海獣が飼われている、ということは確かだった。が、それはいくら待っても波の上に姿を現さなかった。Yたちの他にはまるで見物客もなく、みんなが静かで何かわけの判らない悲しみに満たされていた。(もしかしたらただ疲れていただけなのかも判らないが——と思い出しながらYは少し笑った。)誰かが金網の側《そば》の、〝餌——二百円〟と書かれた貼り紙に目をとめたはずだ。その餌を買って投げてやれば、隠れていた海獣が姿を現すかと思ったのだ。気のなさそうな態度でひとりが貼り紙の下のブザーを押して人を呼んだ。灰色の作業服を着たちいさい係員がプラスチックのバケツを提げて現れると金を受け取り、Yの父親にバケツを渡した。バケツには二分目ほど暗い色の小魚が入っていた。魚は死んではいたが新しく見えた。おとなのひとりがYの肩を叩いて金網の向こうを指し示した。波と同じ高さで、向こう側の金網近くに、いつの間にか波間から黒い顔が現れて漂っていた。ブザーの音で餌と判ったのか、こんなふうならうしろを向いていれば、波に紛れて見えなかっただろう、とYは思った。顔は波間を漂いながら少しずつこちらへと近付いて来た。水の中から、小波《さざなみ》のひとつと同じ大きさで現れていながら、その顔はぼろきれのように暗く乾いていた。但し、吻のまわりと黒い瞳だけが、その顔の意志に反して輝いていた。ぼろきれの凸凹がまとまってできた顔に向かって、出てきた、と誰かが静かな声で言ったはずだ。おとなたちは高い金網越しに餌を投げた。手の届かないYはひとり、喉をぐう、と言わせながら金網の間に冷たい魚を押し込もうとした。餌をやるよりも金網の間をくぐらす事の方が大事だった。手は汚れず、ただ魚が冷たいばかりで、金網すれすれに小魚は落ちた。網の真下に海獣の暗い後頭部だけをYは眺めた。おとなたちの餌を投げる方向はばらばらだったが、たった一匹の海の獣は必ず投げられるところにいるのだった。別に催促するという様子もなく、コンクリートで造られた陸にも上がらず、海獣は頭だけを出して食べ続けた。鯒《こち》だろう、とまた誰かが魚の事を言った。誰も、ひとりも笑わなくてとても真面目だった。――それから十年以上も離れてYはその暗い海と、人魚の親子の事を夢に見たのだ。

――昔見た海獣と同じような、暗い水の生け簀の内に三匹の人魚が飼われていた。荒々しく横柄な男の人魚と、疲れ果てた中年の女の人魚と、あまり可愛くない小さな男の子の人魚だった。生け簀はとても大きくて岸から何キロも離れたところに網があった。北の海からきた三人はそこで暮らしていて、波打ち際にある管制塔のような研究室の中で白衣を着た男たちがその人魚を観察していたのだった。調査だと言って何かの刺激を与えることもあった。すると男の人魚は狂ったように泳ぎ回った。いつも苛立《いらだ》って何キロも向こうの網すれすれにまで突進してゆき素早く旋回して戻ってくると今度は、生け簀の中を嵐が起こる程に波立てて動いた。男の人魚のおなかにはカンガルーのような袋があり、腹をたてる度に小さい男の子をそこに入れて、泳ぎ回った。男の子は目を汚し、頰も汚れで光らせたまま、わけの判らない脅えに満たされた白目の多い目を前方に凝らして、ひどく傲慢な様子のその男の人魚に、引き摺り回されているのだった。目が覚めてから、それが悲しい夢だという事だけがYには判った。だが悲しさは感情にまで達しなかった。ただ、北の海に住んでいたころの人魚たちの幻がYを脅かした。自分のいるところが自分のすみかなのだなどとは思えないのだ。背泳しながら背中が溶けるような感覚があった。

家を出たのが三時を回っていたため、植物園からの帰り途は薄暗くなった。その薄暗い道を独りで歩き続けていると、Yからは何月何日という感じが喪《うしな》われて行った。自分だけ何の役目もなく、ただ永遠に生き続けよと命ぜられた人間のような気がした。酒を切らすと感情が現れてきそうでよくなかったので、大通りから一旦下宿と反対側の路地へ入って商店街へ出、安い酒を買った。商店街と大通りを繫ぐ百メートルほどの路地は、そこだけ屋根の低い旧《ふる》いつくりの家が並んでいて真暗であった。ただ、商店街寄りの位置にレディスホテルがあり、大通りに近く郵便局と硝子戸の喫茶店があって、周囲は少し光を零《こぼ》していた。だがその弱い光から十歩遠ざかると、人の顔も見えなくなるのだった。路地の丁度真中あたりの暗いところで、電柱の陰に五頭身の男が佇んでいた。その人影は厚ぼったい首と大きな上体と、パーマをかけているらしい髪の仰々しいシルエットしか判別できなかった。男は電柱を仰いでポケットに両手を突っ込み、ずっと立ち続けていたらしいのだが、すれ違いざまどこかへ行こう、とYに声をかけた。レディスホテルに向かう若い女性たちを待ち続けていても車しか通らず、夜目に焦ってYを若い旅行者と見間違えたらしい。通り過ぎると、どこかへ行こう、と同じような調子で言うのがまた聞こえた。特に馬鹿にするのではなく、たとえば科学展のビラ配りロボットとか塀を登る芋虫にその男がとても似ている、とその時思った。一方、自分もまたそういう虫や機械に過ぎないのではないかとますます確信が持てた。

六月の終わりに感じた雨の中の奇妙な至福が、今のYにはまったく思い出せなかった。ある一日、雨の中で部屋にひとりだけでいて、一個のソフトクリームを食べるためにだけ今まで生きてきたのだと思えた夢のような瞬間があったはずで、その時はまるでそれが総《すべ》ての解決であるかのような感じがした。だが今では人間がいろいろな経験を積み重ねて進歩してゆくというのは嘘だと思いながら歩いていた。気分はみんな天から降ってくるのだった。自分はばらばらで、そのくせひとつの、一貫した肉体の中に閉じ籠められて呪われている。いつの間にか至福の六月から異常気象の夏になって、血圧が八十六―四十八になると不機嫌になり、無気力になった。秋になってもその無気力は少しも癒ろうとはせず、冬になると体が固まり始めて、最近ではあらゆるものが恐ろしくて涙が出そうだった。力を蓄えるのではなく、天が蓄えた力が雨のように降ってくるのを待つばかりだった。そんなふうにしてYの心が直接感じた惨《みじ》めさには理由がなかった。もしも惨めさに理由があるというのなら、それは肉体が関わる現実的な理由か、それともただ生も死も、そのイメージ力の及ぶもの全体が惨めで理不尽であるかのどちらかではないか。この程度のことはどこかで誰かがきっと言っているに違いないとは思ったものの、この考えもたった今天から降ってきたのだから天のものだ、とYは思った。

空は曇っていた。ハレー彗星が一番近付く時はこんなになるのだろうと思うくらいに、灰色の空は街の灯の照り返しで垢光りしながら、生臭い埃のような雲をゆるゆると流していた。ハレー彗星は夜空を曇らせて星を覆い尽くした、日が暮れるとあらゆる人々が出てそれを眺めた、とYに教えたのはYの祖父であった。たとえ、実際とは異なっていても、祖父の記憶の方が美しいのだった。祖父は田畑を農地改革で没収され、動産と山林のすべてを相場で失《な》くしたが、死の直前までとても陽気だった。

十年も昔、何十年に一度の機会として、Yはジャコビニ流星群を待った事があった。星が人を囲んで鳥籠のような軌跡を描き、なだれ落ちるという銅版画を、その日Yは朝刊で見たのだった。その絵の中では、裾を引き、レースの襟を上着からはみ出させて、横に長い帽子を被った男が、靴下だけのふくらはぎを跳ね上げたまま、どことなく優雅に驚いていた。またその横では尻尾の長い犬がぎざぎざした歯を全部出して大きく口を開け吠えたてていた。そして現代の人々は近くの小高い丘に登って、ラジオで野球放送を聞きながら星を待った。そのうちの何人かは滝のような星について語り続けていた。待つ程もなくやって来たのは小雨だった。なぜだか鈍く小さい花火が、どこかの森の上に時々上がっていた。人々はそちらの方を向き花火を批評し、それも尽きるとやがて山を降りて、テレビで野球放送の続きを見た。Ｙはその頃野球を知らなかったため、ＴＶの中の芝のきれいな黄緑だけを見たのだった。その黄緑がやすらぎのすべてであるような気がしたのだった。
——星を嫌いなものも好きなものも、誰もが興奮し、やがて元に戻った。

　風呂にも行かず、コートを脱いだだけでＹは部屋に戻るといきなり買ってきた酒を飲み始めた。酒は洋服に零れてＹの皮膚を冷やした。例によってあらゆる事が悲しくなったので泣きじゃくった。泣き止むと頭がからっぽになって了った。

　都会のビルの十階に嵌め込まれた水族館の中の、蛍光灯で照らされていたスナメリの水槽の、透明で均一な眺めと同じに、頭がたぷたぷ揺れ何も考えなくなっている事に、Ｙはある後ろめたさと安心を覚えていた。後ろめたさの方の正体は摑めなかったのだが、ともかくも胸がどきどきした。息をすると数回に一度は心臓が急に収縮してひらべったい紐のようになって了う。すると吸い込む息が体ではなく何か暗い気味の悪い寄生虫の口の中に紛れ込んでなくなって了うような、摑みどころのないいやな感じになる。ところがその嫌な感じが昂ずると、半分死んでいる、という気になるのである。生でもなく死でもないようで安心な気分に。

郷里の水族館を今年の初夏に見に行き、そのすぐ後に都会の水族館を見る機会がYにはあった。都会の水族館はYを戸惑わせた。確かに演出や照明は見事だったし、ガーデンイールはYの目には珍しいものだった。魚のサーカスがあり、奇習を持つナマズや肺魚の亜種など、Yには覚えきれない程集められていた。アロワナの群れ泳ぐ大水槽の細い窓枠には、ここはアマゾンなのだよ、と言いながら大学生くらいの若いカップルが腰掛け、視界の一部分を遮っていた。女の子はぼんやりと男の顔を見詰め、男の方は勿体《もったい》ぶって何か囁いていた。別に休日でもない午前中に、信じられない程の人数、厚い絨毯を敷いたその水族館の床の上を歩き回っていた。空中に浮かぶその水族館の、硝子の水槽に注ぎ込まれた海の水は、ホテルのロビーと同じような光しかもたらさない。そこでは魚が魚であるという事が恥ずかしいようにさえYには思えたのだ。水の匂いは香料と空調に消されて了い、郷里の水族館では円筒形のプールに、十匹以上泳ぎ回っていたスナメリさえ、そこでは体長の数倍ほどの横幅しかない、浅く透明な水槽の水の中に三匹だけであった。蛍光灯の光がその水槽をくまなく照らしていた。スナメリは郷里の水族館では、必ず一度こちらの様子を水槽ごしに覗きに来て笑って見せたものだが、そこでは外界に何の関心も持っていない様子だった。強い照明に彼らの体は完全な紫色に、均一に見えた。三匹は水の中でただ上になり下になり体をこすりあわせていたのだった。背中と腹を、あるいは横腹と横腹を、痒い全身をぬるぬるさせ、苛立つように、泳ぎながらこすりあわせる。スナメリの下腹に指のようなものがあるのにYは気付いた。それはもしかしたら性器なのかもしれないと思ったのだった。

酔いの覚めた朝、ほてった頰と冷たい頭をしてベージュのカーテンを引いたままの四畳半で、Yはまたとりとめのない悲しみに襲われていた。正午に近いのにカーテンを閉ざした部屋の空気は冷たかった。どこからか酢の匂いが流れてきた。別にその匂いのせいではなく、わけも判らず息が止まりそうなので酒のかわりに次々と文字を読んだ。多分まだ泣き足りないのだろうと思っていた。心臓では例の粉雪が解けかけており、活字の中に出てくる人物も広告のさし絵の童画の子供も、そこら辺の無生物も見るもの見るものYは羨ましいと思った。Yの隣りの部屋が空き部屋なのだが、その空き部屋さえ羨ましいなどと思えてくるのだった。

隣りの部屋とYの部屋を隔てる砂壁には、柱と壁のあわせ目に二ミリほど隙間があってその向こうには新しい畳表の色の光が一本走っていた。向こう側の様子はまったく見えないのだが、Yは何の理由もなく、自分がその空き部屋だったらいいのにとさえ思ったのだ。空き部屋はカーテンも足音も取り払われ、寒くてしんとして明るいのに、それをまったく苦にしていないように思えたのだ。生きるのも死ぬのもどちらも恐ろしい。バクテリアに生まれたいなどと偉そうに思っていながら、これではまるでバクテリアそのものではないかなどとYは思った。結局バクテリアが人間を名のっているから恐ろしいのか。春が来る事などを信じられず、当面苦しいという事にだけ囚われていた。

波打ち際で死んでいる何か変なもの、の事をYは考えていた。波打ち際で何か変なものがころん、と転がって死んでいるのだった。芋のような形の、灰色に光る背中はアザラシに見えた。心臓の変な呼吸が始まっていた。あれは生きているぞ、とYは必死に思おうとした。すると二日前から放置してある、鮭の切り身の骨に、Yの視線はふっと吸われたのだった。どこに何があってもこんな時には必ず見るだろうな、とそう思った。見るというのはいい事だ、嗅ぐというのも、それから床とくっつき合って息をしている事も、別に、そんなに悪い事ではない。Yは少しずつ気楽になり始めた。鮭の皿の縁に残った水気は真夜中には乾いてしまっているはずなのだが、いつの間にか細かな水滴が残っているのさえYは認めた。心臓を押さえ、氷ください、コオリ、と無神経に言った。骨はひとかけらの身も残さず灰白色に透き通っている。だが、それを見ると、こんなつまらないことばかり器用だ、と思ったのかまた、涙が出てきた。海辺に住んだらなんとかなるのではないかと急に思い付いて、それがまた絶対叶わない願いのように感じられて、さらに泣き続けた。感情がシュレッダーで処理された書類のように、パラパラと降りかかってまた落ちて行った。体はただ天からくる感情の光を次々に通過させる、プリズムである、とYは思った。だがそのプリズムが結ぶのは虹などではなく、それは例の死にながら生きている芋のような、〝何か変なもの〟の灰色の背中にすぎなかった。

居場所もなかった

六年間住み慣れたワンルームマンションが学生専用となり、出ることになった。そこで、一九九〇年十二月から一九九一年二月末まで、自分の住む部屋を捜して歩いた。二月の末漸く、条件に合いそうなところと契約が出来た。が、三月末そこに引っ越した途端、とても住み続けることが出来ないと判明した。――たった八箇月住んだだけで、私はまた新しい住居を捜し始めた。引っ越しは決して好きではないが、ただただそうするしかなかったのだ。

一九九一年四月

春闌《はるたけなわ》――引っ越したばかりのその部屋の中にいると、騒音は精神に絡みついて来る。時には脳を、頭蓋骨の片側に寄せてしまう程に。例えば、部屋の中をブルドーザーが通って行く。何回も何回も繰り返して通る。その部屋の中では、人の耳はブルドーザーに轢かれるために、供えられているのだ……既に私の耳は発熱し耳中には恐しい物質が詰まっていた。それは部屋の空気にさえタイヤの跡を付けていく道路の騒音が、耳の中に溜って密度を増し、金属質の塊に変わったものらしく、神経を脅迫して脳の中にまで入りこもうとする、しかも触手をも、生やしかけていた。苦痛は頭の中で発光していると感じられるほど、執拗に続いていた。体の感覚はそのためにおかしく、なってしまっていた。

……全身にふりかかるトラックの爆風にも似た気配で、既に自分の胴体がどこかに吹き飛ばされているように錯覚する。残った感覚は耳の中だけ、いや、手指はある。指先が存在しとても痒い。指の皮膚は乾き膨れ上がりばりばりする。私は耳と指で出来たものに生まれ変わっている。耳の中がとても喧《やかま》しくてその奥が痛い。

部屋の中を暴走族が通っていく。体を動かして耳を塞ぎたいのに、全身ががちがちに固まって動くことが出来ない。部屋の中をブルドーザーを二台積んだトラックが通る。その後ろを巨大なコンクリートの壁二枚を、山形に立てて積んだトラックが通る。クレーン車が通る。コンクリートミキサーが。保冷車と書いた鉄の塊が。ついには小型トラックをV字形の鉄の荷台に組み合わせて、二台乗せた大型トラックが通る。深夜の三時から九時まで十トントラックが延々と部屋の中を通る。トラックが通るたびに備え付けのベニヤ板のベッドには震度一くらいの振動が走り、背中と腰骨はそれに連れて揺れる。ベッドの板は私の体重のせいなのかばりばり言う。いや、私の背中が勝手に震えているのか。

冷蔵庫の上に不安定に置かれたオーブントースターが、キジバトの羽ばたきのようにプルプル鳴る。霜取りが止まった時にもその振動で揺れるトースターだが、どうやら大きなトラックが部屋のすぐ近くを通る時にも、鳴っているらしい。

部屋の中を、コンクリートで作った土管を七個も積んだ、ロングトラックが通って行く。その後にフォルクスワーゲンを七台積んだ陸送車が通る。レッカー車が通る。建材を積んだもの、再度、ブルドーザーを二台積んだの、そしてコンクリートの巨大な壁を載せたのもまた。部屋ほどもある巨大なコンクリートの四角い枠を積んだの、その後にローソンと書いたトラックが通る。鉄が風を切る音で頭の中の、柔らかな脳味噌の端から崩れていく。頭蓋骨にピシピシひびが入る。そのあとにミラパルコ七台の陸送車だ。バランバランバラン、となにかを鳴らしながら、古ぼけた小さいトラックが空のまま通る。なんだか判らないけど危険と表示した、とても怖い真っ黒な巨大タンクを積んだ車が、妙にゆっくり、ごうごう鳴りながら行く。そのうち水爆を積んだトラックだって通るかもしれないのだ。脳も意識も全部宙を漂ってしまう程だ。固定しておけば死ぬような気がするから漂うしかない。いわゆる、思索の宇宙を機嫌良くさ迷うという状態ではない。ただ、この騒音の前に密室などという錯覚は存在し得ない。ここは剝き出しの街路だ。自分の部屋からさえ私は常に追い立てられている。今ここに住んでいる。でも、ここは絶対に私の場所ではない。

大きな白い丸い玉が、直径三メートル位のがごろごろ鳴って通る。その音の凄さにもう死にそうになる。そこで自分が車に轢かれて死んで、道路に張り付いているのだとやっと気が付く。こめかみがひび割れそうに喧しい音。音というより耳の奥をばしばし殴られているよう。殴られる度に苦痛で私は一層傷付く。眠りながら舌を噛みそうになり、起こされてしまう。

……大きな白い玉と自分が死んでいるという部分だけが、夢だったらしい。つかの間の眠りから、起きて見ると、そこが一体どこか、私にはもうひとつ判らないのだった。段ボールで囲まれた狭い部屋の中の、見慣れないベッドの上で私は目覚める。薄い闇の中で目を凝らすと、今にも落ちて来そうに段ボールが迫る。荷物のないスペースは廊下ほどの幅でただ一筋。時間は木曜日深夜から金曜日早朝、それは私にとって、災厄の時だ……。

部屋の中を深夜タクシーが通っていく。そのレオのマーク。その後へ一部がガラス張りになった荷台に、海水を一杯満たしたトラックが続く。鯛やオコゼの絵が描かれた車体なのだが、実は隠密裏に人魚を輸送しているのである。暗い海水で満たされたガラス窓の向こうに、絶望した人魚の真っ赤な眼球だけが発光している。がたんがたん揺れるトラックの振動の向こうで、顎をどこかにぶつけながらひしゃげたような声で人魚が言う。

鳥はいいなあ、住民票がいらない。——人魚にそんなものが必要なのだろうか。

耳を殴られて目覚める。がちんと音を立てて舌に激痛が走る。耳の中は内耳炎になった時のようだ。木曜日の深夜、という言葉の持つ意味を、寝惚《ねぼ》けた頭で私は漸く思い出した。

ベッドの上に起き上がって机に手を延ばした。すぐに届く。その上には三対の耳栓が、どの角度からでも手にとれるように分散してある。一週間に二回、ここでは耳栓が必要になる。深夜の三時から朝の九時まで、延々と大型トラックや工事の車が通るのである。耳栓をする。現実の耳栓は別に固くはない。固かったのは、夢の中にさえ溢れていた騒音と振動で。

柔らかい黄色い耳栓を時々石鹼で洗って乾かし、何かあるとすぐに装着する。音はましにはなる。洗えば何度も使える品なのだそうだが、私が石鹼で洗う度にそれはひびが切れて固くなって、耳との間に、次第に、隙間が生じてくる。それは体に悪い音だけを取り除いてくれて、目覚ましの音などはちゃんと聞こえるような構造になっているのだそうだ。が、料理をしている時にまで着けていると、フライパンの中の魚がバターと一緒に真っ黒なあぶくを吹きあげたり、ヤカンが二十分でも沸騰し続けたりする。入浴中は外していて換気扇越しに、暴走族の音で耳をやられる。その一方、続けて装着していると外界への感覚が変になりそうである。それ自体の効果というより、私の歪んだ意識のせいだろうか。いや、耳栓でさえも防ぎきれず、苦痛を覚える日も何日かに一回くる。布団を被ったまま、何も出来ない時間。

単なる街道沿いというだけではなく、ここは、街道と街道の交差点だ。

でもいつしかトラックの音はほんの少しだがましになって……。

だがすぐさまかんかんと鐘を鳴らしながら消防車が通る。暴走族がわざとジグザグ走行して爆音を長引かせて通り過ぎる。音が弱まっても部屋の中を車が通るような、路上で寝ているような辛い感覚はそのままである。耳栓越しにも時々、キーンという高い音が忍び込んで来る場合がある。これが本物の音なのか気のせいであるのか、どちらにしろ怖い。引っ越しの時に段ボールを触ったせいなのだろうか、私の手と足はアレルギーで腫れ上がっている。

暴走族を撃つライフルがあったはずだ、と思ってベッドから私は起き上がっていた。それから部屋の中をぐるぐる歩き回る。だが夢の中でよく見ると本物の体はベッドの上で眠ったままなのである。――そうだライフルはまだ、段ボールの底に入ったままで取り出せなかったのだ。

暴走族を撃つという考えは私の頭の中で、日毎に強まった。

怖いものみたさでカーテンを開ける。神経が壊れるほど喧しい爆音を撒き散らしていながら、暴走族はなかなか姿を現さない。耳栓をしていれば暫くの間は窓際に寄れる。やがて、五頭身のおそらくは少年だろう顔形が、でかい頭でヘルメットを揺らし、視野に入って来る。乗り物というよりは電気釜かミシンのようなちゃちなオートバイを、夜目にも短い足で抱え込んで、ねばねばと拷問のような騒音を長引かせた後、いきなり加速して遠ざかっていく。が、それでも彼はオートバイから生えた異形の天使に見える。大きな音を立てて気持ち良くなっている薄白い天使。その仲間も通る。後部に二本の旗竿を差した、二人乗りの少年、コンクリートや金属のひびわれから生えた双子の植物のよう。——最大限の音と最低限の速度でまず、威嚇するように唸り、部屋の輪郭を叩き壊す。そして急激なバリバリ言う爆音で人が住んでいるという事実をも叩き壊していく。一方、そんな騒音が、殺してくれという哀願のように私には聞こえて来る。彼らは傷付いているのか、撃って欲しいのかと。贋の、加工品としての爆音を撒き散らしながら、本物の爆音で炎上する瞬間を待っているのだろうか。撃ち殺してあげたい。そうすればこちらも気分良く眠れるかもしれないのだ。走るものに乗って、わざと、悪意の暴走音を立てている間は、その人間は殺してもいいという法律が出来たような気が、次第にして来る。だがそうやって撃ち殺された少年の体は清潔だろうか、本物の天使のような尊い状態のまま、ばらばらになることでその尊さが一層、確かめられるだろうか。

トラックの騒音には非情さしか感じないのに、眠っている間に様々なものが、それこそコンビニのオムスビまでがあんな鉄の音とともに運ばれるのだという認識しか持てないのに、そのくせ暴走の音は私に意志的な空想を催させるのである。やはり、彼らは騒音によってこちらに関わっている。もしも彼らが、関係ない、と言うならばそれは、こちらの拒否を押してでも関わりたいという意志表示なのだと、決めつけたい程。それは、暴走族の愛だ。ライフルの愛で応えてあげたいような……耳栓越しにほんの少しだけ音を弱められた彼らの騒音は、私の耳に一点非現実の感じで捉えられる。爆音も自分の怒りも映画の中のようになってしまう。

私は映画の中の内田裕也とか泉谷しげるあたりの役どころになり、例えば丹精して作ったバズーカ砲みたいなものを抱え、とても熱心な無邪気な嬉しそうな顔で、あの走る嫌がらせ達を撃ち落としていく。頭の中で火花がピシピシ散る。だがなんでこの泉谷しげるあたりの役どころを、泉ピン子や十勝花子が演じてはいけないのか……バズーカ砲の部品を買うためにほかほか弁当の店で、ひたすら発泡スチロールの容器に飯を詰めるバイトなんかをする、泉ピン子。ああ、だがそう言えばそんなものはニッポンでは限定された場所でしか手に入らないのだ。そうか、以前ピン子は自衛官の妻であった。そして花子は、モデルガンを使えるものに改造する資料を捜さなくてはならず、幼児の走り回る真昼の図書館でお勉強するはず……ああそう言えば私も以前そうやって部品を買い、誰にも疑われずにうまく作った。でもあれは引っ越しの時にテレビを入れた、重い箱の下に入れてしまったから、今取り出すのは疲れる。

……本物の爆発音がいくつも鳴る度、少年達は火花の中で透き通っていく。ペリドットやピンクトルマリンを刻んで作ったような、様々な天使の彫刻が道路に叩き付けられ、割れる音も……はっとして起きる。立方体の小型冷蔵庫の上にのせた十六年使っているオーブントースターが、今度はキジバトの羽音ではなく、異国の鳥の鳴くような軋む音を立てる。

　青く白い夜明けの中、頭から布団を被って眠るための戦いに入る。すると耳元に一層強く、消防車の鐘の音が近付いて来る。隣が火事だったらどうするのか、震えながら体をベッドからひきはがして、机とベッドの間にあるごく狭い隙間に転げ落ちる。ベッドは部屋の一番奥の壁に押し付けてあるが、尺取り虫のように二回体をくねらせるとまた窓際に着く。たったそれだけで部屋の端から端まで移動出来るのである。窓際の柱にしがみついて這い上がりカーテンを顔の半分で押し退《の》けて外を観察する。目の下がすぐさま府中街道である。消防車は遠ざかって行くところだったが。

　耳栓をさらにしっかりと押し込み、鼓膜を気にしながらその耳を枕に押し付けて寝る。耳栓がどんどん奥に入っていき、サナダ虫のように成長して眠っている間に、脳の真ん中にまで達してしまい、そこでトグロを巻くようになったらどうするのか。そんな恐怖がどこからか真面目に湧いて来て、それなのにもう眠らないではいられないのだった。このままここにいてはいけないという、そのことだけがはっきりと判ってはいたが……そのくせ、気が付いて起きると、昼間なのだ。のどかな真昼の光りの中を時々また騒音が通過していく。

耳栓をしたままでいるせいもあって、音はもう拷問という程ではない。だがこんなことをしていたら神経も聴覚もばらばらになってしまうという、恐怖感は残る。

自分がどこに居るかはもう判っていた。この部屋に誰かを招こうと思えば、客用のカップと一緒に客用耳栓が要るそういう場所。

街道沿いの小さい古いマンションの一室、そこに引っ越して来てもう一箇月になる。生活に必要なものだけを最小限出して、本もテレビも段ボール箱の中に荷作りしたままだ。荷解《にほど》きした品の、箱や梱包《こんぽう》用の布も捨ててはいない。新しく買い足したガムテープやビニール紐と一緒に畳んで揃えてある。いつでも出ていけるようにしてあるわけだが、実は出来ない。お金も体力も私はその引っ越しで、使い果たしてしまった。ただ、有り難いことに、私は、どうやら自活し始めていた。

そうだ……暴走族をライフルで撃ってはいけないのだ、この国では。

いや、それ以上にそもそも、内田裕也や泉谷しげるという配役では暴走族は撃てない。むしろ根津甚八。それも勤め人の役どころで、きちんとネクタイを締め、メタルフレームの眼鏡を掛けた鼻の頭に汗をかいて、美味しいラーメンを食べる時のような、嬉しそうな顔で狙うのがいい。或いは年寄りに席を譲りそうな、ダンプ松本の主演にする。

——引っ越しをしなくてはならないと判ってから、引っ越し先が決まるまでに二箇月と十日、なんという無能。最初住まいがなかなか決まらなかったのには、多分私の我が儘や世間知らずがあっただろう。ただ、そこまで難渋したのは、おそらくその時の私かひとつの病に取り憑かれていたからである。どこにも住みたくない。いや、どこも住みたくない。どこにも、の、に、を発音する余裕もないくらいに、まったく、どこも住みたくなかった。どこかに消えてしまいたいと思っていた。どこに行っても自分の居場所がなかったから。

どこかに、消えたかった。将来をどうするかという目標もなく、例えば次の月の家賃を払うというイメージさえもどこかに消え失《う》せる程。そして外へ出て歩くだけでやけになって、恥ずかしさや怒りで飛び上がりそうになった。そんな状況で住宅事情が最悪の東京に部屋を捜す。しかもその年はさらに最悪の条件が重なっていた。

何が最悪なのか数え立てていると話が前に進まないので保留しておく。世界情勢からアレルギーの再発まで、全部関係あるような気さえその時はしていた。

公園のある生活

新しい部屋に入ってから数日の間は、泣くことも出来ず、ひたすらただ叫んでいた。入ってしばらくして、隣がお墓だということを知った。そんなことはまったくどうでも良かった。それよりも騒音の中でどうやって暮らしていくのか。ただ長編の校了で慌ただしかったことと、それで当分の生活のめどが立つということだけが、私を支えていた。

毎日毎日、布団袋から埃の物凄い臭いが上がっているのに、それをビニールの袋に収めてしまう気にもならないのだ。怒りとやり切れなさが湧き上がるたびに、掌を床に押し付けて歯を喰い縛ろうとし、たちまちトラックの音に襲われて布団の中に逃げ込む。音の波の中で、必然的に、この部屋を斡旋した業者のあまりにも非現実的な、悪夢のような取り扱いをいちいち思い返す。

……部屋を決める時中に入ることも出来なかった。別に居住中でもないところで、しかも書類にはっきり残っていることだが、部屋の値段設備、様々な条件が違っていた。どれも細かいことばかりだったが、使えるスペースが違ったのは大迷惑だったし、内見出来ないまま、設備が違うのは問題であった。決めたのが二月の終わりで引っ越しが三月の終わりだから、それなりの覚悟をすれば別の部屋を捜すことが出来ただろう。が、それを不可能にしたのはその業者の幻想的言説と不親切、または無責任であった。それらに気が付いた時には、引っ越しを数日後に控えていた。

その後も、結局荷解きは殆ど行われず、テレビを出したのも一箇月後だった。人気番組のスポンサーになっているその業者の、小奇麗なＣＭを見た途端に、怒りと同時に、爆笑の発作に襲われていた。たとえ同じ系列の他の支店が全部真面目であっても、私が直接出向いて部屋を決めた支店は、要するにどうしようもないところだったのだ。というよりはあまりにも幻想的なところだった。

私が泣こうがわめこうが爆笑しようが、下も両隣も空き部屋であった。そもそも、なにもかもが道路の騒音に掻き消されていた。

……夜も昼も頭の中を灰色の棒が通る。部屋の一番奥の壁に付けたベッドに、頭から布団を被って潜り込んでも、大きなトラックがたて続けに通ったりすると道路は部屋の中に入り込んできた。何を積んでいるのか判らない銀色の中型トラックがたて続けに通る時と、工事関係の車が通る時が特に喧しくて、慣れない間それはひどく辛く、少し慣れると引き替えのように心身が痛んだ。強固な耳栓の中を通っているという感覚ではなく、頭の上部の骨を突き抜けて入り、右から左に通る鈍い音であった。季節的なものもあったらしく、初夏に入る頃には音は少しましになった。騒音程度なら慣れるだろうと言った人もいたが、こんな状況には、結局救いもなかった。

建物全体が街道に向かって斜めに建てられていて、おそらくは街道に近いところほど騒音がひどい。街道に近い側の隣室は二回引っ越して行った。一回は入った時期を知らないからなんとも言えない。が、次は三箇月ほどで出ていってしまった。うるさーい、と叫ぶ声を一度だけ聞いたが、他は結構学生も住んでいる様子だった。部屋によって音の響くところとそうでないところがあるのか、三室ばかりが住みにくい部屋ということであろう、私の部屋は多分住めないと住めるの境界にあった。いや、他に行くところがないから耳が変になっても住むしかなかった。灰色の棒が通る度に、耳の中がごわごわして麻痺したようになり、頭の潰れるような、恐怖感が走った。道路の反対側の部屋は、どうやら、人が入っているらしいが、そこも、時に、空き部屋になった。社会人の住処《すみか》だから移動が激しいという考え方もあるが……。

他にも困ったのは第一条件としてオートロックを求め、さんざ捜して入った住まいなのに、他の住人達が、共同玄関の扉を開け放して、出ていってしまうことであった。インターホンは共同玄関の入り口にしかなく、いきなり部屋のドアをノックする宗教関係に悩まされたりする。何度も、私は共同玄関のドアを確かめに行き閉めるのだが、いつのまにかまた、開いているのだった。

……入ってすぐさま自転車置き場で盗難があった。また一度夜中の十一時に誰とも言わずにドアをどんどん叩く人間がいた。誰ですかと言っても返事はなく、すいませーんと大声を挙げておいて、ドアスコープを覗くと見えない位置に立っていて手だけを延ばして叩く。私のところに、夜、人が訪ねて来る気遣いは絶対ないから、ひたすら誰ですかと言い続ける。タカギさんでしょう、と男の声で知らない名を言う。なんですって、と怒鳴るとすみませんと言って帰っていく。が、他のドアを叩きまだタカギを捜している様子である。朝になって、隣の空き部屋の、前の前の住人の姓だと発覚する。が、古都で連続して下宿に入った空き巣は何度も私以外の住人に顔を見られながら、その都度、郵便受けで見た名前を出して逃れている。そこは男性入館禁止の建物なのに、また普段は男性は入って来ないのに、みんなはたまたま来た親戚の人なのだと思ったのだそうだ。

　騒音の中、全てのドアをどんどん叩いて誰かが戸を開けると、やたらなれなれしい口調で喋っている男。私のところも叩くが留守のふりをする。何を言いに来ているのか、住人なのかどうかも判らないが、度々来た。ここは管理人のいるところで、住人同士のさし迫った用はないはずだが。

　他の住人の姿を時々見る。地味なみなりの学生、肥った背広姿の男、天然パーマまたはパンチパーマの五十位の男性、私を見ると凄い目付きで視線を上下させる、生地のとろんとしたミニスカートと、パーカを着た小柄な太り気味の若い女性。MIKOと木の表札をドアにぶら下げている住人の姿は、一度も確認する事が出来なかった。

　部屋にいることが出来なかったから、毎日のように私は公園を通り抜けて駅に行った。

　街道をほんの少し入りさえすればあたりは並木にさえも、荒らされない深い森の趣があり、美しく静かな場所には恵まれていた。集合住宅の多くは家族用らしく、単身者の住めそうなところは限られていた。私のところからは医院と薬局が遠い。眼科は電車に乗って他の駅まで出掛ける。風邪薬を切らせると熱を出したまま、何日でも外へ出られぬままにうなされたりし、そのくせ景観ばかりは美しいのだった。特に木の花の多いところなので。

部屋を決めた次の日、騒音の洪水の中で困り果てて、方角を間違えさ迷い歩いた時も、畑の縁や大抵の庭先には景色を隠すほどの梅の花が散り掛けていて、梅のただ中を歩いているような感じだった。

入居した頃、椿は満開を迎えていた。隣のお墓の真珠色の花盛りの下で、黒猫と雉猫がじゃれあっており、他にも白に赤い斑《ふ》の入った大きな花が、墓の赤土の上に開いたまま落ちた。藪椿でさえも大き目であった。駅前のそば屋に入るとあらゆる瓶に、大人の掌より大きな椿が、枝をごく短く切って挿してあった。公園は言うまでもなく椿で被い尽くされていた。手入れの良し悪しよりも、土地そのものがすぐれているのではないかと思うほどに、どの花も大きく豊かだった。しばらくして公園の桜が咲き誇ると、側《そば》のグラウンドをも包む花が一層あたりを静かにした。元農家らしい小さい庭先にも無造作に桜の大木がある。ただ京都のような整った庭はまったくなかった。深い森の趣は自然の名残に過ぎぬ感じで、それはどんどん開発された後の姿というふうに捉えられた。そこにはただ花だけが氾濫し、ポリシーも気後れもなく、これでもかこれでもかというように咲き続けるのだ。大量の木瓜《ぼけ》、わめきたてるレンギョウ、惜しげもない木蓮、突然変異かと思うほど大きなパンジー。光は農作物を育てるためにだけあるように濃く、老いた樹木と樹木の間にさえ、何かがひそんでいるという気配はまったくなかった。

伊勢でもさほど近くでは眺めたことのない畑をしげしげと見る。畑と新興住宅の間に勢いだけで、雑然と咲き誇る花の中を歩く。花と同じ勢いで凄《すさ》まじい新緑がその後に続いた。マンションに近い、国分寺寄りのコンビニはエコロジーを気にしていて対応もデリケートだが、小平《こだいら》方向の駅前では朴訥《ぼくとつ》な応対にめんくらったりする。無論、それも偶然かもしれなかった。ともかく、公園の中に私は住んでいたようなものであった。

駅前の食品店でコショウを買う。バッグの中に入れたまま部屋に持って帰り、騒音のただ中でそれを取り出すことを三日間忘れている。ある日肉を焼く前に思い出して封を切ると、外気に触れたばかりのその薫りは、食欲をそそるというより、花よりも鮮やかな新しい匂いの粒子を、放ち、鋭い。騒音のない日だけ私の台所が出現するのだ。

が、さらに生活が進行すると、中古マンションなのに湿気が凄いことにも気付いたのだ。箪笥《たんす》の中に吊すと半年は持つはずの乾燥剤が、一月で透き通り水気で膨れ上がる。

そのあたりで……ワンルームマンションの生活感のなさ、という慣用句に私は強烈な疑問を感じ始めていた。生活感がないのは別に建物のせいではなく、住人の生活状況のせいに過ぎないのではないかと。例えば大して湯も沸かさぬキッチン。眠るために帰り、時に恋愛の場にする部屋。昼間はピカピカのオフィスに居られる限られた人間のワンルームである。だがそんなものはテレビの中にしかいないのかもしれない。そもそもドラマの主人公がいる部屋の下の車の列……あの窓には防音サッシがあるのだろうか、私の部屋にはない。前のところは通気も日当たりも良かったが考えてみれば、土地の足りない都会にそんな条件を満たすところが、一体どのくらいあるだろうか。

ともかく湿気の多いところに入ってしまったのだ。マンションには臭いが籠もり湿度が蟠《わだかま》り髪の毛が臭う。皮膚のかけらもふけもすぐさま臭いになる。近い部屋でつけものをすてている臭い。向かいの部屋でカレー粉を煮詰めている匂い。自分のトイレの臭いだってなかなか出ていかない。通りの悪臭、他人の入浴のお湯の臭い。何よりも湿気だ。壁には前の住人が残した、カレーの撥ねた跡とクロカビがある。そこにまたどこからか撥ね上がる埃を固めた臭い。

キッチンの流しのくまぐまには、ベージュの水垢と古い油の汚れ。ユニットバスの曲がった箇所には橙色の黴《かび》。壁の中程には斑点になった薄黒い黴。排水孔は油断していると髪の毛を煮詰めたような臭いを爆発させ、灰色と黒のどろどろが上がって来る。時にはどぶ川から逆流するような覚えのない臭いが、どこからか入る湿った風とともに襲って来る。無論物入れの通気を忘れれば衣類には青白い丸い黴が並ぶ。玄関の一見強固に閉じられたドアは、一月放置すればねばねばした、油混じりのスモッグの真っ黒な縞がその縁に生じている。雑巾二枚を使い潰さなくてはそれは取れない。故郷の家では年に二回の大掃除で済んでいたはずだ。引っ越しのショックで体調を崩し、私は掃除が出来なくなってしまっていた。

「ワンルームマンション、その生活感のなさに密室性」――確かに閉じ籠もりは出来た。が、その時はただ動物のようになって穴の底にいた。そしてその穴の底さえ、私の場合は騒音が掻き回していった。

夢までも騒音のせいで変わってしまったのだ。引っ越して暫くは空から大声が聞こえる夢ばかり見た。

醒《さ》めぎわにカッワリマショーヨー、と繰り返すのは、部屋捜しの中で何人も出会った親切な業者のひとりの声であった。が、時にはデテケー、と言う別の声が聞こえる時もあった。なぜか隣の部屋がサラ金か銀行になっている夢も延々と見た。灰色の制服を着た女の人がひとり必ず出てきて、カウンターや自動ドアなどは手に触れることが出来るほどリアルだった。それから、夢の中をトラックが通るようになった。トラックの前半分が竜になっていた。

そのようにして、それでも、日は過ぎて行った。

夏になって公園の噴水の水替えが成され、立ち上がる水柱は硬い輝きを芯にまで持った。初夏から初秋まで、壁泉や人工の川に子供達が入った。水が秋とともに汚れ、わだかまるようになってからも、毎日術《すべ》もなく公園を通り抜けた。街道の道のくまぐまにまで、段差を埋め尽くすほどに積もって惜しげもなく踏み潰されていく、団栗《どんぐり》や椎の実りの豊かさに私は驚嘆した。子供の頃伊勢の倭姫《やまとひめ》神社の森で椎の実を一個見つけると、それは、宝物だったからだ。東の縄文人が団栗を主食にしていたというテレビ番組を後になって見た。が、ただそのあたりだけの現象かもしれなかった。

芝生が枯れ始める前に銀杏《いちょう》の葉が、公園の低い丘を埋め尽くした。冬の黒い木々がそれ自体影のような音楽になり、凍る空に浸《し》み込む頃、私は小平のポリシーの無さに慣れてしまった。次第にそこが好きになっていった。が、やはり騒音は騒音のままであった。

部屋に戻ると、トラックに押し潰されながら私はワープロを打ち続けた。が、沢山あったはずの書きたいことは消えてしまい、或いは書ける状態ではなくなっていた。頭の中では、ただ、東京の住宅事情、だとか、自分の居場所の無さ、というテーマだけが煮えくり返っていた。何もかもがそこにしか結び付かなかった。六年前、八王子にやって来たところから思い起こして、ただ住まいについての記述を続けるしかなかったのだ。

一九九〇年十二月

それまでの私は比較的めぐまれた住居にいたと言える……八王子のワンルーム、駅からバスで十分、家賃四万六千円、十八平米、エアコンがついていてレンガタイル表層のオートロック。但し十八平米の内の〇・五平米は温水器のタンクで天井まで占められ、使えなかった。

盛り土をして角地に建てられたそこは、大家の住まいと同じ敷地内にあって、防犯も良かった。道路沿いという悪条件はあっても、私の部屋は通りから一番引っ込んだ位置で、ただ消防車がよく通り静かではなかった。それに部屋の真下は、毎晩元気な小学生達が大声を上げてお稽古をする空手教室だった。教室の窓はいつも開け放たれていて、小学生の来ない休日には詩吟の発表会があった。が、サッシの窓を閉めてしまえばそれも気にならない。そこで私は自分が騒音のストレスに強いという、奇妙な自信を持ってしまったのだ。

上京してから六年間そこで暮らした。一箇所に六年、というと驚く人が多いが別に不満のない住居だったからだ。が、一方その六年間、いつでも、どこかへ引っ越しをしたいと思ってもいた。

そのくせ、そこを出なくてはならなくなった時、私は一体どこに住めばいいのか、どんな部屋に住みたいのかも判らなくなった。最初、その部屋を見た時には本当に吸い寄せられるように決めたのだが。

六年前、いきなり、わけもなく八王子に来て、初めて来た土地でそのまま部屋捜しをしたのである。

一九八五年三月

春のなかばの、ふいの上京……東京駅から中央線のなぜか各駅停車に乗り込んでしまい、それでも千葉や埼玉の方向に乗り間違えなかったのは、方向音痴にしては上出来であった。新宿から京王線に乗り替える知恵など持ち合わせるはずもなくて、ただ三月のまだどことなく寒々した沿線の眺めを貪るように観察して、駅毎に異なる土地柄を摑もうとした。そうしていながら、三月が寒々しているということ自体に、驚いていた。関西人の私に、東京は東北の南端なのだ。というより関東全体が北国としか、思えなかった。京都の大学に在学中も、私は東京の大学を受験し続けていたから、三月に上京するのは別に初めてではなかったはずなのだが、古都の景色に、というよりたまたま下宿していた極めて京都らしい一画の中で、寺院の塀や植え込みに囲まれた視界に慣れ過ぎてしまっていたのだった——。そこでは四畳半風呂無しの住居に雪と湯豆腐を加えてしまえば、独居の退屈もなにか意味あり気になる。軽いものならば風邪や喉痛や鬱にも似た気分までが贅沢に変わる。なるほど、熱帯夜に窓を開けられずに、部屋全体に畳のワラのむれた臭いが立ち籠める辛い日もあったが、それでも花曇りも底冷えも盆地の夏も、寺院の佇まいや徒歩でいくらでも見に行ける美術品や、いつも幻の中にいるような哲学に適した街並みの前では、舞台効果のようなものになってしまったのだ。長年、無為を思索に変えてくれる街で暮らしていた。時間の流れを感じなくても済んだ。が、それでも閉じ籠もる生活のせいなのか、それとも年齢故の不可抗力なのか、いつのまにか私は次第に塞ぎ込むようになった。底冷えの中での隙間風が入る、木造家屋の生活のせいだろうか、気が付くとリューマチのような関節の痛みに襲われていた。そしてまたコンサートへも自由に行けず、大家からさえ結婚もしないでと厭味を言われるような、そこの人間関係に疑問を抱くようになった。

昼間は寺院の緑が美しいそのあたりは、通りからちょっと引っ込むと夜は真っ暗になった。九時過ぎに銭湯に行っただけで、三十近い私が痴漢に遇う。男性まで襲う暴行未遂の事件が、すぐ近くの路上や建物で連続して起こり、未遂の被害者に近所の男が陰湿な興味を持ち陰口をきいた。私のいた女子アパートは最初大家と同じ敷地内にあって安全だった。が、間にマンションが建って玄関が別になった途端に、つまりたった一軒置いただけで空き巣や洗濯物を取っていく泥棒が繰り返し入るようになった。もともといつかは上京するものだと思っていた。ただ、それでも、引っ越しは面倒であった。反対もされた。仕事の上京が増えた年に、男に会いに行っているのだろうと露骨に大家から言われやっと出ることにした。出る段になると彼らは私を引き止め、なにか叱るような態度に出た。だが男など最初からどこにもいなかった。

東京に着き、八王子を目指して中央線に乗り、少しずつ中心から離れていく。東京に行くという言葉にはなんらかのイメージがともなっているのに、その東京の西の端の八王子にはイメージが湧かない。飽き果てていたはずの京都を私は懐かしく思い始めて、目的地に近づくにつれて落ちこんでいった。車窓から無意識に住み易そうなところを、つまりは駅前が賑やかでその向こうに緑が多いところを捜し始めていた。普通の、現実の景色というものが私を脅かしていた。剝《む》き出しの景色の中で景色とは何の関係もないはずの抽象的な不安が、現れるのだった。

一体今までどうやって風景を見ていたのだろうという疑問に私は捕えられた。

京都の市街を覆っている条坊制の跡に、ずっと頼り続けてきたのだとその時に気付いた。どこへ行っても少なくとも市街の内なら、方向音痴の私も、自分がどのあたりにいるか判る。日本史の教科書にそのまま出てくる道の名、それに大学をそこで過ごしたのだから少なくとも、ある一点を中心にして生活した記憶がある。が、目の前に広がる東京の景色には何の意味もなかった。寒そうな植物、暗いスモッグの空、地方の田園地帯のような安心な空気はなく、どこか荒々しい田畑である。建物は視界を塞いで恐ろしいか、とりつくしまもなく妙に新しいか、或いは東京という言葉との取り合わせによって陰惨に思えてしまうような汚れ方をしていた。一区画一区画を分けて見る内に、東京には何の手掛かりもなくなっていく。おまけに、その時に持って出たのは受験の時に買った地図だけである。その地図の二つ折りになった表紙の片側には、七〇年代の東京のビル街の眺め、東京タワーの上が切れて映っている。もう一方の側には挿絵のようにぼけた国会議事堂。――地図の表紙を開くと、全体図の放射状に伸びた線路だけが、意味ありげに、目に入ってくる。ところどころにテレビ局や皇居のある地区名が散らばっている。さすがに、それらは私さえ「知っている」ものだ。

次のページを捲《めく》ると、線路の集まる中心から順に区分別地図が始まっている。捲るにつれ東京が少しずつ知らない場所に変わる。保谷《ほうや》とか東久留米とか書いてあると、もう何のイメージも持つことが出来ない。ただ東大原子核研究所と書かれてあるのを見て、何をしているところかも知らないのに根拠もなく怖くなったりする。

たまたまJRの線路の記号は、太く白と黒で塗り分けられていて、私鉄のものよりもはっきりと見えた。なにか線路そのものが丈夫で幅広く、事故も少ないのではとさえ思えてきた。東京というイメージのない土地の上に、ホルマリンかなにかの中で漂っている神経の束のように、太い線路と細い線路とが宙に浮かんでいた。いきなりそんな世界に住もうとするのだ。地図に飛び込む行為。巻末のロードマップを見るとさらに不安が走った。車の運転が出来ないため、紙の上をぐねぐねと走る高速道路を見ても、まるで川筋のようにしか思えないのだ。

落ち込みの極みのような感触に襲われていたが、同時に、我に返ったのだと気付いてもいた。

剝き出しの現実の前に出た以上、京都の湿度や、植え込みに積もった小さい雪塊は、単なる美しい記憶の断片に過ぎなくなってしまう。現実を取り戻すのは悪夢に囚われることだ。私には友達も貯金もなく将来もなかった。小説を書くという気に入った仕事も、その時点ではまったく生活を支えてもくれず、また、書きたいことや書き表したことが何としても相手に伝わらなかった。

私に才能がない、子供を産まない、作品が暗いと、何かと口を出してくる親戚がいた。どうしても親しめないその家へ独身のままで養女に行き、未来へのビジョンも奪われ、立場も不安定にされ家事と介護に、全責任を負う、実は当の相手方さえも望んでないそんな構想は、私の母の希望だった。新人賞をとり、デビューした時点で、ある身内からも「モデル問題で迷惑を掛けられるに決っている」と嫌がられた。決断と新機軸のはずの上京さえ、将来や外界への感覚をむしろ不安定に消極的にしてしまっていた。そんな状態でなければ、いや作品がうまく行っていれば剝き出しの現実はむしろ面白そうに見えたかもしれなかった。同時にまた東京などという言葉の中になど、逃れ込まなくても良かったかもしれなかった。

当時の私は、「病気」だった。……誰といても、どんなに賑やかでも逃れられない孤独、というより自我の緊張、自分が誰であって何をしているのかも本当は判っていないという根源的問い掛け。たとえシェルターの中に百年分の物資を持って座っていたとしても逃れられない危険はあるのに、自分自身にだけ百パーセントの安全性を求めるわがままな苛立《いらだ》ち。予知出来ない事故への無駄な恐怖――。そんな私の辿り着いた東京。そこは現実の辛さに溢れた、しかも慣れない、肌触りの悪い一地方だった。ばらばらの茶色、ぐにゃぐにゃした緑、粉末になってただあたりに飛び散っているだけの灰色、蟻のように全体がざわざわと動き、絶えず方向を変えてしまう様々な道、たまたま畑を目で捉えた途端にそこからは大量の農薬が飛んで来そうだ。工場からは廃液、病院からは放射性物質、ゴミ箱からは人の首が覗いていた。一方、むしろ自分の方が殺人鬼かもしれないということは忘れていた。

落ち着いた住宅街の小奇麗な垣根や、木造の清潔な窓が続く一画に来れば、そこがこちらを拒否していることをひしひしと感じた。白いタイル貼りで出窓にミッキーマウスの飾ってあるマンションにでくわすと、あんなインテリアで、メルヘンの世界という場所に閉じ籠るのだと、京都の雰囲気に閉じ籠もっていた私はすぐに連想した。その上に、そこは、線路際なのだ。線路際にぞくぞくと白い出窓のお部屋が出現するところを想像した。実際は京都から東京に閉じ籠もり場所を変えようとしていただけの私の目にさえ、そんなふうにメルヘンに閉じ籠もることは、やや危ういものに映ったのだ。が、その時点では、メルヘンも東京も同じものだという自覚を私はしてなかった。

その日の、電車の中の私はどこにも住んでなかった。下宿はもう出ることに決まっていたし中央線のどの駅も選びようがなかった。どの駅も、景色の一部でしかなかった……桃の低木が目立ち、温かな印象の家が続く西荻窪のあたり、視界が開けすぎて畑と工場が目に付く武蔵小金井、なんとなく荒い印象の立川、暗い山の迫っている日野、というところ、特に日野から立川までの畑と新興住宅の眺めが、おそらくは日本のどこにでもあるごく普通の家々なのだろうに、私には、まるで関東の象徴のように思えたのだった。西陽の射し方まで荒涼としていた。或いは実際に慣れぬ日光や慣れぬ木々だったからかもしれなかった。

頭の中には週刊誌で見つけた東京沿線の家賃相場の地図がしっかりと刻まれていた。初めての場所で、私はただ、なるほど、住みたいところは家賃が高い、と自分の偏見と些細な知識とを結び合わせて、納得をしていた。

二十九歳になったところだった。上京すれば自活出来るように勝手に思い込んでいたのは、結局東京がどこにもない場所だったからだ。上京してやや慣れたあたりからは、珍しい新しい土地に、また都会そのものに刺激を与えられた。が、無論そう思い通りに行くはずはなく、原稿料で家賃や電気代を払うというたったそれだけのところに辿りつくまでに、六年も掛かったのだ。

八王子という、何のイメージも持てぬ駅に着いた。家賃、そして新宿までの時間、週刊誌の情報だけでそこに住むのだ。その他に地震が恐ろしくもあった。武蔵野近辺は地盤が固いだとか、山梨の方が大丈夫そうだとか、聞きかじりの、思い込みのような知識しかなかったのだが。

当日は水曜日で、駅前の繁華街は大抵のシャッターが閉まっていた。殺風景で淋しい街に見えた。どちらが北か南かも確かめないまま、駅を出て一番大きな通りをどんどん歩いて行き、好きなように角を曲がっていると、河のほとりにでた。河は水が殆ど枯れていて閑散とした印象だし、車の運転は乱暴で歩道もそのあたりは整ってなかった。ただの旅行者なら八王子全体がそうだと思い込んでそのまま帰っただろう。河風と排気ガスを交互に受けながら、何軒かの店を捜し当てたが、駅前同様どこも休業の札が下がり、仕方なくガラス戸に張られたままの物件のチラシを見た。週刊誌の相場より安いことに少し勇気づけられたもののどうしようもなく、やがてどこかの学校の中に迷い込んでいた。知らない星にひとり取り残された錯覚に襲われそうになり、ついに諦めて駅に戻りふと視線を上げた。駅ビルの向かいのビルの何階だったか、確かに営業しているらしい店があった。駅の近くに、必ずあるはずだという、たったそれだけの知識も私にはなかった。既に疲れ果てて他を当たってみる気力は失せ果てていた。なにがなんでも決めてやると思い、ビルの階段を登っていく足がもうもつれていた。

その時はひどく簡単に決まった。いや、心境はなかなか複雑だったのだが。大手企業の系列でどこか銀行のような感じのそこの窓口のひとつにへたり込むや否や、白目の真っ赤になった中年の男が応対に出て来た。きつめのパーマを掛けて目もきつい彼は、荒々しい関東の言葉で緊張していた私を笑わせようとして、不器用な駄洒落を次々と繰り出す。意地の悪い人間ではないように思えた。私は安心し一心に自分の都合だけを言った。

……ともかく安いとこ、お風呂はなくてもいいです、でも敷地内に大家がいないといやだ。門限があるくらいのところにしてくださいなどと、ずっと考えていたことを一気にまくし立てた。その声は疲れ果てて自分を押し殺していたため、大変明るく素直な調子だった。

安くて安全で風呂の無いところ、はなぜか大抵女子学生限定であった。小説家というのは駄目でしょうか、と言うと彼は親切にも交渉してくれようとしたのだった。だが電話に出た大家は本当に五秒位で断ってのけた。その時にはただたまたまその大家が融通のきかない人なのだとしか思わなかった。京都で部屋を一度変わろうとした時、他に肩書きもなく無職よりはましと、何度か小説家と名乗ったことがあったが、総てアーソーデスカー、で済まされており、別にそれで断られたり詮索されたりということはなかったのだ。

お風呂とかトイレとか共同だとね、廊下に男の人がいるだけで嫌なんだよね、と私は女子限定にこだわる理由を述べてなんとかして貰おうと試みたのだった。そんなのだとマンションになっちゃうでしょう、と相手が言うので、いいよもうマンションでもと愛想良く答えた、高いよマンションだって、さっきから安いとこ安いとこって言うじゃないの、四万円くらいするよここは、大家さんはいるし安全だけどさあ……。

いいよマンションでもと答えたのは、父親からもっとましなところに住め、金のことを考えるなと言われていたからであった。が、出来るだけ迷惑を掛けたくなかったし、母親本人はいいよ、と言っても、親戚からさまざまな反対をして来るのが目に見えていた。母方の親戚からの影響には根強いものがあった。

東京に出たいと私が言う度に母は親戚に威《おど》かされて倒れ、結局延び延びになった。母の病と、上京への焦りで、私は彼らに対していつしか最悪の解釈をし、心を閉ざすようになってしまった。何も持たぬ私が持っているごく僅かなものを、例えば、創作の時間や自分の台所を、せせら笑いながら根こそぎ踏み潰してやろうとしているのだとさえ思ったのだ。向こうにも立場も言い分もあっただろうが、私は自分を虫ケラのようだと思うしかなく、また、常に母の口を借りて通告だけして来る相手に話の聞きようもなかったのだ。そのくせ、その母を庇うために自分から相手のいいなりになろうとは言い出さなかった。上京を決めるきっかけになったのは母との実につまらない口喧嘩だった。アンタガ明日死ンデモ構ワナイ私ハ東京ニ行ッテシマウ、と怒りの勢いでひどいことを言った。その時から東京という言葉は幻想になってしまったのだ。

八王子の部屋に私が入ってしまってからでも、その人は母を通じて風呂付きのところは分不相応だと抗議してきたらしい。確かに私には贅沢過ぎるように自分でも感じていた。それが引け目で相手の言葉を父親に訴えることが出来ず、ただ、安全な下宿に入れなかったからそうしたのだと自分に言いきかせた。それに、そこは礼敷一箇月で入れたが他をあたろうとすれば、手数料や先払いの家賃を含めて六箇月分の金が掛かった。引っ越しのトラック代も必要になった。

案内されて現地に行ってみると、マンションの玄関は仕上げの真最中で、あちこちにはまだ塗料のこびりついたビニールのシートが張り巡らされていた。レンガタイルの表層は安物の白いマンションよりもむしろくすんで見えた。中は完成していたから内見して決めた。最初の年、入居者は部屋数の半分に満たず、私のいた階はひとりだけであった。寂しくないかとしきりに大家が心配してくれた。が、むしろその方が有り難かったのだ。入ったその日にオートロックなるものの説明を受けた。こちらは、殆ど聞き流していた。都会の、女性の一人暮らしが、ただ単に自分の部屋のドアをバタンとしめただけでは、決して、成立するものではないという事を、あれだけ、京都で様々な目にあっていながら、私は少しも理解してなかったのだ。

大家は愛想のいい紳士だった。事務所には名士だった先代の銅像があり、大学の後輩の著書がぎっしりと並んでいた。マンション経営に慣れぬせいか、或いはやはり初対面の人間に無理をしてしまうタイプなのか、引っ越しの荷物を運んでくれるだとか、電話の取り付けも代行するとか、自分の方からどんどん良い条件を出してくれた。が、それでも初対面の私にさえ、彼が相当に神経質でプライドの高い厄介そうな人間だということはなんとなく判った。なぜそこまで親切かということを考えてはみたが判らぬまま、どんどんこちらに有利な展開になって行くのだった。小柄で首のやや短い彼は、線のはっきりした真っ白な鼻筋をし、澄んだ大きな目を見開き、鼻に抜ける異様に明るい大声で喋った。頬骨の上だけが初老にも関わらずごく微《かす》かに赤く、それが却《かえ》って冷たい印象を与えた。上質な生地で仕立てのいい、ブランド物でない服をきちんと着ていた。伝統産業から転業してそこの経営に賭けていたため、これからは地味に暮らさなくてはという話だった。が、それが東京の旧家の真面目な暮らしなのだろうと私は思った。もっともそうやって人の服装を眺めていた私は、貧乏学生御用達《ごようたし》のコートやセーター、数年以上経たものを平気で身に着けていた。何年も殆ど人前に出ない暮らしを続けていたせいで、外からのまなざしなど、もう意識することもなくなっていた。

大家は建物を案内する時、ただ一時内見に入るだけだというのに、素早くいちいち私の靴を揃えてくれ、恐縮した。総ての階の内装を見せてくれたが、こちらが慌てて自分の靴に手を延ばそうとした時にはもう揃えている。最初は正体の知れない恐ろしい人物のように思えてならなかった。が、入居してから彼がぴしっと伸びた半纏《はんてん》を羽織って、マンションの門を閉めているところを見て、代々きちんと続いた守りの暮らし、というものを想像して納得した。

オートロックの説明は内見の時だけでも三回した。

……ほら、ここはこういう玄関がまずある。こんなカードをひとりずつに持って頂きます。

大家は合成皮革のカバーが付いたプラスチックのカードを私に示した。

……はい、こうして、ここにこのカードを挿し入れます。キャッシュカードと同じにここには暗証番号が入っていて、ひとりひとり違う。そうしておく方が誰も入ってこられなくていい。例えばあなたがこのカードを持っていてどこかに落としてくる、皆同じ番号だったら誰かがそのカードを拾ってここに侵入して来るかも判らないが、でもひとりひとり違えば、落としたその日からその人の暗証番号だけを抹消してしまうことが出来るのです。コンピューターですぐに抹消して、そして新しいカードを持ち新しい番号を使えば良い。おまけにお友達が来た時にはお部屋の中からこうして玄関の鍵をボタンひとつで開けることが出来る。これは、なかなか便利でしょう。誰も、怖いものはここに入って来られないのです。小説家の方だったらそういういい環境に住まれなくては……そうそう、あなたスポーツは何をなさいますか、テニスを気分転換にお始めになれば。それに今にここの屋上には世界のテレビジョンが見られるアンテナが立ちます、フランス語の勉強にも役に立ちますねえ。どうですか。ここの風、八王子の風はシャープでしょう……。

そのマンションに私が入れたのはひどくラッキーだったと後になって判った。大家が特に私を信用してというわけではなく、要するにその上等の女子学生用住居は、学生の移動する三月一杯に建設が間に合わなかったのだ。入居者が少ないのでエアコンを入れることも出来なかったし、そもそもその頃、オートロックの防犯性という概念はまだ一般的ではなかったのだ。

部屋に案内された後での大家との会話が事実上の面接審査だった。事務所でコーヒーを出してくれたので、アリガトウと言って話の間を繫ぐために、インスタントなのだがコーヒーを賞《ほ》めた。彼は少し困ったように愛想良く笑い、コレハ私ドモノ自家製デスとうなずくのだった。そのあたりから少し、彼の上機嫌のテンションは落ちた。その上私には彼のあしもとを見たのではないかというこだわりが残った。大家は内向性を押し隠した人間だったのだろうか。

彼はしきりに私が八王子に来た理由を訊きたがった。私はただ、電車に乗ってずーっと来ました、中央線で来たのです、と答えるくらいのことしか出来なかった。八王子は初めてですかと重ねて訊かれた。ええ、と答えると、いきなり初めてのところに住むのですか、となにか侮辱を受けたような目付きをした。

ふいにやってきて着いたばかりの街で部屋を決めることは、不動産屋からも奇異な行為として受けとめられたらしい。なぜ八王子に来たのですか、とそう言えば業者も少し戸惑ったように、何回も訊いた。東京に住みたいが地震は怖いからです、などと私は答えた。でも八王子には知り合いはいないのでしょう、と相手はまた不審な顔をした。私はなぜか平気だった。その時は住む、という行為を生活の一面だとしか思ってなかった。

次の日に契約すると決めた。父に言われて母が上京してきた。私を心配するあまり暗くなっていた。大家の顔を見るやいなや、お宅のことを近くの警察で問い合わせてきました、と緊張の果てにうっかり口をすべらせてしまい、食えない作家で、この子を弟が面倒みると言って、とかなり深刻に嘆いた。同じ値段で東向きの部屋と西向きの部屋があったが、東に決めようとする私にお前は昼間寝ているのだから無駄だと震えながら悲しそうに反対した。朝日さえも母の心配の種になった。それでも朝日の昇る部屋に住みたいと思った。敷金と礼金を持ってきてくれたのだが、父と違い、完全にふさぎ込んでしまっており、殆ど受け答えが出来なかった。首をすくめ人形のようになった母の横で、自分のふがいなさを他人事のようにぼんやりと感じていた。

そうして入居し、数箇月くらい経った頃だったろうか、土地が凄まじいほどの暴騰を始めたのだ。その後も、そこに住み続けていた六年間の間、そのマンションはどんどん価値のあるものになっていった。

衛星テレビの普及で世界のテレビを見せる大アンテナ構想は取り止めになったが、電気調理器具や電気給湯器の最初割高だった電気代は、円高のせいで何回か値下げがあり安くなった。デパートやコンビニがすぐ近くに出来、さらに入居時の私にはその意味さえ判らなかったオートロックも、凶悪犯罪の発生で価値あるものになった。エアコンも二年目に入った時に取り付けられた。が、そうして建物の設備が整うにつれ、暗く感じの悪い、貧乏たらしいハイミスは素晴らしい環境から浮いていった。

いたれりつくせりの場所……ベランダのペンキひとつ塗るにしても住民全員に話が通って、その日どの箇所を塗装するかさえ毎日掲示板に書かれる。ゴミ置き場は敷地内。宅配便もマンションの中に窓口があった。契約更新も年末になると意向を聞いてくれ、一月中に返事をするという形だった。だがそれで家賃が大して上がるわけでもなく、こんな上等なところにいてもいいのだろうかという感覚を残したまま、他に変わる理由もなくそこに住み続けた。が、その年、つまり六年目が終わろうとし、三度目の意志表示をしなくてはならないというところで、どういうわけだかいつもと様子が違ってしまったのだった。

同じワンルームに延々と六年も住み続けたのはいろいろな意味で良くなかったのかもしれなかった。

一九九〇年十二月

年の暮れに、契約更新があることすら私は忘れていた。その年もまた本が出ないまま終わり、自分の将来に何のイメージも持てないまま、執筆生活の十年目を終えようとしていた。学生が二年、或いは四年住むためにだけ作られた住居にこの六年間、ひたすら本だけが増え続けて、ワープロを導入したせいもあって、机の上は資料とメモ用紙でてんこ盛りだった。その片付けを怠ると流しの前のまな板の上に皿や茶碗を置いて、立ったまま食事をするはめになった。それ故、年々暮れになるとどこかに変わりたいという気持ちが強くなっていった。毎年十二月の末、どうしますか、と大家が直接声を掛けてくれて、少し考えてから更新というのが恒例。管理人の公休日には大家が管理人室に詰めているため、始終顔を合わせた。が、その年に限って、私がその前を通っても彼は特に呼びとめることもなかったのだ。

十二月に入ってすぐ、いつも、にこにこしていた管理人が、どういうわけだか、ひどく強張った顔でしゃがれた地声を出した。六十代半ばの血色のいい彼は時々、夜の管理人室で、痩せた上品な奥さんの運んできた弁当を食べていた。私には一番なじめない北関東のアクセントで、口もとを綻ばせながら、普段は早口で喋る人であった。

が、その彼がアンタ、アンタ、と別人のような押し殺した発声で呼び掛けをした。

コレ退館ノ届ケ、十二月中。

予想外のことなのにどういうわけか、総てすぐさま私は納得した。それまで低い窓から顔を上げて、オ家賃イッデモ一番速イノネー、と言っていた相手が、窓から顔を出さず、カウンターのところに立ったままでなにか見下ろすように、ガラス越しのまま、借金の証文でも示すように、退館届けの紙の上部だけをつまんで、ぬっと出したのだ。紙は管理人の手から落ちて、カウンターを滑った。私はそれを無意識に両手で丁寧に受け取っていた。そう言えば十一月中、管理人室の大家とは何回も視線を合わせたのに、こちらが挨拶をしようとすると、向こうは視線をそらせたり室内のテレビに目をやったりした。で、管理人の言葉は、判り易かった。

契約切レルカラネ、三月ノ二十五日マデネ、アンタ昼ハイルノ、部屋ノ中見セテ貰ウコトガアルカラ、ア、昼ハイルネ。——たちまち答えた。

ハイ、昼ハイマス。

まともな会話など成立するはずない態度を前に、ただ昼はいるという事実についてだけ答えたのだ。更新料がどうだとかこのままいるとか、そういう言葉をさしはさむ余地はまったくなかった。相手はそれをそのまま部屋を出るという意志表示に受け取ったのだろうか。

最初、彼の不機嫌とそのような扱いを、私はまず何かの誤解であると取った。女子限定のそこは男性入館の禁止が徹底していて、共有玄関の前にはビデオカメラがあり、男性が入るとその度にチェックが行われていた。電気器具の修理ひとつでも管理事務所の人間が立ち会うのだ。管理は業者に頼むのではなく、四五人のスタッフが分担していた。規則を破って退館になった住人がその六年間でふたりほどだがいた。が、私の部屋には男どころか、誰も来てない。

一度深夜に編集者がゲラ刷をタクシーで届けに来たことがあったが、その時も部屋の中どころかドアの前にさえ立っていない。建物の前の道路でそれを受け取って、帰ったほどなのだ。が、心当たりというとそれしかなかった。何年か前、入居したての頃、十一時に帰宅して同じ階の大学一年生からなにごとかと問いただされたことがあった。相手は嫌悪感剝き出しの顔をしており、またその嫌悪のからくりは京都に九年いた私には充分判ったから、大家の了解を貰って玄関の鍵を渡されている、私はシャカイジンである、と説明したのだった。ただそれからやむなく十時半の門限を破る時には、建物から少し離れたところでタクシーを止め、そこから歩いて住人の目に立たぬようにしていたのだ。そして、仕事にしろ遅いライブの帰りにせよ、最近では別に深夜の帰宅を咎められることもなくなっていた。十二時頃に玄関を出入りする住人もごくたまにだが、何人かは見た。

二、三日して仕事先から中篇原稿の掲載を告げられたのを機会に、つまり引っ越しの費用にめどがついたというので、建物に隣接する管理事務所に私は電話をした。ともかくお金の予定が立たなければ、いつもと違う態度に不快を表明することも、或いは喰い下がってもう少し置いて貰うことも決め兼ねたのだった。事務所は大家の家の裏庭に建てられており、ゆっくりゆっくりものを言う上品な秘書さんが事務を執っていた。

電話で出来れば更新したいのだがと告げた時の、オイデネガエマセンデショーカ、という応対でやはり出て欲しいのだと確信した。ただ事情が知りたくてならなかった。弁解のしようもあるだろうと考え、が同時に、ココヲデタイという病気のような衝動に背中を押されてもいた。ともかく引っ越しの費用がある。が、その時点で既に、無能な私は金と時間の見積もりを誤っていた。自分自身では一平米も持っていない、それどころか土くれのひとかけらも所有していない東京の土地、そんなものがいつの間にか勝手に暴騰したり、或いは私のところにまで影響を及ぼしたりするなどまったく想像も出来なかった。そしてそれがそこを出なくてはならない主な原因であるとも知らなかった。私自身が何か大家に対して責められるようなことをしたのだとか、或いは誤解であるとか、そんなふうにしか考えられなかったのだ。

もとは倉庫だったらしい、灰色のコンクリートの建物の前面、鉄枠に磨りガラスの引き戸をこじ開けて事務所に入った。フローリングの床に事務机を置いただけの殺風景な場所、銅像と本だけは元のままで、ただ六年前にあった、家の応接間から持って来ていたらしい年代物のソファーは消え、鉄パイプの椅子とべこべこした合板の低いテーブルが置かれていた。

大家は私を待ち続けていたのだろうか。鉄パイプの椅子のひとつに腰掛け、こちらの声にすぐさま顔を上げた。相手の目と鼻の間が妙に開いていて、いつも赤らんでいる顔が少し黄色く見えた。白目が瀬戸物かプラスチックのような色になって口は完全な三日月型に整えられていた。ああ、お元気ですか、と声が愛想良かった。どんなふうに話し始めたのかはもう覚えていない。が、いつもの更新の時と対応が違う御様子ですし、こちらが居続けたいと思ってもそちらにも御都合がございますでしょうから、というような内容になった。相手は何も答えずにただ無理をして口元の両端を上げた。あ、嫌われたんだなとその時に思った。実際に嫌われたかどうかは別としても、大家の中に私に出て行って欲しいという感覚が発生していたことは確かだったろう。ひとり芝居や被害妄想だけで、無能な私が引っ越しに取り掛かるはずはないのだった。

そのあたりは判っていて、後はただ理由を知りたいだけであった。理由を知ってどうこうするというわけではなく、ただもうドブの中を覗き込んだりするように知りたかった。そのせいで気が付くといつのまにか、自分に不利なことをぺらぺらと喋っていた……ここには随分世話になってきたが最近どうも自分は浮いて来たような気がする。というのは年をくってきた上、社会人でもあるし、なにかそちらの迷惑になっているのかもしれないと思う。それならそれで出た方が良いようにも思うが、とはいえ他を捜すのも大変である。が、やはり学生は学生だけの方が住み易いのであろうか……。

私の言葉につれ大家の顔には次第にへの字型に見えるような赤らみが走った。鼻の穴は完全な円形にたちまち膨らみ、いつしか口は大きく直線的に開かれていた。やあ、そういわれると、はーはーはーはー、と彼は非常にきちんと型にはまった笑い方をし、右手を後頭部にあて、左手の肘を椅子の背に付けたまま心持ちひき、上体をきれいにひねったのだった。笑う大家の、普段着にしてはよくアイロンの掛かっている彼のズボンの膝についい目が行ってしまう。そこに本人の困惑の総てが集中しているような気がしたのだった。大家は、わたしに対して愛想良くすることについに疲れたのだろうか。思えば随分親切にして貰った。引っ越しの便宜、それに更新料四万二千円を一度は無料にしてくれた。確か二年目に入った時であった。奥さんは家に遊びに来いと言ってくれたが、人と関わりあうとすぐ疲れる私は結局行かなかった。

それがですねー、と首をふらふらさせながら顔全体をついに真っ赤にした大家が口を切った。

……そんな風に言っていただくとまったく恐縮なんですが、うちも……最初から居て頂いた方に長いお付き合いでそういうことをいうのもなんなんだが、しかし……。

ドブに身を投げるように、私は発言した。

……私どこか迷惑だったとかそういうことではないんでしょうか。

……いーえいーえいーえ、そんなことはまったく、ただ、はっはっはっはっ。

効率良く家賃を上げるためには学生だけにしてそのつど礼金を取り、同時に卒業で回転を良くしていくしかない。そしてそうする理由には利益だけではなく、銀行の利子やら土地そのものの価格の変動やら、私には判らぬ大きな事情が絡んでいるはず。一方、顔見知りの家賃をどんどん上げてはいけないというのは日本的だ。いや、あるいは、そのマンションの資産価値に含まれる高級感とやらに私の存在は水を差してしまったのかもしれなかった。その上、もしかしたらハイミス、というものはまだまだこの国では一種の異端なのかもしれなかった。無論ハイミスといっても、まともで感じのいいハイミスなら時には許されるのだが……。という事は結局、私自身に欠陥があるのだろうか。

内見の時に貰った建物のパンフレットを私は思い出していた。モデルルームの白いふわふわしたラグ、その上に置かれた透き通るテーブル、牛丼を乗せただけでぶち割れてしまいそうなその透明なガラス、そんなテーブルの横にそえられたテニスのラケット……私の部屋でわめきたてていたヌイグルミどもは、ゲームセンターから来て鮮かすぎる色を氾濫させていたが、パンフレットの窓辺のヌイグルミは上品なベージュの中型ウサギで、仕立てのいいピンクのニンジンを抱えていた。その上……赤いフライパンにオムレツの載った小さい電気コンロ、なぜかそのフライパンの横に熱でむれてしまう果物が添えられている、そんな台所で、その年二キロとはいえ私は梅干しまで漬けた。文章が良くなるかと思い、漬けてみたのだった。おまけに一日中部屋にいて可愛げのかけらもなくワープロを打つ。通勤しないからトイレだって二十四時間使うわけで、孤立性の幻覚は部屋の中で傍若無人に増殖を続ける。

私は悪意を募らせていった。社会人の女は、どこを捜しても生活感のない可愛い部屋というものを侮辱するというのか。社会に出た時点で彼女が現実の「女」になり、トイレットペーパー十六ロールの袋と生ゴミの袋を下げ、寒風に結膜炎の顔を曝《さら》すからか。学生は清潔か。本当にそうか。性病には感染せず通り魔にもならず、覚醒剤も打たず水虫にもならぬか。現実生活もないし故郷もないのか。そしてその可愛い部屋に生活する学生達の中の、不純なマゼモノのように、ブランドイメージの曇りかなにかのように私は存在したのか。

男子学生はどうかと考えてみた。が、今の男子学生は足も脱毛していてお洒落だというし、私の想像力の及ぶ存在ではなかった。

経済上の理由を無論大家は、説明したりは、しなかったのだった。が、結局はそのために学生専用にすることを決断したのだ。だがそれならそういってくれれば良かったのに。何の理由もなく、ただ出来れば出ていって欲しいという態度に直面したから、私は疑心暗鬼に陥るしかなかったのだ。

しかも、それでも出ていくところが無い場合を考えなくてはならなかった。いきおい、そこからの発言は鈍く、依存的なつまり間抜けなものとなった。無能なりに、考え考え、相手にくいさがる、その見苦しさ。

……あのー、むろん、頑張って捜しますが、出来れば、そちらにも同業者の方で適当なところをお持ちの方が……。

大家は一層顔を赤らめ眉を上げて下唇をむっとしたように突き出してみせた。

……さてねえ、ボクもたいして知っているわけではありませんから。どうですかもっと環境のいいところにお変わりになったら、田舎にはなりましょうが。

——でも田舎の方ではオートロックのところなんかないわ。

どういうわけだか、普段はおとなしい秘書さんが口をはさんだ。二十代後半から四十代後半にまで見える彼女は、先ほどまで分厚い書類を綴じた強力ガムテープの帯を、マニキュアをした細い小さい手で熱心にはがし続けていたのだった。が、私と大家の会話は気になったらしい。極端に痩せた美女は、殆どが黒目の巨大な垂れ目をきらきらさせ、なぜかよく光るピンク色のおでこを振り立て、それだけ抗弁するのも必死だった。

——だって、だって、アパートばっかりだわ。絶対に無理よ。

——ああ、そうか……ないなー。

大家は首を左右の肩に二回ずつ肩凝りを気にする人のように振り、両手を上げると自分の頭を一秒だけ抱え込んですぐさま両手を下ろした。

秘書さんは折れそうな首を傾《かし》げておとなしく大家の次の言葉を待ってくれていた。が、私は何も考えられなくなって思っていることをすぐ口に出してしまった。

――……そうですね、またあるにしてもこれだけ防音と防犯のいいところがあるかどうか、ここは親切だし。

大家ははっとした目を私の方に向けた。そうか私には発言権はなかったのかとひとりで納得した。相手は白目だけを剝くように器用に動かし、次に口をゆっくりとスイカ型に開けた。

――はっはっは、いやあそう言っていただくとずっといていただきたいような気がして残念ですがねえ、でももういいでしょう、オートロックは。

私はなんとかして相手を自分の考えに付き合わせようと試みてみた。

――でも他にといえば、例えば大家さんと同じ敷地内で玄関共有のマンションとか。

それならば人が入って来ないのではと思ったのだった。古都では大家と同じ敷地内の間は何も起きなかったが、玄関が別になった途端に軽犯罪が始まり、が、それでも他のアパートで続々と起こった傷害事件や、深刻な被害がなかったのは、そこが、ダブルロックだったからだ。

――うーん、そういうところはないなあー。

——ええもちろん自分で頑張って捜してみますが、もしもどうしてもない場合があると困りますので。

ああそう、じゃ、と大家はなにか罰金を払わせられる時のような息の吐き方をして、無理に高く明るい声を上げた。が、その明るさの中に思わず怒りが滑り込んでしまったのか、いささかきつく響いた。

——……じゃ、もう、二年間だけ、それで結構でしょ。

ふーん、というふうにしか思わなかった。ただ大家の真っ白な鼻筋と妙に張り詰めた目付きを見た時、私は反射的に答えていた。

——無論絶対に出る方向で考えてみます、そろそろ猫の飼えるところに越したいので。ただ、……お返事を一月の初めまで待って下さい。

——ええ、ええ、そりゃあもう結構です、ええ、ええ、ええ。

大家はたちまち、ほっとして上機嫌になった。最初会った時と同じようなハッピーな顔付きに一瞬で変わった。十二月の十一日、庚戌《かのえいぬ》の日だった。事務所で喋っている間にどしゃ降りになり、私は足元に泥水をはね上げながら部屋に帰った。猫など生まれてから一度も飼ったことがなかったのだ。猫どころか自分のエサ代すら、その時は借金と称する仕送りに頼っていたのだった。

部屋に帰ってから、さらにまた一層ゆっくりと疑心暗鬼というものを再確認した。別に悪感情を楽しむつもりはなかったのだが、ただ自分がそこから出なくてはならない理由というものを、様々に推理して時間を潰した。取り敢えずそうでもしなければひどく悲しくなって、ますます事態を悪化させてしまいそうだった。対策を立てると言ったところで、出る以外に対策はないのだったが、同時に事態を把握しなければどう動いていいのか見当も付かなかった。が、考えて見れば限られた思考の中で、そうやって付けた見当など、占い同然である。それでもなにかを決めなければ動けないのだった。

部屋を捜す前に、まずその考えの熱の中に飲みこまれていった。思索に逃げるという感じではなく、ただ自分が拒否されたという考えに耐えようとしていた。

出ていかなくてはならない理由をひとつずつ数えたてて、大家が一体どこで堪忍袋の緒を切らしたかということについて検討した。六年前に遡って全部復習した。

出される理由

八王子の六年間……まず大家主催の、親睦パーティにあまり出なかったことを思い出した。最初の何年か四月に行われたそれで、私は若い学生達に混じり救いようのないいたたまれなさを覚えたのだ。会の半ば、この人は女流サッカなんだぞー、とサービスのつもりで大家が叫ぶと、悪夢のような正直な質問が親元を離れたばかりの元気な学生達からどんどん繰り出された。

……へー、ナニヲカクンデスカ推理モノトカ剣豪モノトカデショウカ、何ヲ読ムンデスカ洋モノ和モノデスカ……ドッカ出版社ニ通ッテラッシャル……ナンデ本出テイナイノ、新人賞取ッテルノナラ、全部出ルンデショー……本買イマス、ナントイウ題名デスカ、イクラデショウカ……いちいち気にするのはただの自意識過剰なのだ、で、丁寧に受け答えするべきだと思えば思うほど私は女流という単語に顔を引き攣《つ》らせ、アクタガワ賞取ったらここでパーティするという大家側の好意的な声にさえ鳥肌を立てた。宣伝が足リナイデスヨ、モットアチコチニ出レバ、と叱咤激励され、絶対遊ビニ行キマスカラネと、必死で辞退する私に、善意で強く宣告する彼女達の、本来はなんの害もないはずの素直でフランクなところが、神経の中を喰い進む虫のように私をどんどん困らせ疲れさせていった。というより本の出ていない作家が作家と名乗ることに、私は馬鹿気た気後れを感じていた。名のある新人賞を取ったときから、新聞や雑誌での肩書は作家だったし、寡作だが文芸誌に作品を発表していた。他に名乗るべき職業もなかった。そのくせ本は出ておらずその理由を訊かれても答えようもなく、自分の書くものを相手にうまく説明する能力もなかった。それ故、以後は欠席することに決めて次の年から、当日はどこかに出ていようとした。が、そんな時に限って前夜書くべきことに引きずられて徹夜してしまう。（没を多作するという忙しさなのだ。ユニットボックス二段の没があった）で、明け方に眠る。パーティの時間に部屋の中で目覚める。すると管理人室に繋がるインターホンが、まるで銀行に行くのを忘れていた日曜日の、新聞の集金の時のようにピンポンピンポンと鳴り続けた。私は頭から布団を被るしかなかったのだ。——それが、「出される理由」その一。パーティに出ない、ということ自体が失礼だったのだ。やがてその他にも自分が失礼なやつであるという証拠がぞろぞろと出て来た。

……入居時に幼かった大家の息子が中学生になり、時々管理人室に詰めるようになった。私はこの子に愛想良くするどころか殆どつんけんしているとしか思えない態度を取り、また時におとなに使うような敬語を使って切り口上で喋っていた。小学生も高校生も平気なのに、私はなぜか男子中学生あたりが怖いのである。（そういえば蛇も蜘蛛《くも》も平気なのに蛙だけは駄目だ）さらに二度目の更新の時に馬鹿なことをしてしまったのも思い出した。六年前に預けたままの敷金が値上げした家賃より安いのは当たり前なのにそれを忘れ、丁寧にだが、コレハ数字違ウミタイ、と口に出してしまった。後から気がついて、たまたま雛祭りの日だったから雛菓子などを持って謝りに行ったが、大家はちまちました落雁を眺めて、伊勢に帰省しておられたのですか、と言い、こちらの気持ちは伝わらぬままであった。以前は更新料を一回タダにして貰っていたのに、そういう相手にはっきりものを言ったわけで、コレハ嫌ワレル、と思い当たったのだ。部屋の中で何度も、こんなところいやだ、移りたい、と叫んだのも聞こえたかもしれなかった。が、それと同時に相手に対する悪意の解釈というものも次第に発生した。私が無名だと、「売れない」作家だと判ったからではないかと。或いはまた仕送りを受けていたことがばれたからかと。

たまたまその年あった国勢調査と、あるインタビューについて、つまりその両方ともが問題だったのではないかと私は考え始めていた。インタビューの方は最初文壇に出た時にひどく怯えて、殆どの「顔出し」を断ってしまった私に、九年も経ってから来た新人特集のものだ。見開き二ページで作品について語り小さい写真が載った。何十人もの人々が九〇年代の新人として集められていた。が、取材に来たところはたまたまアクタガワ賞を出している会社で、一般には大変通りのいい雑誌だった。掲載誌を速達で送ってきて、郵便物は管理人の手を通るが、なぜか、彼らは私にとって幸運なことと思ってくれたのだ。インターホンで眠っているところを起こされると、管理人室で何人かが顔に血を上らせ大声で笑っていた。彼らは興奮気味に雑誌を手渡してキタキタと繰り返しており、その後みんなが同じものを買って読んだらしいのだが、そこには私が無名で地味で寡作、恋愛小説とも推理小説ともテレビ出演とも無縁だという事実が、記されていただけのことであった。大家は随分後になってから何かのついでにアレミマシタ、と言った。その時の彼の顔はなぜか少し強張り、アレミマシタはヨレメメステのように聞こえたのだ。

国勢調査のマークシートを提出する時にも随分悩んだ。ありとあらゆるプライベートなことを記す欄があるのに閉口しつつも、これは調査なんだから正確に書かねばという強迫観念に急に襲われてしまい、一旦そんな心境にはまるとなかなか抜け出すことが出来なかった。ともかく収入の項目で困ったのだが、結局仕送りとマークしたのだった。作家と称してその部屋に入居し、黙っていればそれで食べていると思われるだろう。もしもこれを見られたらという気まずさが過《よぎ》った。が、その時点で私はそれを回収した人間が点検するなどとはまったく知らない。集合住宅ならば大家や管理人が扱うことは当然予想し得るのだが、こちらには人のプライバシーを、そんな馬鹿な、まさかという感覚があった。読まれたくない人は上に封をするやり方があるのだと後になって知ったが、仮に知っていても、大家に向かってそうすれば、隠し事があるというより相手に対する不信感の表明と取られてしまうではないか。用紙のどこかに小さく書いてあったのかもしれないが、テレビや新聞にも無縁の私は何も知らない。また管理人からも聞いてなかった。十年毎の国勢調査の前の回には私は京都におり、その時には年のことで万一を考え嘘を書いて提出した。そのくせ今回それが出来なかったのは、十年というその数を庚―カノエの年とふっと読み変えてしまったからであった。算用数字で一九八〇、一九九〇、と数えさえすればただの十進法だが、五行十干で記述すると庚申《さる》、庚午《うま》、庚辰《たつ》、庚寅《とら》、と続く。

　意味をもたない西暦の数字とは違い、庚という言葉には鋤や鍬に使う金属などという意味もあるらしいし、一旦、意識してしまったせいで、そこだけが独立した意味を帯び始めたのだ。例えば庚の年にその国家の人間の数を数える理由が、気になってくる。あるいはそれは、数え漏らした人がどんどん縮んでしまうような年かもしれないのだ。つまり数え漏らしがどんどん縮むような年として庚を選んでおり、しかもそれを決定するのに亀の甲か何かを焼いて占ったのだ。その他にも例えば、国民全体が子供の数を誤魔化したりしたら、急に琵琶湖の湖底からガメラなどが浮上し、また総ての海面がササクレ立って見えるまでに、伊勢海老かなにかが浮上して国土に押し寄せたり、あるいは、他国が日本と締結していた条約だけを全部忘れてしまったりする年でもある。ただ、これらの展開は総て国勢調査を庚に制定した結果であって、つまり、もしも癸―ミズノトに制定していたら湖底から出るのは五十歳の妊婦ひとりであり、岸に押し寄せるのは伊勢海老ではなくチューブワームとなる、などというような妄想が浮かぶ……。

中を読まれたかもしれないと判ったのは、ニュースで調査の問題点を指摘していたからだ、テレビを見たのは確か一週間ぶりであった。国家が、そんな杜撰《ずさん》なことをしているとは知らなかった。

というふうに、いろいろ邪推してみたものの結局理由はもっとも明快な所に落ち着いたのだった。後で聞いたら、社会に出てほんの二年ばかりの勤め人がやはりそこを出されてしまったと判ったのである。が、その時点では私は悪く、汚く、それ故に住み慣れた清潔な場所を出される罪深い存在なのであった。その罪を引きずりながらさ迷い歩いて、安住の地を捜さなくてはならなかった。

バニシング・ポイント

いつものパターンだった。落ち込みが無能を加速させる。――中篇の原稿料が振り込まれる一月の半ばまでを、ただ無為に過ごした。引っ越しするんでしょう早く送りましょうか、と担当者から言い出してくれたというのに、なぜか、いいです、と答えてしまっていた。気兼ねをしたわけでは決してなかった。どういうわけだか断ってしまったのだ。多分、金がないということを理由にして、判断を保留して置きたかったのだろう。いや、やはり追い出されるような罪深い自分にこだわってしまったのか。最初世話してくれた不動産屋に出向く気にもならなかった。今のところをなぜ出るのか、と訊かれたら困ると思ったからだ。狭いから、とか飽きたから、とか適当な理由をでっち上げたとしてもなんだかばれてしまうようにその時は思えた。そこは学生専用になるので、という説明をその時点では思い付かなかった。いやそもそもそれ以前に、これから先自分がどういうふうに暮らしていくのか、どこに暮らしてなんのためにどのように住むのかというイメージがまるで湧かなかった。そう、その時点で、そもそも今の部屋を出されてしまうという目にあっていながら、イメージ、などという主体的なものに私はこだわっていた。イメージがどうだろうがまず、自分に部屋を貸してくれる人がいるかどうか、その事の方が大切だというふうには考えられなかった。

部屋探しにもっとも難儀するタイプ。どこにも住むべき根拠がなく、どの地域にも属していない未来のない人、三十代独身のうさんくさい自営業者、しかも借りた部屋で一日中仕事をする。——こんな自分を客観視するためには私はあまりにも長く密室に閉じ籠もり過ぎていた。

で、取り敢えずオートロックのところを捜そうと思った。誰も入って来ないところ、という意味であった。密室を維持しなくてはという考えと同時に、対人恐怖の、小心者の、強迫観念である。またこの六年の東京暮らしで、首都の外界が怖いと思い知らされたものの判断でもあった。もっともこのオートロックという条件がネックになり、結局私は部屋捜しに難儀をしたのだった。そもそもオートロックを備えたところは分譲のものが多く、物件が少ない。その上構造のしっかりしたマンションが多く、家賃が高いのである。しかも以前に私が入居した時と違い、それがフローリング、などという言葉と一緒に一種の流行と化してしまっていた。さらに悪いことに、私は各不動産業者のカウンターでそれの必然性を説明する時、数年も前の、京都に住んでいた頃の例を引いて、痴漢、などという大胆な単語を発声してしまったのだ。中年デブが痴漢を恐れている、或いは自意識過剰の深刻ぶったブス、ということで営業担当者の何割かを占める、不親切な、または正直過ぎる人々の反感と嘲笑を買ってしまった。が、他の住人が出払った昼間も、犯罪の起こりがちな集合住宅で、私は仕事をしなくてはならないのだ。中年の主婦が静かな住宅街で刺されたりもする物騒な世で、社会から孤立しがちで妙な破滅衝動を抱えた被害者性格の人間がひとりでずっと暮らす。その上、近眼で異様に肥って足の遅い私は、ストレスをぶちまけるのに適しているらしい。子供だけを憎んで吠えるという犬に飛びかかられ、嚙まれそうになる。人込みで女子中学生の尻だけを叩くという男が、いきなり背後に回って三十四になった私を叩く。が、オートロックとは深窓の令嬢の初めてのひとり暮らしをお助け申し上げるためのもので、おそらくは対人恐怖症の変な中年のアジトにするものではないのだった。最初はなんとも思ってなかったこの、オートロックという単語を、そこを出る時になって初めて意識したのだ。

　とはいえ、共同玄関がオートロックでありさえすれば安心だという、保証はない。最初そこに入居した時には非常階段を登ってドアの前まで、タマヒメデンのセールスマンさえ来たのだから。それでもその時は管理事務所に告げると非常階段にすぐ金網が張られ、内側からしか開かないドアが取り付けられた。が、ドアの上へも登れないように金網が張られた直後に、今度は共同玄関の前から半日動かない男子中学生ふたりがあらわれていた。私がそこを通りかかると、警察官が管理人をさがしあぐね、アクリルの戸を自動ドアと間違え立ち尽くしていた。警官は少年達に気付いて来たらしいのだが、少年達は注意されてもなかなか去らない。しかも警官が大家の家の方へ歩み出すと、再び入ってきて玄関の前をそわそわと行ったり来たりした。中に知り合いがいるのではなく、自動ドアを見物に来たものとも見えなかった。目をとろんとさせた、並みの大人よりもはるかに大柄なリーゼントの子と、きちんとした印象の、髪を角刈りにした色白の小柄な子のコンビなのだが、立ち去るように勧めてもあまり取りあってくれず、大柄な方はホー、オマワリサンドッカイッチャッタヨー、と鼻声で繰り返しつつ肩を竦めて体を揺すっており、もう一方はスイマセーンスイマセーンニドトキマセーン、と物凄く真面目な小心な態度でしきりに謝り続けながら絶対動かず、やがて戻って来た警官が彼らを立ち去らせた。なんの目的で彼らが来たのかは不明のままだったが、その前日まで建物全体に女子学生入居募集の大きな垂れ幕が掛かっていたこともあって、疑われたのだ。痴漢と間違えられた、失礼だ、へええその家の前に立っただけで犯罪なんですかねえ、などという男の側の被害者づらが目に見えるようだったが、京都で下着を取り続けていたのも少年であった。

少年たちが消えても、「女子学生マンション」はまだ安全ではなかった。盛り土をして道と段差を付け、塀の上に鉄条網のあるその敷地に、夜間侵入した人間がいた。ついに、一階の窓の下に入れぬよう、また金網の囲いが設けられた。区内では大家と同じ敷地内のオートロックの住まいで、窓を締め忘れた二階の住人が殺されたりした。たまたま十代の女性だったが、通り魔は弱者でありさえすれば殺すのである。

非常階段にも一階敷地にもガードのあるオートロック……原稿料が振り込まれてから捜

そうという考えで自分を騙しながら、私は住宅情報誌だけは律儀に買い込み、目が霞むほど丹念にそれに読み耽った。大抵は色の付いたがさがさの紙に、細かい字でありとあらゆる細目が新聞の活字より小さい字で印刷されていた。売買のも含む電話帳ほどの厚さのものから、週刊誌ほどの、パンフレット状のまでいろいろであったが、入居時の新家賃をしるした記事であれば、更新の家賃よりは上がっているはず。しかも二月の引っ越し時期に比べると学生向けの良物件はなかなかない。その位の事は最初の八王子の部屋探しの時に一応聞いていた。それでも広告に載せるくらいだから字面だけ見ているとよさそうなところが揃っているわけで、その活字をいちいちあたかも全賃貸業者を仕切るかのように私は素直におおまじめで検討した。あまりにも条件の良すぎるところは、現地に行かないとても分からないような欠陥があったり、或いは入居条件や時期が大変厳しかったり（その多くは法人と学生にすぐさま占拠されてしまう）、そうでもない場合は電話を掛けた時点で決まってしまっていたりするのだと後で知ったが、こちらはと言えば、上京してから一度も動いたことがないのでいい気なものだった。ただ最初から少し不安だったのは、そんな楽天的な状況で雑誌を見てすら、どこも住みたくない、という感情が湧いたことであった。たとえ電話帳のような情報誌が毎週出ていたところで、その殆どは売買の広告で占められ、しかも知っている地名というのは大変少ない。どこをどう通っていくのか、そこにはスーパーがあって病院もあるのか、或いは関西人の私が習得に一年を要するようなアクの強い方言が流通しているのか、その辺もまったく謎なのである。語感だけからなんとなく不安になってしまう……淵野辺、不動前、菊名、船橋、方南町、飯能、蓮根、豪徳寺、南林間、新所沢、似たようなところがまた混乱する……三軒茶屋とお花茶屋、鷹の台と三鷹台、富士吉田と富士見台、大泉学園と自由学園……ココハ一体ナニヲスルトコロナノダロウ。

同時に、とてもポピュラーな原宿や六本木は怖い。

なぜか、繁華街に一歩踏み込むといきなり地震が来てガスタンクなどが大爆発を起こし、死ぬように思える。実際は地震の時など、ビルが多く道路の広い千代田区、中央区、港区などが安全らしいと後になってテレビで聞いたがその時は知らず、危険な練馬や中野が安全と思い込んでいた。いや、たとえ死ななくても典型的都会、というのがキモチワルイ。嗅覚の時々鋭くなる私は、例えばずっとそこにいれば外界全体に嗅ぎたくない小便とアルコールの、或いは大便と西洋料理のソースの混じったような臭いを嗅ぎ続けて、逃げ場をなくす恐れがあると思えてきたのだ。そしてまた、お洒落や都会らしさに家賃を払うことに、何の必要も感じてなかった。都会の中心は、がさつな若い者が飲み歩くところ。箱根の向こう、という古臭い単語もまともに浮上していた。そしてまたその箱根の向こう、という単語はもとの意味を離れ、総ての知らない地名に纏わり付くのだった。高尾、が京都の高尾山にちなんで付けられたように、八王子にも少しは京都の薫りがしていたのだろうか。そのくせ、今さら故郷に、あるいは京都に帰る根拠もなかったのだ。最初は八王子に住み続けようと思った。どこも住みたくない、と思えば今までのところに住み続けるしか、なかったからだ。そしてまたたとえ引っ越し料金に大差がなくとも、私にはトラックに乗ってよその街に移るということは、謀叛《むほん》か何かのような大儀なことに思えた。

……情報誌の八王子のところにある良い物件を見る。どういうわけかその多くが新宿や渋谷の仲介業者の扱いだとふっと気が付く。以前京都では学生達が飛び込みで下宿を決めたという話を時々耳にしていた。私のいたところでも、母親と一緒にいきなり大家の家の玄関に来て、お宅のお部屋は借りられるのですか、で話を纏めていたのがひとりいたのだった。それはむしろ無邪気な行為としてそこの大家には受け止められた。母親同伴だから出来たという事か。信用して貰えるような書類でもあればなんとかなるのか。そこで思い付いた。そもそもよくアパートやマンションの横に大家の連絡先や取り扱い業者の電話番号を書いた看板が掲げてあるではないか。

振り込みがあるまで、という逃げの中で急に不安になると、私はそういう建物を捜して歩いた。原稿料はぎりぎりしかなかったから、出来れば手数料を掛けないで変わろうと思った。が、友達の紹介でもあるならともかく、そもそも内向的な人間には無理な話なのだ。情報誌に載った番地を頼りに地図と引き比べて、方向音痴の癖に近辺のものはきちんと捜しあてる。が、大家が隣に住んでいるわけではなく、また建物に電話番号があったとしても、土地管理会社や不動産業者のものばかりだった。ただ、渋谷や新宿まで出向くまでもなく、建物の外観や環境を見ることだけは出来た。気に入れば連絡をしよう、と思ったのに、そこでやはりどこも住みたくない病、に気付かされた。

倉庫街の日当たりの悪い細長い土地の湿った裏庭と隣接して、飾りのある白い門の、レディスマンションが建てられている。遠くの外観でオートロックなのかと判断して近付いたのだが、階段は剝き出しで狭い駐輪場からは、ゴミ袋が内臓のようにはみ出していた。一階がコンビニのところならばオートロックだろうかと見ると別にそうではなかった。二十四時間一階でこうこうと明かりを灯《とも》して営業する以上、常に人目があって安全なのではないかという考えにもふと取り憑かれて、が、すぐさま、人の出入りが多くて危険だ、コンビニに来たふりをして外階段から入れば、と結論を変えた。もっともその頃はまだ深夜のコンビニ強盗は現れておらず、そこにまでは思い至らなかった。銀行の上が女子限定のワンルームになっているのを発見するが、結局は学生限定だった。

馬鹿な散策を続ける内、オートロックの住居はあまりないな、ということにだけ馬鹿なりに気付いた。しかもその中で住んでみたいような建物は分譲タイプが多い。つまり家族用で何室もある間取り。ひとりならワンルームで充分なのだと考えていた私は、その時、ふと立ち止まった。

密室の中で自分の子供を、女の子を持つという空想に耽っていた時期があった。そういう自分はただの間抜けだった。大体どんな住居が子持ちの独身を喜んで入居させてくれるだろうか。大きなおなかを或いは生まれたての赤ん坊を抱えて、ひとりでどこかに変わるとしたらまた大変である。情報誌でペット可特集と共に、子供可特集が掲載されているのを発見して、一体人々はこの空の下の、どこで子供を産んで育てているのであろうと、疑問に囚われ始めた。未婚の母の住み易そうなワンルーム住居に、子供可という文字は殆どない。子供可は泣き声がそのまま隣室にひびくような木造住居か、誰が入るんだよと訊き返してやりたいような高家賃の三ＬＤＫである。そしてまた新婚限定とは子供不可、という意味なのだろうか、連れ子三人ずつで結婚三箇月の八人所帯でも新婚可か。

　疑問地獄にはまる。——学生限定は未婚の母を防ぐための言葉なのか。学生は子供が出来ても中絶をするから大丈夫なのか。

　人権問題だから居座る、と言っても、大家というものがどういう権限を持っているか、すでに、私は気付かされていた。無論、子供を持たない女の頭に、角を生やして鬼扱いするような恐ろしい世界もまっぴらであるが。——そこで我に帰る。

　考えてみればそもそも子供のもととなるものがどこにもないのだ。妊娠可能性も経済力もない人間がただ増殖する考えに振り回され、逃避しつつ立ち止まっているだけのことであった。「母ひとり娘ひとり」の空想さえ、別居結婚だとか別姓結婚だとかいう高度な段階ではなく、ただひたすら現実離れした甲斐性のないものだ。おまけに気が付くといつのまにか、別にオートロックのところでなくてもという考えにも染まっていた。そのくせ、いざとなるとやはりドア一枚隔てただけで外界と向き合うのは耐えられないという事も判っていた。つまり部屋捜しそのものも現実離れしてきているわけで、ただどこかに住むのが怖いという考えを、確かめる作業に終始してしまう。一応条件が合い、家賃の払えるところを見過ごしてしまう。いや、現場に行けば結局駄目になったのかもしれないがともかく動き出せない。手付け金だけ払っておいて後から手当てすればいいし金はなんとでもなるのに、動き出せなかった。どんな家賃でもこれから先きちんと払っていくあてはなかった。春から自活すると言った言葉を取り消せば親はまた仕送りをしてくれただろうが、こちらが心理的な限界に達していた。続かなければ小説を止めようと思っていた。

無論止めてどうするというあてはなかったのだ。他の仕事に就いて生きていく能力があるかどうかよりも、他の仕事をして生き続ける気力の方が問題であった。いや、本来ならそんなに悲観的になるはずもなかったのだが。たかが〝追い出される罪深い私〟という観念ごときに追い詰められていった。

長いブランクの後、作品が昨年あたりからぽつぽつ掲載されるようになった。が、その後やっと本気で書いた長篇が未熟だったのか相手に意図もまったく伝わらず没になった。なにも持っていなかった時よりもなぜか、やっと持てた期待感を裏切られた時のダメージが強かったのだ。

　私よりははるかに恵まれた作家が秋に急死していた。秋に死ぬという感じがこちらの皮膚にまで染み込んできた。一面識もないのに何年後かの秋、自分も同じようになるのではという根拠のない考えが生じてきた。一年の終わりに近くなって、今年も来年も同じようなものと思い始める時期。書くことに夢中な間ならばそれでも済む。が、完成と次の書き出しの間の短い時間に、ふっと世間の作り出した馬鹿な序列やあざけりにでくわしたら、その時にそれを愚かだと判断する理性をなくすほどに疲れていたとしたら……たかが部屋捜しが私には拷問のようになってしまった。

　仕事は頼まれており、以前よりも状況は好転しているというのに、私の我慢の緒は切れ掛けていた。いや、好転したのは目の前の状況だけであって、視界が開けたら現実が剝き出しになってしまっていた。

　イメージの湧かない未来を支えてくれる住居……いやそもそも、未来が定まらない。条坊制に代わるものも見つけられず、京都を出る前と同じような疲れと悲しみに私は襲われていた。実際に部屋を捜す具体的な努力には向かえぬまま、一方では徹夜して昼眠り夕方目覚めたりする。起きると、一体こんなことでどうするのだという真面目な気分に襲われている。そんな時は風邪を引くのが判っていて部屋捜しに出る。暗くなってから内見をしても意味はないし、第一まだ見て回るだけの段階である。どこに住みたいのか、これからどうするのか、強いて寒い戸外に出ていくことでなにかその答えが得られるかのように錯覚していた。ただ大通りの街頭を拾いながら、住めそうな建物を夢想して迷い歩く。無駄なのにいつしかそうしている。まだ灯の消えていない不動産店の、窓ガラスに張られた紙を点検して歩く。どの店にも大抵はアパートと表示してあって、少し大きな店にならあるワンルームコーナーにも物件はない。オートロックとあれば少し安くて今のところよりとても狭いか、二万円高くて不必要に広い。そして、値段が適当なところは別にその分だけ広くなるわけではなく、ただ有線とかBSアンテナとか使い途も判らぬものがくっついているだけ。家賃何人分、何人分と数えながら、ぎりぎりまで狭くした間取りで限られた敷地を、出来るだけ細かく切り刻んで、設計図を引いたりしているどこかの大家の姿が、頭に浮かんだ。そうやって東京の住宅事情を把握していると、何か意味のあることをしているような気にはなった。しかし思考実験の余裕などはなく、ただただ苦しまぎれにそうしていた。

天気のいい日にふらふらと散歩のようにして出かける時もあった。自活の方法と言っても、ともかく原稿を書く以外何も思い付かず、ワープロの肩凝りで吐き気がこみ上げて来ると、肩と腰と背中と足の裏にメンタムを塗り付けて少し眠り、起きて肩凝りの治った勢いで「居場所」を探した。

……住めそうなところを捜すと称して路地裏に入る。築十年ほどにも見え西陽が射す、蔓草の絡まった異様に静かなアパートを発見する。昔の庭のような丈の低い鉄柵の塀、住みたいと思うが、無理であった。夜中に大声で泣き、絶えず死にたくもないのに死にたいと言い、いきなりワープロのプリンターの音を立てる目付きの変な私が、疎まれずに住もうと思えば、防音は要った。遅い帰宅は仕事が増えてくれれば増えるはずだ。いや、それよりも他人が住み他界がある外の世界と、木造のドア一枚で隔たっただけのところに、ドアを開けて人の顔を見なくてはならないところに、住みたくなかった。そのくせ、そのアパートを見上げ、私は静かななんの家具もない西陽の射す部屋で、瓶の中のマリモなどを一日中見ている自分を想像していた。が、そこにいる私は既に死んでいるのだった。つまり、ある部屋を選ぶことがある未来を描くことに繫がっているという、心境だったのだ。

　生活は暗くぼんやりと過ぎていったが、次の月に掲載する原稿の手直しは、その間に真面目にしているのだった。その時だけは夢中で、終わると何をしたかも完全に忘れていた。今までしたことがないほど仕事をしていて、そのくせ普段は我に返りしらけはてていた。クリスマスの夜、賑わう繁華街をアレルギーの手を腫らして歩いてみる。不動産店のシャッター越しにわざわざ読みにくい貼紙を読む。わざわざそうすることで努力したように錯覚してみる。それから自分の作品が載った雑誌がもうじき出るのだということを想像しつつ歩いているうち急にばかばかしくなり、どこかに住むところはある、と楽天的に変わる。すると、今度ははしゃぐ人々や電飾の瞬くツリーの間をわざと悲しそうな顔をしてとぼとぼ歩いて、キリスト教徒でもないのに、アアクリスマスダトイウノニ、と呟きつつ、不謹慎な放浪ごっこを始めている。売れ残りのケーキを見付けると素早く買って帰り家に帰って妙に充実していた気分がふっと覚める。テレビを付けようとして明日がないのに気が付く。

そのあたりから、昼間、廊下に出ると物凄いゴミの臭いに悩まされるようになった。階下のゴミ置き場の蓋が開け放しになって乾かしてあり、悪臭は丁度私の部屋の前でわだかまるのだった。無論偶然に過ぎないと確信はしていた。

一九九一年七月

小平の騒音の部屋の中で、逃れようもない切実なテーマとして、八王子の部屋を出されるいきさつから、延々と続く部屋捜しのディテールを途中まで書いた。が、ある日、ふいにその長編の執筆を中断した。生まれて初めて、自分の本が出ることに決ったので、その準備に専念することにしたのだった。とはいうものの長編の方の枚数はかなりになっていた。そこで八月の半ば、途中までの部屋捜し原稿を一応、担当編集者に送ったのだ。

一九九一年十月

その日、未完成の長編を読んだ編集者から電話が掛かってきた。

——面白いんですよ。

相手の機嫌はまあまあ。

——あ、それなら良かったけど。

軽く受け流しはしたが、気にはしていた。すると……。

——これは長編の一部ですよね、全部で何枚になるんですか。

——……二百枚越えてしまうかもしれませんが。

——ほーん。

おや、と思った。口癖なのだ。不満気にしかしどこか弱々しくほーんという。が、普段、なんでもない時でもすぐに不満気に、ほーん、という相手なのでまだ真意は判らない。無論真意なんか判らなくても会話は続く。大抵は電話で用件を済ませていて、彼は電話の中に住んでいる声でしかないのだから。ごくたまに会うと待ち合わせの時、それらしい顔が現れるのでああそうか、と思う。が、少し似たタイプの人間が側に居合わせたりすると、間違えてそちらに声を掛けてしまう。そのくらい温和であくのない相手。だが、なんとその日にかぎって、電話口で妙に自己主張してきたのだ。

――あのね、判らないんですよ。なんでこんなにこの主人公の部屋が見つからないのか。読者はこの主人公に付き合ってると疲れるかもしれないな。部屋が見つかりそうになるとまた駄目だったたってそればっかり。

なぜだ。この長々した発言。私は相手の意外な存在感に怯え、却って、一気にまくしたてた。一体どこからそんなエネルギーが湧いてきたのか。おそらくはストレスもたまっていたのだろうが。

――だって本当にないんですよ。駐車場付きとオートロックとペット可と子供可はもうありませんね。首都圏の土地持ちの何パーセントかはね、もうこの国から人間が絶えてもいいと思ってるの。それとオートロックのワンルームでよさそうなところは、不動産屋に図面が回って来た時点でもう殆どきまっている。だから現代の大久保清はおそらく医者や画伯を名乗らずに不動産業を名乗る。今頃大久保清は渋谷にワンルームの偽事務所借りて、ありもしない高級女子学生マンションの広告出してますよ。値段はリーズナブルでただ非常にいい感じの物件をね、事務所は高層ビルのてっぺんでも行くと不動産屋はいない。大久保清がいるの。

負けずに、長々と喋ってやった。が、どういうわけだか、私の返礼に相手はめげない。

――なんですか、話の見えないことを。だからってなんでこんなになっちゃうんですか。一月から三箇月捜し続けてどこにもないっていうのは。まさかこのままどこまでも続くんじゃないでしょうねえ。

私は仕方なく守りに入る。

――展開はありますよ。最後は騙されて騒音の凄いところに入っちゃうの。

無論追及してきた。

――要するに入れるんですね、でもどうしてこんなにうまくいかないんだろう。

私は、むっとした。

――だから東京の住宅事情に怒ってるわけですよ。主人公は。住む場所はないし、それでも出て行かなければならないのだ。

――あのね、出て行かなくてはいけないところまでは面白いんですよ。でもそのあとずーっと繰り返しているでしょ。部屋がなくてずっと捜し続ける。歩きくたびれてやっと見付ける、ついに入れると思うとまた入れない。全部同じですよ。出てくる不動産業者だって全部同じようにしか見えないんだ。

――それはみんな職業的に応対してるんだから似てきますよ。住宅事情だってどこ行ったって同じだから同じことしか言わない。

反論しながら、私は次第に自分が悪いような気がしてきた。

――大体出てくる女の人がみんな服もアクセサリーも同じようだし、みんな似たり寄ったりの緑の服。

——ああ、あの時期緑色流行《はや》ってたんですよ、それにアクアマリンだってまだ流行っていますし。顔だってそんないきなり美人が出てきたりしないですよ。小説の中にはやたら出てくるけど。

——だって現実をずらーっと書こうとは思ってなかったでしょう。

——ま、全体を、なんとか、……。

——あと時間の流れが全然つかめない。これでは日記やレポートみたいな印象を受けます。ともかくなんでこのヒトはこんなに延々と部屋を捜してるのかしら。

——えーっと、だからね、長い単調な時間のリアリティというもの、繰り返しの難儀、期待しては裏切られ追い詰められて行くわけ。体は小市民で、心は無頼派になるの。

——だからって誰もこんなに困ったりしませんよ。どうしてたかが部屋ひとつで追い詰められるんでしょう。

言い切られて何か胸がつまってしまう。声がやや高くなってしまう。

——だって私は行くとこが決まらないのに出てくしかなかったんですよ。しかもなんで自分の部屋が見付からないのかが判らないんですよ。オートロックはないし。

——だから、なんでオートロックのところでないと駄目なのかが判らない。オートロック、オートロックってこだわり続ける理由が……。

そう言われればなる程黙るしかなかった。活字の領域では、オートロックの中のどこにもない場所などとワープロに打ち込んで自分の妙な考えを説明することが出来る。が、いくら電話の中の声でしかないような担当者でもやはり第三者に向かってそんな気恥ずかしい言葉を発音出来ない。が、小説なら出来る。

——……判りました。あのうそれではですねえ、オートロックについての一文を入れますよ、この主人公のオートロック観みたいなのを、それがそのまま世界観になってますので。前の方に。

——そうですか。それにしてもなんでそんなに部屋がなかったのかな。今度もまた引っ越しするんでしょう。家賃大丈夫ですか。

小説を一瞬介在させただけで、会話はたちまち、通ずるようになる。私も「平常」に戻る。

——いや、まあ、それはほら仕事は文芸誌ならありますから、私ひとりの生活ですから御蔭《おかげ》様で、ですが。ただねあの、いい所は、そのう、実は馬鹿馬鹿しいんですが……。

——ええ。

——私、実は方位に凝ってしまったんですよ。小平に移る時も……。

思いもかけず、といっても事実なのだが、言ってしまった。

——方位……。ほーん。

今度のほーん、は別に不満気ではなかった。うっとりした声。こういうほーんを聞いたのは初めてである。この件に関してだけは、理解されないと思い込んでいたのに。

——……そういうね、妄想みたいな面白いですよ。どんどん凝って下さいよ。しかし方位とはね。ほーん……。

今まで他人に向かって口に出したことは一度もなかったのだ。また世間で、一旦口に出せば、これ以上馬鹿馬鹿しいことはないと思えるし、その事は自分でも充分判っていた。それなのにいつしか妙なことにこだわり始めていた。そしてその妙な自分は他人の視線の中でしか意識出来ず、解析することも出来ないのだった。自分の心理をきちんと相手にとっさに喋ることは私には出来ない。だから仕方なくそのあたりの事情をその場しのぎに言った。相手が私を理解したのではなく、ただ面白がったという事も判っていたから。

——だからね、私は部屋捜し去年よりもうまくなってますよ。収入上ったから家賃だって今の五万九千円から八万円台まで上げたし、あるんですよ。八万円台でもオートロックとなると難しいが、でもそんなにいい部屋ではないけどワンルームならあるの。別に新築とかお洒落なとことか言ってませんから。ところが、静かできれいで自営可でオートロックだと五黄殺の方向に入ってしまう。そこ、国立で二十六平米もあってすごくいいタイミングで見つけたんですよ。自営業者の斡旋をしてくれるところですごく真面目な業者で、でもやっと見つけると五黄殺ばっかり、どうしてそうなってしまったのか。

──ボクはそんなこと知りませんよ、でも方位に凝って主人公がどんどん変な世界に入っていったら面白いかもしれない。それで今度の引っ越しはいつなんですか。

──四月くらいにですね、予定していますが。

──ほーん、ほーん、ほーん、四月、し、が、つうー。六月号なら校了は四月末なんだけどなああ。

不満てんこ盛りのほーん、になる。全てがほーん、及び「発行の都合」で決定される、ほーんの世界だ。こっちはなだめるしか方法がない。

──あ、大丈夫、大丈夫よ。前も引っ越しの当日に打ち合わせして印刷所の人が失踪したもんだから、翌日校了にしてなんともなかったじゃない。その前の時は印刷所がストで立川のホームで打ち合わせして……。

たちまち、相手は冷静に戻る。それから題名は変えていただいた方が……。

──判りました。「お仕事の世界」だ。

……電話を切った後で山下清の絵のことを考えていた。繰り返し繰り返し細かいレンガなどを展開していき、丁寧に描写してあった作品群のことを。絵を観る側はその繰り返しに驚嘆する。が、そのレンガのひとつひとつを山下清が描いたのと同じ速度で見ていくわけではない。繰り返しはひとつの平面になって観る側の視界に入って来る。が、なんとなく全部を一度に見渡すということは活字では出来ない。いや、そもそも山下清の絵を見た人間はそのレンガが本当にひとつひとつ同じように描かれていると意識しただろうか。それとも繰り返しの法則とでもいうような約束事があって、その中で全体を安心して眺めたのか。或いは、リアルというものは無意識のレベルでしか捉えられず、捉えた瞬間にはそれはもう意識出来ないものになっていたのか。

部屋捜しの間、貰った図面から業者の名刺まで全部徹底的に保存しておいた。メモもとった。部屋は死にたくなるほどに見つからなかった。現に追い立てられて引っ越しできないまま、施設に入っている老人がいたり、外国人の住処がなかなかなかったりする。不謹慎は承知だ。が、どこか一点で、自分はそれに近いのではないかと考え始めていた。ただ、ひとつひとつを積み重ねて書いていってたものは、記録の寄せ集めに過ぎなくなっていた。私とその記録とは、もう、無関係なのかもしれなかった。つまり脳の中に積もった記憶の結果、部屋捜しの中で変わった認識が私であり、そうなるとひとつひとつの事実とは、ノンフィクションにさえ使えないただのごちゃごちゃだった。街並ひとつ、事件ひとつを描写するにしても小説の中では、ベタなものなど許されない。——そもそも、作品における「正直」さとは何か、文学虚構中の「真実」とは何か。

百五十枚ほどまで書き進んだ原稿の後半、部屋捜しを律儀に丁寧に日を追いながら、店のつくり、店員の衣装まで書き込んだ部分を、私は破り捨てた。するといつの間にか私の頭の中には、去年のあまりにも辛かった部屋捜しの時間の、一種の強迫観念のようになって固まった変な世界が、入れ替わりに出現してしまったのだった（ひとつの悪夢として）。

ひとつながりの夢

物凄い世界の中に私は放り出されていた。不動産ワールド、と呼ぶべきだろうか、部屋捜し地獄、と言ったらいいのか。ある日、私が一歩部屋の外へ出ると、まず街路から殆どの家が消えてしまっていた。つい昨日までマンションの向かいに立っていた、やたら鉢植えの並んだ旧い一軒家が、或いはその隣の最近改築した煙草屋の新しい白い壁とガラスの自動ドアが、或いはまたその隣の三箇月前に名前がサッポロからハカタに変わってしまった小さいラーメン屋が、そして大喪の日に、家の前の歩道に丹精した鉢植えを持ち出して一心に道を飾っていた老人の住まいと、あちこちをガムテープで目張りしてあるひょろ長い二階建ての木造家屋が、とにかく、私の記憶の中で少しでも何か個性的なひっかかりを持って記憶されていた住居という住居が、消え失せていた。

見渡す限りコンクリートで固めた駐車場だ。あるいは緑の網を高く張り巡らして、けたたましいドリルの音を立てるビル建設中の現場なのである。さもなければただ、隕石が落ちた後のように穴が開いていたり、刑務所のようなあまりにも長い塀が何百メートルも続き、中に何があるのかまったく覆い隠されてしまっている。いや、よく探せば、その中にぽつぽつ建物の形が残っているのもある。

……去年建った灰色のタイル張りマンション。一昨年建った白いタイル張りのマンション。その一階のコンビニエンスストアに、今までの癖で、私はつい入ってしまう。と、やはりその中も変わっていた。

明るい店にぎっしりと並べ立てられていた様々な品物が一切消え果てている。弁当とサンドイッチの並んでいた棚、電球やレターセットを乗せた陳列台、ジュース、ウーロン茶、イチゴミルクが入っていたガラス張りの冷蔵庫全てががらんどうになって、ディスプレイのための小さい蛍光灯は消え果てており、食品のための冷房も消されていて、そこからは食品の屑が乾いて変質していく臭いが立ち昇っている。今まで煩《うるさ》いと思っていたBGMが消え、そこにはごく微かに機械の唸るような、多分換気扇かエアコンの音だけが剝き出しになった。無論店の中は暗く寂しく、私はかりんとうとチョコレートを買いに入ったはずだったのだが、いつしかそのがらんどうの景色の前で立ち尽くしていた。店員はというと、つい昨日までは毎日そこにいた、オレンジ色のユニホームを着た美少年の姿も消えてしまい、その代わりに、スーツにネクタイで目のぼーっとした、体格のいい男が、ひとりいるだけだ。背中が大きくてその背中の上を、さらにだぶだぶした上等の生地のシャツが覆っている。ネクタイは赤。ネクタイピンは多分、軽金属。

薄暗く埃の立つコンビニの殆ど空になった棚の間の通路で、彼はゆっくりと段ボール箱の中からなにかを、商品を取り出して並べていた。布テープとナイロン紐と新聞紙の束、麻縄と、ビニール袋と、クラフトテープ、などを。店の入り口に近いマガジンラックには、部屋捜しの情報誌が三種類だけ。私はそれを全部買って、少し下を向いて店員に言う。

――すいません、段ボール箱を売って欲しいんですけど。

――段ボールは差し上げますけど。何に使うんですか。

どこかから深い悲しみが現れてくる、その悲しみに押されて仕方なく言う。

――引っ越しの荷造りに、使うのです。

すると、相手はさっと立ち上がり急に顔をぴかぴかさせ手を前で組んでにっこりと笑った。たちまち顔がひきしまり、男前になる。看護師が年寄りに話し掛けるようにおとなしげに言う。

――お部屋を、お捜しですか。

そこで、ああまた始まるのか、と私は吐きそうになる。――いつのまにかレジが不動産屋のカウンターに変わっている。それも物凄く長い曲がりくねった、時には階段状になって高さの変わっていくカウンターだ。長さは東京の線路と同じくらいだ。線路と同じだけあり、枝分かれしている。幅は、現実の不動産屋のカウンターと同じ長さの、まったく同じように枝分かれした、殆どの部分をぴかぴかに磨きこまれたカウンターの世界。そこにほぼ一メートル置きに、不動産業の社長が、或いは正社員が、或いはパートタイマーが、並んでいる。会社毎にふたりとか三人とか纏まっている場合もあり、近付いていくと三人が一緒にいらっしゃいませ、と言ったりする。あらゆる顔形のあらゆる年代の、あらゆるタイプの人々がそれぞれにいる。そのくせ、私の部屋捜しの結果は同じだ。ああ嫌だ、もうこれ以上苦しみたくはないものだと私は思う。が、一見、破滅衝動に囚われた人のように或いは邪《よこしま》な欲望を恥じつつも抗《あらが》えぬかのように、私はふらふらとカウンターに引き寄せられていく。

――ええ、とそれではどういう物件をお捜しでしょうか。

カウンターに座った途端に先ほどの男は消え失せていて、別の人間が私と向かいあっている。血色良く目付きのぼーっとした体格のいい男、ネクタイは赤……。それならばさっきと同じではないかというとこれが人物も店も違うのである。私は悲しみを堪《こら》えながらやっとのことで言う。

――ええと、単身者用の、ワンルームを。

――御予算は。

――六万円ほどで。八王子あたりに。駅から遠いのと建物の旧いのは大丈夫です。バスで二十分とか平気ですよ。お洒落じゃなくてもいいです。和室であっても。

――ああ、はいはい。いいところございますよー。

──ただね、オートロックのとこ。

すると、そこで、いきなり相手の首がぐにゃりと折れ、溶けたように伸びる。口の両端から季節外れのモンシロチョウがどんどん飛び立ち、霧のようにむらがり、いつの間にか、男の体を隠してしまう。

──おーとろっくねー、オートロックのところはナーイー。ナーイー。

モンシロチョウの群れが全部空に消えると、男も消えてしまう。その後へ今度は、血色が悪く、目付きのしっかりした、ネクタイが青の、ほっそりした男が出る。が、応対は同じでモンシロチョウではなく、アゲハチョウに隠されその姿は消える。すぐまた別の人物が現れている。白髪の温厚そうなその男はチェックの上着を着ている。愛想良く笑うと、

──うーん、オートロックはー、ないなあー。

と言うやイチモンジセセリが出て、跡形もない。

老若男女、親切なところと、ていねいなところ、親身なところからどんどん消滅する。私はなお一層悲しくなる。三月二十五日までに、ともかく部屋を捜して出て行かなくてはならない。一メートル歩いて、別のカウンターに移動すべきである。それが最短距離だし消耗しなくていい。が、なぜかそこからどんどん走って遠くに行ってしまう。そしてあてもなく電車に乗る。既製の小説の主人公はふらりとバスに乗って、下りた駅で部屋を決めるものだ。そしてそこには東京の下町や昔風の店が並んでいて、主人公は微苦笑をしなが

ら東京文学マップのような散歩をするのだ。が、私は電車に乗ってひとつの駅に降り、がっかりして戻り、また次の駅に降り、その度に駅の階段を登り降りしている。足が痛くなり頭がぼんやりし靴を履き潰して八王子に戻る。八王子では電車やデパートとひとまとめに、不動産の経営をしているところに入る。が、ずっと一続きになったカウンターのところなので、同じ結果にしかならないのだ。

カウンターは曲がりくねってぐにゃぐにゃと伸びる。それを手繰り寄せ、同じことを言う。ずるずるとカウンターに引っ張られて別の人が出てくる女の人。

——六万円以上ですがライオンズマンションの新築ワンルームが……。そうですか予算が違いますか。

あっさりと友好的に応対する。八千草薫に似ている。服は緑。電鉄系。

——六万円のオートロック、そーんなのはございませんっ。十五万のところならばありますけど。

ドラマの意地悪役の時の三崎千恵子に似ている。服は紫。これも電鉄系、もしかしたら本人がそっくりさんのつもりで、表情や態度もまねているのか。それとも三崎千恵子がこういうタイプの人を、たくさん見て練習したのだろうか。それとも知らない人々と似たような会話を延々と続けているうち、私の記憶がパターン化されてしまったのか。いや、私が辛さのあまりに被害者意識を勝手に募らせているのか。つまりドラマにしてしまうと辛くないから、それとも……現実もドラマも変わらないのか。ソンナバカナ。私もダンプ松本になりたくなる。いやダンプは私よりずっと若い。それにずっと可愛い。仕方なく赤面してそこを離れ、歩いていく。

カウンターから直接首の生えている場所にでくわす。さまざまなタイプのさまざまな首。

——自営業者の方、難しいですよー。

——自営業者ですか、いえ、保証人さんがあれば。

——自営なんですか、あああ、そうだったですか。

——自営の方、あ、あのう三階のお部屋はもう決まりましたよ。

——すいませんここ学生限定です。

——勤め人限定です。

——一部上場企業男性独身者で留守がちの人という限定なんです。

——一流企業女性管理職のみ四十歳までです。友達少ない方。

……靴がぼろぼろになって風化してしまった。ストッキングも破れて足の指が三本まで出てしまった。足の裏に細かいゴミがぎっしりと付いた。感覚の不快よりも、裸足で汚い道路にいるという認識に震えが来る。そのゴミの細かさに鳥肌立つ。歩いているだけで足の裏のゴミは少しずつ足の甲の方へと這い上がり、ストッキングの間に入り込んで来る。爪の端から少しずつ砂埃や油が侵入して汚れていく。それでも私は自分の配役を考え続ける。

冷たいコンクリートの上のぐにゃりとした何かを踏んづけてしまう。ビニール袋越しの汚物であると判る。部屋がないというのは、靴を無くすのと同じことだと思う。が、やがて、片足を爪先立てて歩いているうち、足の裏が清潔な乾いた世界に当たる。少し安心し汚れをその乾いたものになすり付けるようにして歩く。が、なぜかばさばさして歩き難い。下を見ると地面はページを開いた住宅情報誌で埋まっている。アンデルセンの地獄に今まで自分が羽を毟《むし》った昆虫に苦しめられる子供というのが出てくる。そんな感じで今まで買った住宅情報誌の、膨大な束が道を埋め尽くしている。歩けば歩くほど雑誌の堆積は深く深くなって、膝までにもなる。

私は呆れはててその中に座り込んでしまう。少しずつその中に埋もれていく。私の体は縮んでしまうらしい。細かかった雑誌の活字がどんどん大きくなり、私はその上を蟻のように這って歩いている……。

オートロック・ランド

……いつの間にか私は不動産ランドを抜け出していた。どこともしれない気持ちのいい世界になぜかいたのだった。体は深く呼吸し、生まれる前のような皮膚には、自分の体温より少し高い清潔な空気しか触れなかった。視界の中では私と一緒に見覚えのあるヌイグルミ達が静かに呼吸していた。ドアが見えた。ドアの外には誰もいないらしい。そこでの私はインターホンを通してしか人と喋らない。声だけの相手は私の内面から響いてくる声と同じで、名前もなく住まいもなくただ内容だけを持って時々現れて来る。外界の空気は一旦表の自動ドアで濾過されてから、ひどく薄められた人の気配を廊下に漂わせる。が、自分の部屋のドアを閉めればそれも途切れる。ドアを開けてもすぐ外は一応安全な廊下だ。無論部屋のドアの鍵も、きちんと掛けてある。

その部屋の中にいると部屋にはただ、私の気配だけがどんどん濃くなっていく。窓越しの外界はカーテンの陰から時々覗き見る映像でしかなく、ドアの外に立って私の声を聞くものもない。――そう、判りきった事、結局ここは私の部屋じゃないか、やっとその事が意識出来た。そして何年も前のことを思い出した。

以前同じ建物の住民が新興宗教の勧誘に来たことが一度だけあった。いつもワープロを打っていて忙しいので、と言って一度断ると、今はお暇なはずですと言ってまた訪れたのだった。今も忙しいです、と強く言うと、ドア越しに水音を聞いて判りました、お風呂上がりでしょう、とインターホンで言われ鳥肌が立った。大家に訴えると相手は来なくなったが、同じ建物の住人だったからそれですんだ。もしも建物がオートロックでなければ、絶えずこういう厄介が起こるのだという印象を持った。

一応閉ざされた一応安全な場所にいると、自分はどこにも住んでいない、別の世界に隠れているという錯覚さえ生ずる。八王子でもなく伊勢でもなく、無論番地も住所もない、ただオートロック、半密室の世界である。以前に聞いた、大家が隣にいるオートロックの二階で、女子学生が殺された事件だって、二階の窓を開けたまま寝ていたというが、現実を忘れてしまうほどに安心しきっていたのかもしれなかった。

ここは——どこにも住んでないという錯覚をも生む部屋。錯覚の中なら、どこにも、の、に、を発音する余裕も生まれるのだ。他人の視線のない世界でワープロも打てる。世間がなにを言おうが空間そのものが私を守ってくれる。そこにいれば誰も私が何をしているか問い糺《ただ》されないし、一旦共同住宅の中に入ってしまえば、別の世界。どんな言葉も人間も全部アレルギーのたねになる私は、どこにもない場所から一歩も出ていきたくなかったのだ。——その私がさらなる閉じ籠もりを完遂するために、部屋捜しに出た。

八王子で、最初、たまたまオートロックの部屋に住んだだけだ。が、私はそれに完全に適応し、もう他の世界に住めなくなってしまっていた。いや、そういう世界だからこそ住めたのであって、他の世界に住んでいたならとうの昔に、私自身が、ウンコ色の立方体か何かに変身してしまっていたかもしれなかった。

閉ざされた空間で時間を止め、ヌイグルミと暮らしてドッペルゲンガーを見る。抽象観念を核に置いて、皮膚と脳の剝き出しの感覚だけを推進力にして小説を書く。——現実の気配は作品ばかりではなく、思考実験に縋《すが》って生きている私の、生活をも、脅かした。

確かに外の世界の刺激が作品を生むこともあった。が、それは必ず自分の密室の中、つまりこのオートロックのワンルームの中に一旦持ち込まなければ触れることも出来ない恐ろしい素材だった。なんでもない言葉やちょっとした他人の表情だけで死にそうになってしまい、腐った食物にあたるように人の気配にあたった。

森茉莉のように徹底した幻想家であるなら、壁の薄いアパートに平然と住んで、隣人の干渉にもめげない部屋を作り上げることが出来たのかもしれなかった。いや、森茉莉でさえも、決して引っ越ししようとはしなかったではないか。そもそも私のような現実的な人間がどんな想念を作り上げても、そこが森茉莉のいう、夢の部屋、であるという根拠はどこにもなかった。ただ慣れた場所や空気が、昨日からの続きが、そこを浮世離れした部屋にしていたのだ。ましてや私はただの小市民だった。現実をむしろ部屋の中に持ち込んでしまう。

現実に追い掛けられて部屋に逃げ込む。誰かと喋るだけでその言葉は部屋の中で自己増殖を始め私を脅かす。結局私は夢の部屋の住人になどなれなかった。ただひたすら、現実を排斥し続けていただけのことで、非現実を偽装していたにすぎなかった。

どこにもない場所、誰も来ない場所、地元の住人から顔も名も住処も知られないで生きられる部屋……人が、ひとつの部屋を選ぶ時、そこを自分が住むにふさわしいと考える時、そこには大抵ひとつやふたつの幻想が紛れ込んではいるが。それがたまたま私の場合オートロックだった。

防犯の点でオートロックでさえも完璧ではないということは充分に判っていた。が、東京が既に現実の場所でしかないということに気付いてしまった私は、どこでもない場所を、ひとつの機能の中に設定するしか、なかったのだ。ともかくオートロックが不安を宥めてくれる。外の判らない世界に接しなくてもすむ。

その不安は具体的には防犯と防音という言葉で表すしかなかった。そしてたまたま私の生きてきた世界の記憶を辿れば、そこに住んでいる限り安全だったのである。正確に言えば、非常階段の上にまできちんと金網が張ってあるような、堅固なオートロック。そこを追い出されることになって初めてそれに気付いた。

よく判る世界をわけの判らない理由で追い出される私は、もう一度よく判る世界にもぐり込むため、わけの判らない世界をさ迷うしかなかった。

不動産ワールドに行くしかなかった。

不動産ワールド

情報誌に首まで埋もれたまま、私は広告を見て電話をしようとする。無論心は自己嫌悪と厭世感で一杯になる。部屋を決める。人に先んじようとして自分の欲望を述べる。何度も断られる。そこら中の業者に、あのバカと言われているのではないかと、本来ありえないはずの設定がどこからか染み出して来る。交渉するだけでひどく疲れる。

――すみません情報誌を見たんですが。

――はいっありがとうございますっ。

――ええとこの立川のオートロック、ワンルームで家賃が五万七千円のもの。

――決まってしまいました。

開いた情報誌の散乱している紙の上から、いくつもコンピューターのディスプレイが生え始める。その中に同じような人間の顔が映っていて、口々に言う。なんだか朝市のような調子で、声が重なるのだった。

――はいはいはいはいもう決まりましたっ。

――居間七畳キッチン二畳家賃六万円はいはいはいっ。決まりましたっ。六畳一間七万円でどうでしょうか。

――居間八畳家賃五万八千円、え、オートロック、違います雑誌の誤植ですね。ええとオートロックでしたら七万円台からー。

――んー、うちは大家さんから話預かってるだけなんですよー、だから内見は出来るけど図面がないのねー、物件を実際に見てくださーい。

——ああ、あれは結局ないという話でした。

——お家賃去年のです四万七千円は、五万六千円になりますんで。

——ここは順番待ちです。現在空いているお部屋はありませんね。

——これからはね、大家さんが借手を選ぶ時代ですからねー。

——はいはい七畳居間、それで台所二畳、という事は十七・八平米です、たっ、たっぷり七畳あります。

業者が悪いのではない。相場より安いところを捜している私に問題があった。情報誌の間を蟻のようになった私が這いずり回っている。電車に乗る、階段を登る。電車賃の小銭がなく両替に走る。財布一杯の硬貨がすぐさまなくなる。

——すいません内見だけできる、図面はないって聞いてきたんですけど。

——内見は出来ないと思いますよ。

——え、内見出来なくてどうして入るんですか。

図面もなく内見もさせないのかと私は呆れる。が、相手は説明もせずいきなり怒り出してしまう。それは今までに遭った事ない感じのとても珍しい怖い応対。

——お客さんあたしだって人間ですからねー、そういう言い方して貰うとこっちだって。

——だって電話の時は誰が出たんですか。

——さああねえ、誰でしょうねえ。

数を当たるとこういう事も起こる。情報誌の乾いた紙の上から、キノコのように、今度はブラウン管だけ生えて、そのブラウン管の中で、今まで見た不動産業の女性よりはるかに若く美しくて、目の下に真っ黒な隈まで作った十代にしか見えない女性が、肩を怒らせながら私を叱っている。私は全身が震えて倒れそうになる。

——そういう態度ではやる気がなくなってしまいますねえ。お世話するにしてもこだわりがねえ。

渋谷の高層ビルから出て何度も何度も同じようなカウンターをふらふらさ迷う。ビルの間の空から警戒中と書かれた飛行船が何十機も魚影のように現れ、そこからパラパラと何枚かの図面が降る。

——こちら広めのオートロック家賃四万二千円エアコン付き百草園、一階はパチンコ屋さんです。え、騒音、うーん、日照は悪いです、北向きです。

——はい広告の平山城址《じょうし》公園五万円台十七・五平米、今空きが有りません、五月入居ですが。

図面を掻き分け掻き分け内見の出来るところを捜す。電話で内見出来ると言ってきたところも行くと事情が違っていたりするのである。医療刑務所の向かいと、少し値段は高いが庭先がお墓のところ、どちらも二十平米ありエアコンもある。お墓のところに決めようとすると、一階で塀もないから建物そのものが通路に直面していて、防犯が気になる。刑務所の向かいがベストだが今度は私は方位が気になり始める。

――あっおたくの条件ぴったりです。線路脇の踏切際、前は小川で川にゴミを捨てる人が時々いるかな。ベランダの下が線路ですが、電車はゆっくり通りますから喧しくはないです。但しここは順番待ちでしてね。

郊外はオートロックがなく、あれば部屋は狭すぎ、或いは入居時期が合わず、都心にあったって高いから入れない。

――オートロックのとこはね、入居するでしょ、まず出ないね、何年たっても出ないから、結局ない。新築は高いしね。

きちんとした説明を受けても、捜し続ける。情報誌の中で電話を掛け続けるうち、電話そのものがどんどん変形していく。普段使っている黒電話の真ん中が急に膨れ上がり、ダイヤル部分がパチンコ台になってしまう。強いて回そうとすると、パチンコをして、チューリップに入れなくては回らないのである。やっとチューリップに入る。玉は出ない。ただ電話が通じる。出た相手は冷たい声で何か受けこたえをしてくれるが、内容は取れない。必死で話しかけると切れてしまう。しかもその間にダイヤル部分だけが巨大化して五角形の板になり回そうとすると、電話機そのものを持ち上げなくてはいけない。が、持ち上げると電話機はヤケドしそうに熱く、指先が焦げる。そしてついに、粉電話というわけの判らないものが登場する。ダイヤルを回す代わりに五色の粉を組み合わせて数字を表現し、それをダイヤルのあたりに振りかけなくてはならないのだ。中でも八の数字は、青い粉五、黄色い粉三赤い粉一と混ぜて振り掛けなくてはならず一番厄介である。その上やっと振り掛けるとまたパチンコ電話に、戻っている。

電話を諦め情報誌の海の中を歩いて街に出ようとする。裸足のままでは部屋も捜せないから靴をまず買う。繁華街も不動産業のガラス戸と建設中のビル以外は消え果てているが、やっと一軒の靴店を見付ける。中に入っていく。狼の頭が付いた金色の靴、オレンジのメッシュで鎖を下げてある靴。紫と白の紐で鼻緒を付けた、わらじそっくりのサンダルまである。緑にベージュのフクロウが付いたいい品があるが、少し足を入れただけで小さ過ぎると判る。そもそも靴のサイズが二十五センチ、普通の靴店ではなかなか買えないのだと思い出した。が、それにしても変な靴ばかりだし店の照明もひどく暗い。上等の素材で変なデザインの、高級品ばかりを七割引き位で売っているのである。その一方店の前には汚れたゴムのスニーカーが、一山五百円と書かれて投げ出されている。

――いらっしゃいませ。

疲れた顔の女の人が声を掛けて来る。

――ここ、殆ど商品がないのね、安いことは安いけど、でも、今はバーゲンのシーズンなの。

相手はさらっと答える。

——あ、店、追い立てなんですよ、はやってたんですけど、ビルが建つらしくて。

私も素直に言う。

——スニーカー下さい。他のは入らないわ。サイズが二十五なの。

——あっ、それでしたらイヴ・サンローランの二十五センチッ。おたく様にぴったりのものがっ。とてもお安いですが。

——うーん、そういうの全部駄目。女装用のとこでも行かなければハイヒールは無理。足の横幅も広いの。みんなどうやって靴履いてるんだろうか。

——……ありがとうございました。

……外に出てただひとつ明かりのついている美容院に入る。不動産以外の所に入りたくてつい入ってしまう。が、そこも異変が起こっている。

——いらっしゃいませ、カットですか。ヘアスタイル、どうなさいますか。

イメージを変えたいの、とすぐさま答えた。住宅捜しを離れると自由に言葉が出る。但し内容は実情を離れて芝居がかってくる。そしてそんな時ほど愛想良くなってしまう。相手はというと、無論営業だから最初から完全に芝居がかっている。

——あら、それはまた心境の変化、でもこの髪、これはまた随分放置なさいました。まあまあ、こーんなに伸びて。お忙しいんですか。

——ええまあ、……ともかくね、勤め人に見える髪型にして下さい。

美容院の椅子が私の居場所であるかのような気分になってきた。自営不可もどんどん冗談になってしまう。無論相手にはそんな事は判らない。私にも相手にも自分の都合しかない。私の愛想が良すぎるせいか、相手は素直に喋るようになっていった。

——え、勤め人風、でもそれよりも頭のここだけ、刈り上げませんか。私すごく刈り上げがしたくってずっと待っていたの。一部刈り上げて残りは普通のカットに。普通のカットはもう飽きたけれども、こういう生え際の人だと普通のもしたいの、ほら、この頭、なかなかいなくってねー。髪の毛が首筋から撥ね上がってるでしょ、これ、毛の生え方がこの筋だけ違うんです。練習がしたくって待っていたの。

——でも……私、刈り上げが似合うタイプなんだろうか。

——うーん、というよりすごくおとなしそうだから刈り上げにしても怒んないと思って。

——えー、……シャンプーだけでいいです。もう。

——でも、なーんだ、奥さんなんでしょー、素敵にしましょうよ。ぱっと見四十前後にしか見えませんよ。いいですねー。襟足が奇麗ですねー。

そこで私は漸く相手の顔や性別に関心を持つ。明るくてスタイルも顔も美しい娘。つまり年代が違うことについ気兼ねをして、また一層私は、芝居がかって行く。

——あなたとてもお洒落で素敵ですね、楽しいでしょう毎日。

——え、私なんか、それに私二十一になってしまったんですよ。それに大家がすっごく嫌なやつで。

いつものいやな予感に、むしろ、引き寄せられて言った。

——きっと素敵な所に住んでいるんでしょうねえ。

——はい。ふたりで借りてるから家賃十万円のところ、ロフトあるんですよー。でもエアコンが一室にしかなくって、私、エアコンのない部屋にいるのに電気代折半させられているの。

なんだやっぱり不動産ワールドじゃないか、と私はまた疲れが込み上げて来た。が、一旦勢いのついてしまった愛想はもう止まらなかった。

——ふーん、言えばいいのに、お友達トクしてるわけでしょ。

——えー、面倒ですよそんなの。それよりねー、私、ディスコ好きなので遅く帰るとね、大家がおかしいんです。男と会って来たろうとか。

——嫌な大家ね。

——飲みに行こうとか言って、友達は言われないのに私だけに言って、帰りが遅いと見張ってて変なことを訊くの。私エアロビクスのインストラクターになりたかったの。だからどうしても踊れる場所に行きたくて、踊り好きなんです。それなのに変なふうに言われて、でも怒れなくて。

——他に引っ越せないの。

——ふたりで借りてるしね、契約期間残して出るの勿体《もったい》ないから。家賃って毎年すごく上がるでしょう。それにウチね、給料日三十日なのに家賃の払いは二十五日なの、それでどうしても少し遅れるので、その度にね、なんかちょっとしたことみたいに男いるのか、とか。私、最近大家が庭掃いてるの見ただけで吐き気がして。あっ、ブローを、ちょっとだけ派手目にしませんか、私、これしたいんです。ここをトサカとか宇宙少年ソランみたいに逆立てて前衛にしたいのっ。

——若いのにソランなんて知ってるのねー、あ、でも駄目、トサカは駄目。前衛も駄目。

そこを出てブローしたての頭で段ボールを貰いに歩く。十枚貰えそうなところでなぜか五枚、と言ってしまう。お金を払う気でいるのに向こうは取ってくれないから変な気兼ねが溜まってくたくたに疲れる。この時点で、引っ越し業者で段ボールが買えるということすら私は知らない。本を入れるのに丁度いい段ボールを五枚貰えると、それだけで世界観が明るくなってしまう。が、明るい世界観は一時的なもので、すぐさまそんなことに明るくなる自分に激怒を覚える。

横断歩道を五枚の段ボールを引きずって歩いて行く。本が売れないのは住宅事情のせいだと思い付いたりする。本の荷作りだけで疲れ果ててしまう。他にも、六年でぼうぼう伸び、横幅だけ三センチほどにも育ったガラス瓶入りのマリモや、赤紫蘇をぎっしり詰めた高さ五十センチの梅干しのガラス瓶、つまり、それまで生活を楽しくしてきたものが全部重荷になってのし掛かって来た。どうやって運ぼうかと考える前に、自分の住処の無さに胸が痛んだ。

疲れると自分を責めるという良くない癖があって、環境汚染をしない引っ越しという考えにいつしか囚われていた。捨てれば済む本をリサイクルだからと古本屋に持っていき、店の男の子に千円ニモナラナイヨー、と同情されてしまう。出来るだけゴミを出さないよう雑巾からパックのカツオブシまで梱包に使い、小さい紙箱にコーティングされた、薄い薄いビニールも爪を痛めてまで剝がし、分別して捨てる。そしてまた疲れ果て自分を責めてしまう。

横断歩道で段ボールを引きずっておたおたしていると、青信号を無視して凄い勢いで車が鼻先を掠めて行く。ああいう奴は叩キコロス、と思いながら手足は無関係に動いて律儀に段ボールを脇の下に引き寄せている。そうしているとまるで、自分がその段ボールの中に住まざるを得ないかのような妄想さえ湧く。

資本主義の国で、少なくとも金を払って部屋を借りようとしていたのだった。それなのに私はまるでセールスマンのようにただくたくたになって歩き回って、オートロックのあるところでは横柄にされて追い返され、親切できちんとした業者の大部分にはオートロックがなく、稀にあれば条件が合わなかった。

　部屋に帰る度、毎日毎日、部屋の壁が少しずつ薄くなっていくような気がするのだった。鍋釜はとうの昔にしまってしまったので、ブドーパンと缶紅茶の夕食が続く。が、ある日ああブドーパンはおいしい紅茶は温かいし、テレビは色が奇麗だ、などと無意識に感謝している自分に気が付いて愕然とする。

　三月二十五日が来たらホームレスになってしまうという極端な考えだけが、どんどん、煮詰まって行った。なんの屈託も有り難みもなく、明日の心配もないままに「住み」、感謝なくテレビを見ている人々の事を、月世界の住人のように感じるしかなかった。

　その時期、一箇所だけ、内見が出来て条件に合う場所があった。五畳という部屋の真ん中を省略したかのような中途半端な間取りをその時初めて見た。チンかペキニーズの顔のように、寸の詰まった部屋にピンクの絨緞が敷かれ、イナズマ模様の走る、灰色の物入れが備え付けられていた。築一年だからまだ新しく、絨緞には大型テレビを置いた跡しか付いてなかった。そのくせ電気コンロとトイレの内側には、まったく同じ色の、クリーム色の垢のような汚れがびっしりとこびり付いていた。そこに入ろうと思って、結局断ってしまった。建物は街道から少し引っ込んで、空き地の真ん中に建てられていた。防犯は堅固だが道端に捨てられた棺桶のようで、オートロックの空間を叩き壊すように、余所《よそ》の、知らない土地の判らなさが部屋の中にまでどんどん侵入して来るのだった。決めようとした途端に熱が出て血を吐き、諦めるしかなかった。悪方位でもあった。

単調な癖に人を追い詰める部屋捜しの時間。その中で私は一度だけコンセプトを同じくする人物に会った。オートロックという言葉が私の心にどう響くかを理解している人間である。


京王線の田舎の駅近くの、要塞のようなターミナルだけが目立つ、異様に広い通りに突出するように、平凡な名前の小さい不動産店があった。不動産ワールドを歩き疲れて、そこまで辿り着くと、そこは通りの真ん中に立つ、夢殿のような六角形の建物だった。六角形になった一面に二枚ずつ、全部で十二枚の戸が建物を覆い、戸は全部強いサッシの強化ガラスで、しかし建物の屋根や土台は、ひどく古びた、コンクリート製だ。店の面積もあまりにも狭く、店というよりはコンクリートと強化ガラスで出来たあずまやに似ていた。真っ白な広々した道路を通って、そこまで歩いたのは、無論不動産業の看板を見たからである。

ガラスの上に、物件の図面などはまったくなく、ただ毛筆で、短歌のように改行したチラシが貼ってあった。一枚の戸の上にほんの一枚か二枚。幅も長さも短冊くらいの紙ばかりだった。

――オートロック、あります。あなたはいながらにして扉が開く。

――オートロック装置、安全で安心、お友達だけしか入れません。

――オートロックのお部屋ですので何も怖くは、ありませんよ。

ただ単にそう書かれているだけなのである。

ガラス戸で六面全部から採光しているはずの、そのくせとても暗い店内を私は覗き込んだ。暗い室内に、ただ茶色い机だけがガラス際に押し付けられ、なかをみても電話もファイルもなんにもなく、机と同色な茶色い背中の人物がひとりだけいた。彼は、しきりにガラス戸にテープで何かを、止めていたのだった。多分新しいチラシだろうと私は思った。が、それだけではなく、ガラス戸のあちこちにひどく丁寧な手付きで、障子の目張りをするかのようにテープを張り続けてもいるのである。

どの面もガラスのドアなので却ってどこから入るのかが判らないそのドアの一枚を、試しに引いて、開けようとする。と、鍵が掛かっている。別の戸を試みるとそれも掛かっている。戸の重なった部分を横から覗き見て、一枚のガラス戸に三段鍵があると、つまり合計三十六の鍵が掛かっていると漸く納得する。店内の天井は蛍光灯を外されて剝き出しのまま。中で延々とチラシを張り続け、目張りし続ける人物の姿を正面から見ようとした。が、その面だけは一枚大きな白紙が貼ってあって、顔や手は見えないし足元は机で塞がっている。条件もなにもなく、ただオートロックの利点だけを並べ立てて、それが在る、ということだけを記してある建物、私は隠れた面を強くどんどん叩いた。少し風変わりだとは思ったのだが、標準タイプの店にもう飽き飽きしていた。が、叩きながら同時に不思議さが募っていた。散々叩くとやっとガラス戸が開いた。

風邪の熱でもあるのか真っ赤な顔に、角質化した皮膚のささくれを立てたおじいさんがいた。なにもない部屋の中を、私はまたも不遠慮にのぞき込んだ。が、机の上にはチラシの紙とガムテープ以外は置いてなかった。そこで仕方なくおじいさんの顔形を熱心に見た。おじいさんの目は少し濁っていて唇は硬く結ばれていた。茶色のジャンパーと黒のズボンに、毛玉が出ていた。彼は猫背の姿勢で私を見下ろし、辛そうにぽかりと口を開けた。が、私の顔を観察し終えたのか結局ゆっくりと、顔をそむけた。訊かずにはいられなくて私は訊いた。

――オートロックのとこがあるんでしょう。

――うん。

答えてひどく嫌そうに顔を歪める。絶対ここにあるという気が私はしてきた。

――このあたりの駅にあるんですか。

――いつ入りたいか。

彼の喋り方はひとつのセンテンスが一つの音で一度に発音されるようで、しかも私に好意的であるとは思えなかった。が、それを押し返すように私は素直に答えた。

——絶対に三月の二十五日。

相手の顔に得意そうな笑みが浮かんだ。いや、浮かぶというよりは暴発した。

——それだったらー、無理だっ。ははははは。

セリフを三音で発音し終えると、彼はボタン色の顔と茶色の背をゆっくりと機械的に背け、安心したようにガラス戸を閉め、三段鍵を掛けて、元の動作に戻った。

克明なメモを残していながら、私はその話を小説に使おうとは思ってなかった。つまりあまりにも都合が良過ぎた。つきすぎの現実を文章にしたところで、浮いてしまうだけだと思ったのだった。が、そう決めてからひどく座りの悪い毎日を過ごしていた。私のあてのない妄想を支えてくれる風景に現実の中で出会いながら、それを無視して過ごすしかないという妙な感じ。あの時に感じた驚きは、一体私が死んだ後どこへ行ってしまうのだろうなどと、考えていた。が、今こうして不動産ワールドに彼の記憶を組み入れてしまうと、これは作者の心象風景になり、現実からはまた一層遠くなってしまうのである。いや、そもそも本当にそんなことがあったのだろうか、と。

密室の外

部屋捜しの日々は、湾岸戦争が拗れていたあたりである。世の中全体がなんとなく浮き足だっているように見え、同時にそれを私自身の不安定な立場が、ひどく捻《ね》じれた感じで捉えていた。自分を責める感じが強くなると同時に、やつあたりのように、戦争に向かって、自分の不安やエゴがなだれ込んで行く。不謹慎な態度としか言えないのに、感情だけが切迫して真面目な形になった。部屋捜しの疲れと、目的のビルの見つからない焦りの中で、交差点に近いガード下で署名を集めている政党を見た。大学時代に別にノンセクトラディカルズでもなくただこうるさいだけの「ヒステリー女」だった私は、その政党の下部組織の学生に一方的に応対され、なにかと不安だった。折角クラスで出した自治会を批判する決議を、その組織の部室の、ドアの近くの一般学生が見えない場所に貼られてしまう。しかも組織がそれを毎日読んで反省するのかと待っていると何の変化も起こらず、結局黙殺扱いを受けた不快感も思い出している。逆に自治会支持の決議はあちこちの目立つところに貼ってあった……考えは勝手に走り始めていた。署名をどうする。戦争終結のために死ねと言われたら逃げる。が黙って見ているのはキモチワルイ。そのくせあの政党はなにか気が合わないから嫌だ。どうせ善意の人が真面目に署名したものでも、我々の成果はあ、などと言って自分がナンパして捨てた異性の数を誇るように発表し、人の名前を奴隷の名簿のように抱え込んでしまうのだろう、など、思いあぐねる。

風が強かった。新宿駅からずいぶん離れたそこの雑踏中に、埃と砂だけが舞い狂っていた。ぼさぼさに伸びた自分の髪の毛が、眼鏡に張りつきそうな向かい風の中、スピーカー京の家賃にあきれはてて、続々と千葉や埼玉に逃げ出しているのだと聞いた。

埼玉にも都心にすぐ出られる便利な土地があると、親切な業者が所沢を勧めたのは正しかったのである。が、その時点で埼玉は知らない怖い土地。住むところがない――オートロックというるさい条件を抱えているだけの私が、ホームレスめいて、というよりただ、あてのない強迫観念や思い込みに支配される。だが、真面目で賢くて我慢強く、きちんと埼玉でローンを払い続ける立派な市民たちの腹の底にも、こんな考えはひそんでおり、いつかは爆発するのかもしれなかった。戦争シテイルノニ、住ム場所ガナイノニ……私は学生時代一番嫌いだった絶対関わり合いになりたくないその政党の人々の前にふらふら行って、とても賢そうに素早く署名をした。ボールペンがぱきぱき鳴るほどに緊張して肘がいきなりこわばり、学生時代の悔しさや恐怖が一度に迫りながら私を壊していた。そうしていながら、私の名前がこの人々の称するワレワレノ成果、になってしまう場面をぼんやりと考えていた。そしてまたロシア革命はこんな感覚を煮詰めた感じの中で起こったのだろうかとも夢想したのだ。国家を破壊するのは多分自分自身の意識や心を破壊する作業でもあると、考えは極端に走って行く。無論、パンがないという切実な状態を私は知らない。豊かな世界の中でワケノワカラヌバカが、パニックに陥っているだけの事だ。が、ともかく、国家の土地政策失敗によって街頭をうろつき歩いているという設定に心はぴったりとはまっていく。不謹慎ではあろうが、そういう私の頭の中に、さまざまな極端な設定がさらに、浮かんできた。例えば老人が長く住んだ貸間を追われて、引っ越しさせられようとする。——火災を心配して誰も部屋を貸してくれず困るというドキュメンタリー番組、それを自分の考えをまとめるためにだけ冷酷に思い出していた。また生活保護を受け難病の身寄りもない女性。——病のためスナックで働けなくなった、その人の家賃が、保護基準を少し上回っているからというので職員が強いて部屋を捜させ、結局女性は焼身自殺してしまうというドキュメンタリーをも。こちらは親もおり贅沢きわまりないのに。なんという勝手な。いや、しかしもっと安心な人、いわゆる固いお勤め人という人々ですら住む所もない、出ていかねばならない、という怯えを隠して暮らしているものなのかもと、も、再び思ったのだ。心の底ではみんなホームレスか。孤独な人間が持ち家に固執し、ひとり住まいで内装や家具に凝ったりするという状況もそれ故なのか。安心してずっといられるのなら貸間だって「居場所」だ。が、私の場合、その安心はない。

……嫌いな政党への署名は自分を責め壊してしまうことに繋がるはずなのだが、その時はなんとも思わず、ひたすらさし迫った、そのくせうさん臭い、真面目な感情に理性を忘れていた。ただそこに立って寒いのに署名を集めている人々の顔々が、私の理性を飛ばせた。第一印象だけまともな、インチキ宗教のような人々かもしれなかった。何もかも変だ、ただそんな考えにだけ捉えられていた。——署名を終え歩きながら、私の頭はいつしか後悔に冷えた。同時に、ともかくナニカシマシタという感覚ですっきりした。そして、署名というのは肉体を使ってする、一種の呪術だなどという考えの中に逃げこもうとした。そう、私は呪ったのだ。戦争を始めたやつのことを。

署名は千人針に名前の呪術性を籠めたようなものだ。古代ならば、例えば誰かの本名を知れば、それでその誰かを呪い殺せるほどの効果が、名前にはあった。署名とはある面、呪術ではないのか。名を書く時の、人の焦りや憎しみ……ずらりと並んでいる顔も知らない名前と、その紙の上に翻った何本もの手。個人個人に反論することはできる。或いは政党を鼻で笑うことはできる。それでもどんな形でも共同体から何かされるのは恐ろしい事だ。それも……むしろ政党に収斂《しゅうれん》されるような署名には何の意味もなく、集団は正体を持たぬことで呪術性を持つのだ。わけの分からぬ、ただ共同体であるというだけのもの、「国民」とか「我々」とか「拝む会」とか、とにかく共同体意識をそそって仲間はずれを作りだすような、しかも仲間はずれの基準が判らないものが一番怖い。或いはただ単に呪術性だけを前に押しだし、「五黄殺研究会」等と名乗ってみる。

国家を利用するだけの悪い政治家でさえも、自分の郷里という共同体ならば信じているかも知れない。例えば自分が死ぬのは怖いが、墓が変になってしまうのはワケガワカラヌだけにもっと怖い、いやそんなやつは政治家なんかにはならないのか、その一方、小市民は、みんな現代人と称していても、名前の呪殺や墓参りや、日本国の象徴なんかに振り回されている……。

ただ、いくらそんなふうに考え事をしても、考えが私の肉体の居場所を、つまり私の部屋を造り上げてくれるわけではなかったのだが。

署名をして三日後、湾岸戦争は一応終結を始めた。そして嫌いな政党の手に委《ゆだ》ねられた、私の署名と呪いとは宙に浮いた。

あてのない日を送って二月も半ばまで過ぎてしまった頃、母から思い掛けなく二十五万円送ってきた。仕事も入り、それで家賃の設定を六万円台に引き上げることが出来た。六万円台ならば、相場である。が、それすらも殆ど決った後で、今までと同じ不動産ワールドをまた巡っても、なかなか進展は見られなかった。

近所に家賃六万七千円のオートロックマンションが残っていた。そこに入ろうかと考え始めた。が、今度は契約書に添える印鑑証明の出し方ではねられてしまった。しかも同じパターンがその後延々と続くのである。

印鑑証明問題

不動産ワールドのカウンターの端にいつしか、また私は戻っていた。どんな店で、どんな応対だったかはもうどうでもいい。ともかく、そこでの私は、広さが二十平米前後家賃が六万七千円、築一年のワンルームに入ろうとして揉めているのである。

捜しても捜してもなかなかないオートロック、広めワンルーム、エアコン付き、自営可、しかもカメレオンズマンション、これが残っているのにはそれなりに理由がある。まず駅から遠い。街道沿いである。その部屋の持ち主が事業をしているため、本来六万五千円の家賃に消費税が付いて六万七千円になってしまっている。いやそもそもその時点で、家賃六万五千円というのはなかなか強気でもある。それに間取りが異様に細長く北向きだったり、押し入れの三分の二に柱が通っていて、不便で、しかもセコい感じがする。廊下や入り口や出窓の位置が、それぞれ妙に部屋を使い辛くもしているのだ。ただ、そこに住めば、台所に鍋を二つ置くことが出来る。風呂もユニットバスなのに肩まで体が入る。それにしても、仕事場兼住まい、のワンルームというのはやはりかなり無理だ。しかしその無理の中でそれだけのスペースがあれば、ともかく、机の上に茶碗を置いて御飯を食べる事も出来るのである。それまで住んでいた八王子のマンションではベッド以外に腰を降ろすスペースはともかくもあったが、テーブルは置けず、小物を収納したキャンディーの缶の上に、懐石用の塗り盆を置いて簡易テーブルにしていた。ただそれはあまりにも低く、ラーメンを食べる時には腹ばいになるわけにも行かないから、結局膝の上に抱え、やけどに注意しつつ、という事になった。椅子をもうひとつ置くスペースはなく、ミニ炬燵《こたつ》や卓袱《ちゃぶ》台も無理だったし、高さもそれ以上にすれば足に引っ掛かる。机はワープロと資料で埋まっていて、これは絶対に省略出来なかった。キッチンのスペースはまったくなく、無論コンロはひとつ、そこにヤカンを置くと横に鍋を二個置いて料理することは殆ど不可能であった。が、そこに引っ越しすれば総て解決する。

ともかく内見もし、契約の段になった。ただ父が印鑑証明の出し方が変だからそれだけは絶対に確かめて来いと言った。証明をどの書類のどの印に添えるのかが不明瞭なのだ。つまり書類なしにそれだけを出すのは異常な事だという。——オレは商売始めて三十年経つがそんな馬鹿な言い種《ぐさ》は聞いたことがない。お前が間違っているに決まっている。もう一度確かめて電話して来い。——そう言い渡されているから勢い緊張した。何がなんでもきちんとしておかなくてはいけない問題らしいのである。

で、カウンター越しに私は不動産ワールドと向かい合った。その時の相手はたまたま老女だった。

店に入って行く。老女は電話に出ている。前日のおとなしい応対が信じられないような大声で怒っている。

　電話が終わると、相手はやって来てふいに愛想良くなり契約書を出した。ショッキングピンクの毛糸のロングスカート。襟許《えりもと》に以前CMで見た、結婚十年目に夫が贈るというスイートテン・ダイヤモンドの首飾りがあった。スイートテン・ダイヤモンドはごく最近の流行だから、六十で結婚して、結婚十年目か十一年目くらいなのかもしれないとぼんやり思った。ともかく、事情を説明した。

　……あのう、親が出てきてくれるのが一番いいと思いますんですけれども父は忙しいですし母はすぐ疲れてしまいますので、でも印鑑は押してくれますから先ず書類をいただいてそれを速達で送りまして日数は掛かりますけれどもその印に印鑑証明を添えるということで、ともかく手付けをまずお納めいたしまして……。

　大事なことを確かめるのだからと思い老女を相手に一心に説明した。すると相手の年相応に頼りない口許が、急に幼児をからかうように、或いはもう子供に帰ってしまった年寄りが得意になったような笑いで崩れた……あ、ですからねー……目尻まで感じのいい笑い皺を満たして彼女は占い師が水晶を見る時のように両手で円を描いた……契約書に押す判はなにも印鑑証明の印と一致しなくてもいいんですよー……両手がぽんと書類の上に置かれていた。

　ソレハ書類ヲオクラズトモ契約出来ルトイウ……ああ、そこが変なのだ。とにかく父が変だと言ったのだから変に決っている。私の声の尖りを彼女は一切無視し、そうです、と頼もしく頷くのだった……ソレハ困リマス手付ケヲ今日払ッテ書類ヲ送ッテ……そこからの会話は悲惨だった。

相手は急に甲高く悲痛な声を、どこからか出した。

手付け、手付けってうちは金も貰わないうちに契約書作りませんよ。契約書は金のあとです。だから印鑑証明だけ持ってくればいいのよ。判はそこらの判でもなんでもカマワナイノ。

私は父の言った通りに言うしかなかった。

——……ですから私の父は事業を始めて三十年になりますが、その間印鑑と別個に印鑑証明を出すというようなわけの判らないことは——。

老女の鼻の下がピッと伸びて顔色が変った。

——だから要るんですよっ。ええ、あんたのお父さんは本当の親じゃないの、それともお母さんの方がママハハなの。

気短な喋り方の中に営業的冷笑とでも言うものが浮かんできた。これは商売の上の言葉なのだと私は自分に言い聞かせたが、どんどん胃が痛くなってきたのだった。相手は気付かずに喋り続けた。

——あなた親のハンコを流用したんですか。それとも母親がママハハなので印鑑証明も出してくれないのね。それでそのママハハさんがなんて言ったの。親が印鑑証明出さないような何をしでかしたの、勝手なことしたのねえ。

熱が八度くらいある感じで顔が熱くなり、同時に私の口調は丁寧になった。激怒する直前、病的に卑屈に、あるいは愛想良くなる癖。

——ですから出すことは出来ます。但し印に添えて出します。その印を貰うためには書類を親許に速達で送るのです。そうすると書類に必要事項を書込み、印を押して、その印に印鑑証明を添えることが出来ます。

そこで話は通じたが相手は余裕たっぷりにからかうような冷笑をした。

——へええ、お部屋ひとつ借りる金額にねええ。

——はい。商人の印鑑証明ですから。

が、そこまで説明して、ただでさえ印象の悪い部屋に、住む気は殆ど、失せ果てていた。もう一日考えてみたいという気と、念のためにこのいきさつも父に説明しなければまた何か不審なことが出てくるかもしれないという不安が、同時に起こった。

——それではこのことを確認させて頂きます。今日の深夜に父が帰りますので。

——この二月の終わりの大変な時に二日も延ばせません。今日は土曜だから午後から学生が見にくるだろうし。他に見せますよ。さっさとしないと。

——父に訊いてみないと。

ついに相手は営業的喧嘩腰という態勢に入ってしまった。

——あんたが勝手な文句付けてるだけでしょう。お父さんは関係ありませんよ。父親ったって実の親でもなし。保証人にもなってくれない親。

——それでは……それでも結構です。他に決まるのなら決めて下さい。

相手がげっそりした弱々しい顔付きにいきなり変わった。鼻の下の肉が一気になだれ落ちるように下がり、上唇が少し震え視線が灰色になった。私は年寄りを苛《いじ》めたような辛い感じがしたが、やはりそこへ父の印鑑証明を委ねるのは嫌だと思った。

途中から店に中年の男が帰ってきていた。が一切口を出さずただ後ろを向いて新聞を読んでいるだけであった。父と相談し、たかが部屋ひとつ借りるのにというフレーズを出すと、そのたかが部屋ひとつ借りるだけで大事の印鑑証明をいい加減に出させる理由はなんなんだと訊き返してやれ、と強く答えた。次の朝断りの電話をいれると他の人が出て大変愛想良く、あ結構でしゅよー、と言って済んだが、部屋の張り紙はそれからずっと残っていた。

その後近くのうどん屋で老女を見た。白灰色のミンクを羽織って色の白い娘に守られるようにこわごわと座り、鼻の下を一層薄くした穏やかな顔でうどんを啜っていた。

一九九一年十一月

晩秋の公園の輪郭をさらに確かめるため射してくるような、くっきりした早朝の光をくぐり抜けて、公園を歩いた。玉川上水の木々にアオジが群れ、脆く青い空をオナガが何羽も横切っていった。細枝の樹皮を銀色に反射させる痩せた木々の向こうで、真っ白な噴水の水の盛り上がりが、シンデモココニイマス、と一心に訴えているように見えた。噴水の言葉と壁泉の滝と、人工池の揺らぎが全部頭の中に残ってしまうような状態で公園を抜けて、駅前に出た。そこで有る限りの新聞を買ったが、自分でもどうしてそんなことをするのか具体的には判らなくなっているのだった。誰かが、多分身内がその日の朝刊を買っておけといったはずだ。いや、新聞の匂いで急に思い出した。昨日、賞を貰って良かった、良かった、とあちこちで言われてきたのだ。

最初の新人賞を取ってから十年目の五月に、漸く出版の話が来て、作品も次々と活字になっていった。最後に母が振り込んでくれた一箇月分の生活費を、家賃の切れそうな時に使ってしまったのだが、ともかく、自活は続いており父親の還暦祝いも二十万円贈った。文章を書いてそれで生活を支えている状態であった。

立ち止まって考えると不思議なのに、基本的な生活態度には何の変化もなかった。食べて寝てワープロを打って本屋に行き、自分の作品の載っている雑誌を買って帰る。時には騒音に耐えきれずに、耳栓をしたまま、ユニットバスの中で、頭からハンテンを被って怒りに震える。騒音の周期を読み取り、檻の中のオオカミのように部屋の中を苛々《いらいら》と巡り続ける。ワープロに向かっている時は、車が途絶えている時間帯だった。ワープロ以外の仕事は、全部駅のホームやデパートの階段の椅子や図書館、お金のある時は新宿の喫茶店でした。街道に一番遠い、玄関近くに、机を置き、時には騒音に耐えるため真夏に、帽子で耳をふさぎ、立ってワープロを打った。のっぺりした第一稿を外へ持ち出して書き込みで直すと、白眼の血管が切れた。

……いい匂いの新聞を抱えてそのまま喫茶店に入る。コーヒーとイチゴのケーキを頼み、喫茶店の新聞と自分の新聞が混じらないように抱え込んだまま、そのくせ新聞を広げる気にはならず、ともかくイチゴのケーキをひたすら待ち続けた。前日、受賞が決まってからあちこちに連れて行かれ、人にも随分会ったのだがあまり思いだせない。ただ記者会見のあった料亭の玄関だけを思い出していた。ぴかぴかの木の床、広い石畳の玄関、あの石畳の上にユニットバスではない陶器のバスタブを置き、木の床をフローリングと称して壁で囲む。広めのワンルームだ。場所は銀座だからそれだけで家賃は二十万になってしまう。いや、水道とトイレも付けなくては。会見の部屋の中に何十人かいた、記者や出版社の人々の靴下だけの足が、ふっと浮かんだ。映画に出てくる記者会見は大抵靴を履いたままだ。が、その時の彼らは絨緞を敷いた場所で、薄い布越しに敷物のふわふわを感じながら筆記用具を、動かしていた。

なにもかもを住まいの環境に結び付けて私は考え始めていた。十一月になって、騒音の実態に気付いた父が、金は出してやるからいい部屋に変われと言ったのだが、それから数日しかたっていない。自分が賞を取ったことはどこかに飛んでしまっているのに、自力で引っ越しが出来る、とわななくような気持ちで新聞を抱え込んだ。次の日きちんとした業者に電話をした。まともな環境で仕事出来る……。

その年の九月の出版の後、不動産ワールドの部分を書いただけで、私は長篇をずっと中断していたのだ。引っ越し前にフロッピーに入れていた、殆ど完成した短篇に手を入れて発表していた。が、引っ越しが出来るとなると再び不動産ワールドの住人になるしかないから、そのテーマに戻り、筆は進む。直す余裕もなくただ打っただけの長篇を次の年三月、一応最後まで終えて、担当者に送った。が、一九九一年初めの部屋捜しの中で、後半に起こったアクシデントだけは、生のままで残しておかずにはいられなかった。

一九九二年四月一日

新宿のニュートップスの二階で原稿を膝の上に置いたまま編集者が、理解できないという調子で私に言う。単調な部屋捜しをデフォルメした部分なら雑誌に載せられるレベルだという。だが、まだ駄目なところが……。公務員の息子で勤め人の彼と、商売人の娘で自営の私は向かいあっている。で、最大の問題点というものは実に――。

――ともかくね、この印鑑ってやつ……印鑑証明くらいでなんでこんなに主人公がじたばたするのか、やたら怒るのか、大抵の人が簡単に通り過ぎるところでどうしていちいちこんなに問題が起こったり考え込んでしまったりするんですか。大体ね、やり方次第で部屋を借りるのなんて非常に簡単なことなんです。

立場と生活歴が違うだけだ、とぼんやりと感じた。

去年の四月一日もここでこの編集者と会っていたはずだ、と私は思い出していた。彼とは共通の話題がまったくない。用のある時だけ会って徹底して用件の話だけする相手。担当になってからまだ三年ほどなのだが、何故《なぜ》か最初からずっと担当だったかのような錯覚を受ける。そのくせ、彼がどういう人物で普段は何をしているのかなど私は殆ど知らない。いや、一度くらいは聞いたかもしれないが忘れてしまっていた。

彼は私生活のある人間というよりはパソコンゲームの中に出てくるキャラクターに見えた。安心感はあるが付き合いはなく、殆どの用事は電話で済ませていて、無関心なまま妙に信用してしまっていた。そのせいか批判されてもワープロ通信の文章のようで割りと冷静に聞ける。褒められた時も、慣れたゲームをクリアした時の感じだからぼんやりと受ける。顔も名前もあまり意識しない。たまたまお酒を送ってくれたりしても安心して飲んでしまう。普段の私は割合律儀でそういう時は結構気にするのだが。

その日もただ去年の四月一日の会見の続きのようにして私達は会っていた。彼はもしかしたら四月の一日、エイプリルフールにだけニュートップスの二階に、現れる幽霊かもしれないと思う程なのだ。

それ故、その相手がいきなり私にとってワケノワカラナイことをしゃべり始めた時にはびっくりした。幽霊の逆襲というわけであった。……私はただいつもの妙な慣れだけを頼りに一心に反論した。だが、そういえば昨年の十月にも同じパターンがと思い出した。今回もやはり、単なる作品に対する批判とは少し感触が違ってしまった。つまり、「居場所」に関してだけは幽霊にだって一歩も退《ひ》けないのだ。

――あのね、人間が部屋を借りようと思うとそれはそれは本当に大変なの。

現に今度も引っ越ししようとしてね、まずオートロックのとこがない。なかなか内見出来ない。自営の単身者なんて信用ないしね。いいところは学生限定だし。印鑑証明がね、まず、印鑑証明の説明するでしょう。

もうわかったという顔で相手は遮る。困り果てている。それから不満気な泣き声になる。

――でも……なんでそんなに印鑑証明、印鑑証明って天下の一大事みたいに言うのかなあ。これだけの枚数をつかう必要はないと思うんだよね。

——だってじゃああなたは部屋借りる時どうするんですか。

——だから部屋借りる時にはこう、歩いているわけ、それで張り紙見るとね、店に入る。これとこれとこれ、って三つくらい選ぶ。車で案内されて、気に入ったら手付けを入れる。それで終わり。

——手付け入れるって、だから私らなんか下手するとその手付け金も取って貰えませんよ、預かり金ですよ、預かり金だと入居審査で落としても同額返すだけで済むんですよ。手付けならば倍返しでしょう。自営ってば、もう、まず審査ですよ。あなたは保証人どなたですか。

私は怒りながらも、いつしか不動産業者が乗り移ったような口調になってしまう。あちこちで訊かれてばかりいたから誰かに訊いてみたくなっていたのかもしれなかった。相手は一層困ったように答える。

——ボクの場合は、父親です。

私は俄然勢い付いてしまう。

——お父さまは仕事についておられるんですか。

——いや、年金生活です。

——だけど年金の額までは問われないでしょう。

——ええ。

ほら、こっちの勝ち。

——だからそれは一部上場企業の勤め人で、働き盛りの男性がうるさい条件なしに、部屋を、決める場合でしょう。だから、だからあなたなんか、……メジャーですよ。それは借りられますよ。私は値段からどだい無理言ってるし、そもそも、去年までは殆ど無収入ですよ。保証人さえあればって言ってくれるところはありましたけど、勤め人のみのところもあったですよ。それから例えばホラーコミックの投書欄に霊能者が書いてたけど、大家というのはひとり暮らしの女性に辛くあたる場合が多いそうですよ。

言いたい事がありすぎて押えられない。が、向こうは向こうで、変だと思っているらしく、ぼそぼそと言う。

——でもあなたは今年は方位に凝っていて変われないんでしょう。それは、方位に凝る主人公なんて面白いと思いましたよ、でも実際問題、それでは一層捜しにくくなってしまいますよ。

おかしい、迷信だ、そんなことは言われなくても判っている。方位だってひとりになって初めて気になり怖くなる妄想に過ぎない。あらゆることが予測不可能なワケノワカラヌ世界に放り出されて、そこで殆ど一生分の部屋捜しのエネルギーを使い果たし、さんざん失敗し困り果てて、それでもう動くのが嫌になって、その嫌悪や困惑を方位というゲームのルールで被い隠し、世界が判った振りをして引っ越しをしようと思っているのである。無論方位などと口に出しただけでもうやる気を喪失してしまう業者もおり、それでますます困難になっているわけだが、ほんの一時期だけでも騒音が治まっていれば、もうワケノワカラヌ世界に出て行って部屋を捜すのが嫌になってしまう。実は街道で工事があり、その交通規制で四月一杯は耳栓をしさえすれば、苦痛はあるものの一応居られるのだ。現金なもので仕事は進むようになり、体調も少しは回復していた。少くとも前よりはましであった。しかし、四月過ぎれば、また元に戻る。

——とにかくね、この主人公、会う人ごとに怒ってばかりいては駄目ですよ。印鑑証明だって主人公が勝手に怒ってるだけです。

——しかしあなたはハンコも押さないで印鑑証明だけ出すんですか、どの書類に添えるかも明らかにしないの。

——僕だってそんなことはしませんよ。でも普通そこまで相手を疑うだろうか。

彼と私は、ともかく、同じブラウン管の中にいない。違う番組に出ているところなのだ。その相手に一心に説明をする。

——だから父はね、創業三十一年間そんな無意味な不毛な出し方一度もしたことがないって言ってるもの。それなら一応印鑑証明だけ出していいとも言ってくれましたよ。でも大丈夫だと言って、私の方から断っちゃいました。なんだか父が気の毒な感じがして。それにウチの会社が潰れなかったのはオヤジが納得の行かないこととかいい加減な書類とか全部徹底して拒否したからですよ。同時期くらいに商売始めた人も随分業種変わってますよ。中には消息の知れない人もいたり、それはもう、凄く厳しいですよ。

——そのあたりが判るように書いてあれば……。

彼はむしろ柔軟で想像力のある人間なのかもと、変な対立の中で想像してみようとする。が私の心はその時もう、お互いの理解よりも、この断絶と判らなさの方に向かっていた。意地悪く言った。

——えーと、そうすると、こういうのはどうでしょう、私はむしろあなたの言ってることが面白いので、それをそのまま書きますよ、主人公の世界が変でごちんとしているってことを内面から書くとね、主人公のじたばたする感じは書けるけど外からみると馬鹿みたいに見えるんですよ、だからそれを対立する世界観で現して行くんですよ。

彼は頭に手をやる。

——うーん、それはいいけど、なんか簡単なことを難しくし過ぎてますよ。例えばサラリーマンが給料を貰う時にね、ハンコがいるわけ。係の人がそのハンコを預かって持って行くけど、それをその人が悪用するなんて考えない。印鑑証明だけ出すにしても、部屋を借りるためのものが悪用されるなんて……。

——係の人は内部の人間だし、ハンコ、実印じゃないんでしょう。それに悪用されるかどうか問題じゃない。筋の通らないことを父にさせたくないです。

それまでゲームのキャラクターだったはずの、安心して喋れる空気のような相手が、既に、私とはまったく無縁の、理解しがたい私生活を持つ人間として視界に入っていた。簡単に部屋が借りられる存在。世の中をいちいち引っ掛からずに歩いて行ける生物。私は担当者の顔をふたつのブラウン管ごしにつくづくと見た。すると顔の真ん中に鼻みたいな嘴《くちばし》はあるし、目が真ん丸で白目の部分などまったくなかった。

眼鏡を掛けていたはずなのだが頭に水草が乗っかっているだけ、セーターを着ていたと思ったら顔も足も同じ毛糸である。彼は見ると全長が三メートルほどの茶色い綿毛に覆われた生き物であり、全身には細かい凹凸が殆どない。ただぴかぴかと茶色の毛を光らせ体をくねらせている。その上腹の皮がポケットになっているらしくそこからチリ紙や原稿を取り出し、ユデタマゴやマヨネーズの瓶までも取り出す。いろんなものを収納しているせいで腹の皮は時々痒くなるらしく、時には手を突っ込んでポケットの内側を掻いたりもする。――空気のような相手がどんどん遠くなって、言葉の通じない悲しみの中でそんなふうに、変わり果ててしまう。その姿が否応なく目に焼き付いてしまい、そのくせ、隔てられる事で、相手の存在感は迫って来るのだった。

印鑑証明問題、その後

……情報雑誌に五万五千円で二十一・九平米のカメレオンズマンションを発見したのは、老女と喧嘩した翌日であった。見るとそれはカメレオンズマンションの本社が取り扱っていた。本社ならば、印鑑証明の説明の時のひどいことばを聞かなくて済む、と私は錯覚した。書類についてならなんでも知っているはず、大会社だし……電話をすると副都心の高層ビルに、事務所があると相手は誇らしげに説明した。起き抜けの顔で雑誌を抱えてそのまま新宿に行き、昼前に着いた。守衛のいるビルと五十三階まで上がれるエレベーターは、どこに誰がいても常に、無機的感覚が漂っていた。白い壁白いドア白っぽい床の続く中を、自分がビルのどのあたりを進んでいるのかも判らないままで表示を見て行く。様々な事務所がまったく同じようなドアの向こうに、目立たない表示だけで存在している。ふと、これは要するにテナントビルなのではないかという考えが起こった。が、私が想像するテナントビルというのは一階が本屋で二階が喫茶店、三階は学習塾、四階が宗教団体で五階にサラ金というようなものだ。が、まったく同じようなドアの、実験室を思わせるその廊下からは、テナントという文字はなかなか立ち上がって来ない。ドアのひとつを押すと、急に視界が開け、白と灰色の無機的な衝立《ついたて》を背にした受付があった。きちんと化粧して非常に痩せ、平安時代の女房のような印象で髪をぴかぴか光らせた女性が誰かと応対していた。彼女の完璧な応対とひとかけらの生活感もない髪の毛、それからどう見ても呼吸も養分摂取も行っていないような観葉植物などを私は眺め、結構待たされたのでその間文庫本を出して読んだ。ドラマの中に出てくるマンションの一部屋というのは、むしろこういった事務所のような印象なのだと気付いていた。衝立の向こうの応接室に通されると、窓の外は晴天で果てしなく建物の続く眺めの遠さに、小汚いものや古いものは、視界から省略されてしまう。ビルの輪郭やガラスや緑や、広い街路だけが浮かび上がって見える。光だけを敷き広げたように幻想めいて、臭くやかましい筈の都心は、そこから眺めると奇麗だった。毎日こんな景色を見て仕事をしていると、会社への帰属意識が高まるばかりではないか……不動産ワールド、たまたまその時は丸がりの頭、赤く膨れた顔の体格のいい中年の男性である。いつもの応答が始まる。

——ここはいいお部屋ですよ、オートロックですし。

——広くてとてもお安いようですが何か理由は。家相にも特に難がないのに。

——そうですね、お家賃にこだわらない家主さんだと思います。利殖のためにお求めになったのでしょう。

交差点の下のガソリンスタンドに面している位置ではないかと、私はふと、思い当たった。

ガソリンスタンドどっちの方向でしたっけか、と図面の隅の地図を見るが、こちらもとっさには思い出せない。八王子から来られたのですか、と相手は少し不思議そうに尋ねたのだ。

——ええ、近くに住んでいて様子が判っているのでここまで来ました。印鑑と手付け金も持参して来ました。

駅で銀行に寄ったし印鑑はバッグの中に入っていた。

——いえっ、その前に必要な書類を提出して戴きます。

入居申し込み書が審査の書類を兼ねているらしいのだが、保証人の年収を書き込む欄まであるのに閉口する。

——これに印鑑証明を添えまして審査には二、三日かかりますが。

え、と前日のトラブルを思い出して不安になる。印鑑証明のことを尋ねてみた。それにあの老女の言葉、部屋の入居に母親との血の繋がりまでをまた云々されるのだろうか。私はまた父のセリフを復唱した。

——あのう父は商売をしておりますし、事業家の印鑑証明だけを独立して出すことは出来ませんから、契約書に添えてということで。

——審査の書類に印鑑証明を添えて戴きます。それ以外では審査は出来ませんが。

おや、呪文が通じない、とまた驚く。

——保証人に収入があるという証明でしたら確定申告のコピーを添えますけど。

——それでは審査を受け付けないと思いますが。

五十三階建てのビルに入っていて印鑑証明の扱いも知らないのか、と茫然とした。が、すぐさま、そうか五十三階建てのビルに入っているから、普通の商人の印鑑証明なんかどんな扱いをしても構わないと思っているのかと考えを変えた。担当編集者には絶対に判らぬ、印鑑証明問題にまた陥ったのだった。

——関西と関東では印鑑証明の扱いは違うのでしょうか。それでは関西の事業家の子弟は一切入居させないという意味でしょうか。

——関西の事業家にも全員出して戴いております。

ちぐはぐな応答が増殖する。

——審査する部署はここにあるのですか、それでしたら直接お話を伺いたいと思いますが。

——そういうことはできません。

相手の顔に次第に血が上るがそれで別に鋭い表情になるわけではない。ただズボンのはちきれそうな太い足は次第に開き、抑揚のない声に熱気が籠もり、目と鼻の回りが浮腫《むく》んでいく。

——申し込み書を提出することも出来ないのですか。審査をするのはそこなのだからそこの人が判断すればいいと思いますが。

——それでは一応そうしていただきます。

皮肉っぽく言うわけではなく、ただ丁重な態度を崩さずに発音する。そこで再び申し込み書の書き込みに専念することにしたが、はたと困った。私のその年の年収は五十万足らずだった。原稿料では足りないので仕送りをして貰って生活していますが、と馬鹿みたいにくそ真面目に或いは何かを確かめたいという気持に溺れて、実情を述べると、その場合は親が借りて別に保証人を立てる形になると言うのだった。他の業者ではそんなこと言ってなかったじゃないかと一層ワケがワカラナクなり、おまけに父親の年収など私は知らない。それでは父が借りて母が保証を、と言うと、お母さんはお勤めですかと聞かれたのだ。専業主婦ですと答えると収入のある人しか保証人にはなれませんとさらなる限定である。他に保証人を捜しますと言って、事務所の中にある公衆電話を使う。カードを使ったことがないので硬貨を焦って出し、間抜けな音をたてながら父の会社に電話すると秘書が受けた。三時に銀行から帰って来るが四時にはまた出て、後は深夜まで帰らないという。今日の午後か明日またお邪魔するかも判りませんというと、しかしそれですとこの物件はこのままオープンになっていますからと、説明というよりは教え諭す感じで言う。プライバシーをごちゃごちゃ書かされた紙を私は手元に引き寄せ、それではこれは書類として意味をなさないのでと、持って帰る。

ともかく一日出て三時までそのビルの最上階で待った。直通の耳の痛くなるエレベーターに乗り、息の詰まりそうな空間の中で、誰もこれが故障することも電気が切れることも考えないのだろうかと、ふと不思議に思った。ほんの何分か閉じ込められているだけなのだろうに、なれない私には異界に行くような不安が走った。が、ともかく印鑑証明問題から離れたかった。

五十三階の空

三時マデココニイル。——最上階のレストランの側にごく狭い展望台があって、思ったよりは小さい、塡《は》め込みの分厚いガラスの向こうに、地図と同じ形の東京が見えた。さっきの事務所からだと角度が限られていて、光を延べたように見えたものが、視界が開けているせいなのか最上階だからなのか、景色はあまりにもとりとめなかった。大味に延々と、都会、が続いている。建物のひとつひとつが独立した存在のはずだというのに、どこかでアメーバの作った群体のように繫がって見えた。それらの密度があまりに濃すぎるせいか全体もまとまったものには見えず、例えば途方もなく広いごみ捨て場に一種類の産業ゴミだけを、プラスチックの切り屑か何かを際限なく捨て続けたもののようであった。そのプラスチック同士がどんどん群れて仲間を作り、そのくせ一切の方向性を持たず、ただいる場所がないから縁へ、外側へ、境界を浸食しながら流れ出て行く。そしてその中にところどころ、そこだけが時間の流れから取り残されたままの、緑の固まりがあった。神宮、公園、……その他、東京の緑地は大抵がいわく付きの土地だ、といつかホラー雑誌の首都怪奇ゾーン特集で読んだことがあった。

窓のすぐ向こうには晴天のはずなのに霧が漂っている。キジバトがひどくゆっくりとガラスのすぐそばを横切っていく。鳥はビルを山や崖だと思っているのだろうかと想像する。飛ぶ鳩の頭や目の中に出入りする空の色の濃淡のとりとめのなさを、それからその翼の横にあるビルの煩わしさや、光の反射する変な感じをも私は想像していた。

上から見る東京の建物ひとつひとつの、石やガラスや金属の洪水のような光沢を私は受け止めていた。同時にその眺めの広さの中で建物の素材の存在感は失われて、次第に街という概念だけが立ち上がってきた。

……縦も横も高さもどうでもよくなるような、もうどんな個性のビルも、漂っている無数の粒子の影になってしまうような、たまたま高層のビルがあってもびっしり生えた黴《かび》の中から胞子をつけてぞろりと立ち上がっている長い黴にしか見えなくなってしまうような、火事になったら全体が一枚の紙のように繋がって地上から浮き上がって縁から燃えながら空へふわふわ上がってしまうような、重心のない街、そんなひとつながりの街に思えた。たとえ均一な一部分を形容しても五感の想像では捉え切れなくなってしまう広さ、というよりもその密度の濃さ。——ついに、それらの摑みどころのなさに嫌になってしまう。

この街はよく飛び散ってしまわないものだと思い、ふとホラースポットの緑がそれらを押さえているという想像に辿り着いた。お化けが怖いということだけを頼りにして、人々はこういうワケノワカラヌ首都にすむのではないかと。占いや祟りに心の底で縋りついているくせに、自分を文明人だと思い、テレビ局の隣に住んで世界の中心にいると思い、そのテレビの画面を自分を侵すはずもないただの娯楽だと安心して、自分が日本の中にいることも家族を持っていることも役所の書類に名前が書かれていることもスマートに忘れて、外国文化をせっせと吸収する。

一時間下ばかり見ているわけにも行かず、それ自体が巨大なひとつのエレベーターであるかのような、どこか息の詰まるレストラン街を歩く。ぷいとティータイムのケーキバイキングに入る。

その店は無論景観を眺めるために造ってあり、店の中央にキッチンとレジがあって、窓際は全部ガラス貼りである。オレンジソースの匂いが店の中にたちこめ、それは空に流れて行くというよりはビルの中をただ漂うだけであるらしく少し濃すぎる。店の中央に細長いテーブルがあり、四角ばった皿が何枚も並べられて、そこに載せられているはずのケーキは人が群がっているせいで近寄らなくては見えない。殆どは若い女性とカップル、他には娘に付き合う中年の夫婦、修学旅行中かケーキを取るトングを、少し震わせている高校生のグループもいる。気後れしつつもつい熱中するという感じの人々の後ろに立ちケーキを検分すると、少しイメージと違うものが並んでいる。バイキング用のケーキなのか普通の半分か三分の一ほど、一個のデザインに纏まりがなく、ただ切ってあるだけ、試食用という感じがした。十六・五平米のケーキなんだ、ととっさに連想した。せいぜいが十種くらいのもの、それもゼリーやプリンが三、四種を占める。もっとも、確かに全部試みようと思えば一個が小さい方がいいわけだとすぐ納得をし、普段の私は産地の分からぬ食物を取らないという習慣があるのに、その時はそれを数個は取り席に戻った。雑誌の知識では平均でもひとり十個は食べて帰るらしいのだが、なぜかその日、甘い物に強いはずの私が四個で疲れてきた。どれも同じ均一なケーキに思えていた。ベースになるクリームを味わい分けることが出来なくなって、ゼリーなど香りが違うとしか判らなくなった。疲れていて甘味が欲しかったせいもあろうが味そのものはいい。こっちに味わい分ける余裕が無かったのかもしれなかった。……それぞれを比較しなくてはならないのにみんな小さくて甘い、これは四角い、これはたまたま丸くて甘い、これはゼリー状で甘い、という感じになり、砂糖もミルクも入れずに飲んだ紅茶に縋り付いている。そのくせ、ケーキを好きなだけ食べて、東京の景色を全部見るという幸福感のあり方は完全に判る。上京したばかりの人間をこの上なく幸福にするための設定に感動して、同時に空腹が落ち着く前に胸がもたれてくる。自分はもともと甘い物が嫌いではなかったのかとついに疑い始める。確かに一時期吐き気がするほど嫌いだったのだ。――京都に住み始めてから急にケーキを食べるようになって、祖母が死んでからさらに病的にがつがつと食べるようになった。またそろそろ嫌いになる時期に来ているのかと思う。

展望台からの景色とレストランの窓からの景色はまったく同じもののはずだというのに、いつしか感覚がずれてしまっていた。紅茶を前にして窓際の丸いテーブルに座っているだけで「観光」になって、また視角が限られてしまうせいか、甘い物で神経が宥められたせいか、再び空の青と上から見る快感だけが強くなってきた。

漸く電話に出た父と会話をしているうち気が治まってきた。忙しいなりにこちらの部屋捜しを気にしているらしい応対に安心して、つい、他を捜しますまだ大丈夫と言ってしまった。そのくせ、中央線に乗って帰ろうとしながら私はなにかあったらヨロシクと言ったきちんとした業者のいる駅に降りた。すると、印鑑証明についての話は見事に通じた。判る業者の言葉を確かめるためにだけ次の日カメレオンズマンション本社に電話をした。〝そんな有名な大きなビルのとこがそんな変なことしてるはずがないよ〟と言った判る業者の言葉を復唱した。……昨日の男が出てただハイ、ハイ、と固い声で言い、有名とか大きなビルとかいう言葉にだけハイの声を高く大きくした。あのビルに入っているということだけがとても重要なのかもしれないと私は思い始めた。

それで、印鑑証明は契約書の前なんですか、後になるのでしょうか、とついに確認すると、かなり長い間黙っていてから、あと、です、と切れぎれに答えた。だったらなぜ申し込み書に添えろと言ったと追及する代わりに、それではそのような方法でといいかけるといきなり、しかしもう法人契約が入ってしまったので順位は二番になってしまいまして、とやはり言うのだった。呪文は通じても扉は閉っていた。

……母に電話をしてももう何も答えない。ただ私が外歩きをして、途中でケーキを食べて来たなどと言った時だけ安心し赤子のように笑う。母親が死んでしまったらどうしようと思う。ふらふらしながら帰って家の近くのコンビニでまたげっそりとして情報雑誌を買う。なぜか、入居時期も入居者限定も書かれてない図面を捲っていく。近くの公園に荷物を散乱させ、その間にぼんやりと座っている自分の姿を、くっきりと想像する。普通のアパートに入れば済むことなのだが、要するに部屋を捜すエネルギーを完全に使い尽くしてしまっていて、一歩も先に進めない、電話一本掛けられないと思い込んでしまっていた。それでもロボットのように雑誌をめくっていた。――その一冊の、丁度いい条件の部屋の図面に、ロボットの目が止まった。それは雑誌を買う度、なぜかずっと決まらずに残っていて、もう何度も見たものであった。が、家賃の上限を何度か上げたのと、聞き慣れぬ駅の名に怯える感覚も鈍磨してしまったせいで、私はそれに吸い寄せられていた。

ＴＶでＣＭを見る、この大手業者には何回も電話をしていた。条件をきちんと書いてない記事。電話の度入居は五月だの、学生限定だのと言われ続け、他のには印刷してあることなのに、と思ったのだった。

幻想管理サービス

なぜかずっと決らずに残っている、私に好都合な、でも……丁度いい部屋、といってもその広さはぎりぎりの六畳、図面の物入れは普通の半分ほど。丁度いいというよりは我慢の限界。ただ値段は五万六千円に管理費三千円でなんとかなる。が、駅の名も路線の名も私にはまったく想像も付かないのだ。疲れを怒りで笞《むち》打つようにして電話をする。喉の奥がばりばりに乾いて痛い程なのだが、水を飲むことも忘れている。

――はい、幻想管理サービスX支店でございます。私、トネ、と申します。

ひどく若く芯にいそいそした可愛げを感じさせる丁寧な発声……が、その日を境にして、私は電話の声と本人との落差というものを最大限に想定する人間になってしまったのだった。――その時に限って不動産ワールドは、珍しくどんどんクリアできた。うまく行きすぎた。何を聞いても。

……もう決まったでしょう……いいえ残っております……学生限定なの……違いますよ……でも残ってるって事は八月入居なんだ……いえ、だいじょうぶですよ、ここはK寺からもバスで五分くらいですし、自転車でもあれば充分通えますよ……おおっ今すぐ行きます、店は何時までで……はあい、七時までです。

到着――薄暗い中を駅から随分離れた低層ビルに入る。ＣＭの印象とはかなりずれる。店は開いているのに階段が暗く、掃除が行き届いていない感じがする。扉の向こうに広いカウンターがあり、中に数人の人々が働いている。声の主とおぼしき顔が見当たらない。トネさん、と告げて奥の方から出てきた姿をみた時もう、不安が走った。その不安を強いて押さえ付けてしまったのは、やはり疲れ果ててしまったからであった。

きちんと結婚指輪をし真っ白なシャツを着た二十代後半くらいの男である。眉は苛立ちと傲慢さに撥ね上がりそうで、そのくせ視線は怯えているかのように、或いは目の前に人がいないかのように左右に動かされ、時に、さっと下に移る。額が天然かソリコミか、Ｍ字型だ。いや、そのあたりを確認するまでに私の直感は、とうにその困った感じを受け止めていた。相手は既に、職業を遂行する態度ではなかったのだ。

視線をふらつかせ頭をふらふらさせ肩をゆすり、カウンターの上へ両手だけは律儀そうに組みあわせて乗せる。口の両端が面倒でならないと言ったふうに少し伸びる。頭を喧嘩する人のように攻撃的に引く。第一声はひどく心配そうな深刻な調子。

――お部屋を捜しておられる。失礼ですが御主人はどちらに、あなたがおひとりで住まれるので？

御主人はとか失礼ですが、とか言われたのは初めてなのでひどく困る。普段は慣用句としてしか扱っていなかった言葉、それがまともにこっちに降りかかって来た。私がドーベルマンか何かで鎖を切ってその店に来て、前肢をカウンターに乗せてワウワウ言っているような妙な感じ。ひとりで住むんですねと訊かれたことは確かに一、二回はあったが、その時はただ部屋の用途や事実を尋ねられただけのことで違和感がなかった。ともかく訊かれたことにこちらは素直に答える。

——これに記入して下さい。出来るだけで結構です。

保証人の住所氏名電話番号、本籍地を記入する欄まである。出来るだけで結構というのだから部屋を借りるのに必要なことしか書かない。やがて、というより喋ってものの三十秒くらいで相手の営業声のメッキははがれてしまって、声の出し方が、所ジョージに似てきた。老けたダンプ松本の姿のまま、私はまたテレビドラマの世界に引き込まれてしまった。トネの、口も鼻も弛緩させて軽薄に吐き出す声、ただ所ジョージと違うところはその声がストレートに外に出ないところ。ヒステリックに不満気にいったん口の中で丸められて、反抗期の少年のようなスタッカートを使って発声されることだ。纏まった声を出そうともしてない。がこの時点で、私は通りいっぺんの会話しかしておらず別に彼を怒らせた心あたりはない。気が短いというよりは溜まったストレスを吐き出している印象。

……オートロック、どういうわけでまた、は、だーいじょうぶっすよ……。反抗期のヒステリーに満ちて相手はせせら笑う。作家だというとさっと冷たい目になり今度は先ほどの心配そうな声にさらなる勢いを走らせ……失礼ですが何か収入を証明するものをお持ちですか……収入の証明は出せるが今年は額が少ない、家賃は前のところでも六年間きちんと払い続けていたから、問い合わせて貰えば判ると説明する。が、後から考えてみればいちいちそんな問い合わせをするはずなどなかったのだ。いつ頃引っ越したいのですかと訊かれて三月半ばか後半、と答えるといきなり日曜日に、と強い調子で言う。いいえ、私は時間はありますからウィークデーの引っ越しにしておきますとはっきりと答えた。相手が漸く地図を出し図面を出す。広さが約十七平米とある。東京では〇・二平米の差ですら無駄に出来ない。約、という部分の実態を不毛に、しかしなんとか想像しようとする。無論出来ない。家賃は広告には五万六千円とあったが、五万五千円だという。私は相手との会話にしがみついて、なんとか現実を摑もうとする。

……十七平米だと本が収まるんですよね。洗濯機はどこに置くんですか。……ベランダですね……ベランダ排水良と図面にははっきり記してある。が、相手の答えは現実を振りほどくもの。

……ここ四階はたーった今きまってしまいましたね。二階が残ってます。なにしろねー最近はお電話一本、お振り込みひとつ、お部屋はそうやって決める時代ですからねー、どんっどんそれだけで決まりますよ。

鼻の穴を広げ顎をそらし、唇の端に微笑を浮かべている。両手の掌をこちらに向けて、まるで億単位の株の話でもしているような、景気のいい傲慢さで手を何度も上下させて冷笑を強めながら首を振った。ただ、普通そのくらい得意そうにすれば目が光ってきそうなものなのだが、そこだけはとろんとしたままであった。私に向かって喋っているのではなく、壁に向かって演説しているような一方的な喋り。スクリーンに映っているような幻想的なトネに、内見をしたいと申し出てみる。

……あっここは見られません。ただ今、クロスの張り替え中です。内務規定により見られませんねえ……。

内務規定によりというフレーズだけは物凄い速さ、電話と同じ声で発音した。内見出来ないならそこまで車で案内して貰えないだろうかと頼んでみた。すると相手はいきなり、被害者になった。

……くっるまっ、くうるうまあ、あーんない、はは……。

小さな不動産店は仕事デスカラッと叫んでそうしてくれたのだった。CMを流すのに金が掛かって、案内用の車を買う金がないのだろうか、とその時は真面目にそう思った。クロスの張り替え中なら人は住んでいない、それでも内見は出来ないのかと不思議になる。内務規定、が単なるその会社内部の取り決めに過ぎない事を、ただ発音を聞いただけだから思い付かないでいる。いや、もう私は通常の判断力などまったく失っていて、目の前の人やものをからっぽの頭の中に刻み付けることしか出来なかった。が、夜道は苦手なのでと頼んでなんとか行って貰える事になった。実際、疲れとワープロの眼精疲労でその時期は夜道が少しこころもとなかった。で、ワケノワカラヌ世界に私は入っていった。

　車中で買い物の便やそのあたりの環境について聞くつもりだった。印鑑証明のことも説明しなくてはならなかった。車を運転しながらトネは自分について素直に喋った。それが営業努力であると充分判った。が、幻想的営業努力に過ぎなかった。

　……オレはね、ほんっとに頭だけはいいんですよ、薬剤師の資格も宅建の資格も取りましたね、商業高校出て、さて、なにになろうかと考えた、なにをなすべきかーだ、そこで野村証券に入ろうとした、ここは落ちた。村上春樹はすきでね、その前は北方謙三ばっかり読んでいたなあ、オレは、マンガだめでね活字しか読まない。高校時代も変わったやつだって言われていた。マンガはくだらないね。村上春樹は全部読みましたね、アレはよかったなー。で、御出身は、伊勢ですか、いせじんぐうって何の神様ですか、アマテラスオオミカミ、それはまた何に効くんですか、しかしあれですね、オレも変わりました。むかしはこんな営業なんてね、人に頭下げてコンニチハだのアリガトウだの絶対出来ないと思って、野村証券落ちた時に不動産の会社って思ったんだな。不動産会社はねー、なーにもしてないのに、朝からぼーっとしてんのに金がばがば入ってきて、あれどうしてなんだろうなーって、なんにもしてなくても儲かるんだって……。

情報雑誌のCMに作家が出ていたことを思い出して登用の理由を聞く。がすぐさま別の会社だったと気づいて顔面蒼白になる。それでも向こうはさあーねえ、で一応済ませてくれ、自分の会社の雑誌のCMで使ったタレントの名前を次々と上げる。

——アレも使ったなあ、そうだ、アレもウチで使いましてね——。実にいろいろ使いました。オレは前編集やってたんですよ。

CMの効果は企業イメージのアップだけではなくて優秀な人材を集めるためだと聞いたことがあった。どんな大物のタレントでもやはり出て貰う、ではなく使うという言い回しになるのだろうかと思った。ともかく、相手が素直な声で喋るのに適当にあいづちをうてば、訊きたいことが訊ける。まず、——。

——K寺の駅はタクシー拾えるんですか。

——南口は無理ですね、北口なら路地ばっかりですから。

——ええと、あのー、なんにもしてない人っていうのは、善人であってもちゃんと勉強なんかしててもなかなか入居出来ないんですか、凶悪な人とかを避けるために審査するわけ。

——そうですねー、ともかく収入がないってのがよくないいんだなーともかく学生なんかでも仕送りでしょ、金さえあれば同じだと思うんだけど収入のないのは駄目だねー。

——親から仕送りがあったとして……。

——やはり収入がね。

無論印鑑証明についても尋ねてみた。

——あれどうして先に出させようとするんですか。

——ああ、ウチなんかは別に契約の時でもいいですけどね、きちんとしたところは先に出させます、どこでもね。

そのあたりではトネは非常に素直な喋り方である。

……きちんとしたところでは他人の印鑑証明をアバウトに扱うのか、いやそもそもそれではこの会社はきちんとしてないのか、頭は明晰に働き始めているのに声が出ない。なぜ出ないのか判らない。相手の怒りが怖い。理由は判らない。自分の言葉がそのまま相手に伝わらぬ世界、部屋の借りられない世界にとうとう適応してしまったのだ。私は罪深く世間からつま弾きされ、どこもなかなか借りられないという考えに支配されている。同時に世間に対して凄い恐怖と怒りを覚える。そのために却って、強いて本心の不安を押さえて、もう大丈夫と自分に言いきかせ、怒りやこだわりを無視してしまったのだ。一旦レールに乗ってしまった。そこから、下りられなかった。

やがて、建物に着いた。既に真っ暗で地形も判らない。防犯灯は付いているがなにもないところだ。いやすぐ近くに郵便局と並んでコンビニがある。向かいの畑で梅が散っていて満月が出ていた。またその時に限って交通量が少く、たまたまタクシーや乗用車がぽつぽつ通っていただけ。隣のお墓は木々に隠れて公園か農家の庭のように見えた。が、物件は夜目にもかなり古い。それに裏側からなら容易に侵入出来るだろう。敷地の柵が低く、駐車場が通りに面しているのだ。それでもここに入るしかないと思い込んでいた。自分はもう死んでいるのかもしれないとさえ思い始めていた。――開いている他の部屋を見せるという配慮もトネはしない。そもそも管理人は常駐していたのだが、管理人に会わせるということもまったくなかった。

オートロックのドアはその日も開け放しであった。が、私が閉めると、確かにしまった。私はただそれを確かめる以外のことはなにもしなかった。オートロックという言葉だけが残っていたのだった。

事務所に戻って契約の前に親に電話して来ると申し出ると、また異常にうらがえったヒステリックな声にトネは戻った。ほー、でんわ、結構ですよ、ここから掛けて下さいというその態度は、なにかこちらをサラ金の言い訳でもしているかのように卑屈な気分にさせた。伊勢ですから、遠いですから、と私がしどろもどろに言うと、あ、あー、けっこういっくらでも掛けて下さいよ、と笑いながらも、声の中に泣き喚れるような病的な怒りを忍ばせますます口許を歪め、薄緑色の事務所の電話の受話器を放り投げるように突き出すのだ。慌てて外に出て父に連絡すると、おまえが気に入ったのならそれでいいという。印鑑証明の説明をし、店に戻る。決まってしまいますからねー、とトネに言われると、そんなものかと思う。

手付けを払うとなると奥からそこの店長が急にカウンターに来る……いいですかそれでは御説明します。

……フレームの丸い昔風の眼鏡、明治時代の小説家のような分厚い顔にもみあげをばさばささせ古臭い背広を着て、飾り気のない真面目そうな男だった。手付け金の意味についてやその他の事を、なにか聖書を読み上げるように調子良く話し、いざ契約となってふいにこう切り出す。

——しかしね、しかしここは街道ですからね、道が側にあるということは車が通りますね、あなた、車は平気ですか。

もう相手のペースのただ中にあり、しかも自分は騒音に強いと思い込んでいた私はこう答えていた。

——ええ、私は騒音に強いです。救急車の通る、空手道場の真上に住んでいますから。

そう答えると、男は安心したのか、別な事を訊いた。

——それではあなた、あなた、オートロックを求めるとは、これは、いったいどういうことでしょうか。

——え、今までのところでいろいろなことが起こりましたが、オートロックに入ってからは無事だったのです。

——作家とは事件に巻きこまれやすい職業でしょうか。

なんら興味もないというふうに、とんでもない事を聞いてくるやつ……。

——え、……それは判りません。

——なにの作家ですか、あ、小説作家ですな。

この人の魂が飛んでしまってるだけ、と、相手の印象も変わっていた。同時に私は昔の詩人が吉行淳之介との対談で言っていた、職業泥棒というフレーズをも思い出した。

文豪眼鏡の男と私が喋っている間に、トネは奥の事務机の前で書類を作成していた。パソコンかワープロの図面を出し、そこへ私の姓名その他を入力しているらしく、顎を出し足を組み、胸を反らし、片手にだらしなく紙片を持ち、開いた手を力なく動かして時々それを見ながら、一本指で実に嫌そうにたらたら打つ。その間も眉の片側は意地悪そうに吊り上げ、ディスプレイを見る目は優越感に溢れている。こっちはワープロを打つ日常だから我流だが早い。あんなので雇って貰えるのかと、その時間の流れの遅さになにか心臓が爆発しそうになる。たかが部屋捜しに過労死という言葉さえ浮かんでくる。書類が出来ると大家の住所は港区だと判る。有名人ナノカモシレナイ、と馬鹿な連想をする。

——あなた印鑑は持っていますか。持ってきませんでしたか。それは手が汚れる。それは、いいですか、手が汚れますよ、手が汚れる。

朱肉で指をべたべたにしながら指紋を押す。拇印《ぼいん》を押したのは生まれて初めてだが、なるほど肉体の一部を登録されるのはいやな感じである。文豪が手品のようにどこからかティシュボックスを取り出してきて、指紋を取る事に対する埋め合わせなのか、妙に景気良く、紙をまるで鳩を出すようにぼんぼんと撒き散らして、こちらに寄越してくる。両手を紙に埋めて指を拭き狂うが、皺に入った朱肉は少しも取れない。

——それで、書類の審査に入りますのでね、書類を会社の方で審査します。書類通りましたら一応大丈夫でしょうが大家さんが顔を合わせておきたいというので、面接審査、ということで、やはり変な人に入られると困りますから。

翌日内見の出来なかったその部屋を番地だけで、一時間掛けて地図を頼りに探しあてた。既に手付け金を払ったというのに、トネは無論図面も地図もくれず名刺も渡さないという幻想的な態度だ。五百メートルといったスーパーは六百メートル、小平の地図を買って確認した。隣がお墓なのをその日も見落としていた。公園を通るコースが判らないから、駅から交通量が多く歩道もない、歩き難い大道を右往左往し、反対方向から辿り着いて、交差点の信号のところで立ち尽くした。それまで喧しいところは喧しいと、或いは窮屈なところは窮屈だと、内見や図面の段階で注意を与えてくれるような業者にしか、私は会ったことがなかったのだ。ここは駄目とまではっきり言う業者もいた。

が、……道が地響きを立てて鳴り響いている。物凄い埃、いや、そんなものはいい。音が、怪獣映画の効果音のように、なにかが倒れるように鳴り響いている。トラックが通る。十台や二十台では済まないのだ。三分道に立っていて顎がガくがく震え交差点に膝をついて座り込んだ。口の中に乾いたけばがぎっしりと生じている。ただの街道沿いというだけではない。街道と街道の交差点のすぐ近くだった。所沢に建材を運ぶトラック、昭島《あきしま》に液化ガスを運ぶタンク、埼玉ナンバーの小山のように土を盛ったトラック、ブルドーザーが通る。立て続けに通る。建物のすぐ近くに引っ越しセンターがあった。建物の裏側のどこからかトラックが繰り出してくる。これが通常だろうか。部屋は、まさか、当然防音か二重のサッシになっているのだろう、でも……幅の広い灰色の道が波打つように揺れ始め、疲れに疲れた視界に真っ黒な斑点が次々に現れてきた。部屋の中に、いや、せめて廊下にでも入れて貰い騒音の程度を確かめなくてはならない……。

交差点のコンビニに足を引きずって入る。飲み物を買い、このあたりは交通規制はあるのですか、と尋ねてみる。オレンジのスモックを着た泉ピン子にそっくりの上品な女性が、いいえとくに、と答えてくる。座ろうと思ってもそのあたりには喫茶店はない。建物の周囲を回って一層不安になる。ベランダに洗濯機を置くと契約の書類に書いてあった。

が、外から見るとそこはあまりに狭くてしかも給湯タンクに塞がれている。いや、そもそもどこにも洗濯機を置いている様子がない。近くにランドリーがあるのだろうかと思う。契約を急いだ理由には、やはり約にしろ十七平米丸々使えるというせいもあった。十六・八二で洗濯機の上にも、収納をするという方針を以前に立てたが、そんな条件でならまだ捜せる。手付け金を放棄して断ってもいい。昨日までの辛さは交差点の騒音の前に吹き飛んでしまう。いや、そもそも信用出来る業者ではない。

建物の一階に事務所がある。が、そこは閉まっている。電話番号を控えて掛けると留守番電話である。そのあたりには街道に直接面した建物は少ない。少し離れた道路際の本屋で本を買って、髪を染めた非常に温和《おとな》しそうな女性に尋ねてみた。彼女はなぜか、今の辺見マリに妙に似ているのだった。「自分の事」、を初対面の同性にぽつぽつ言うと、ちゃんと聞いてくれる……手付け金を払っても部屋に入れなくて、この辺の街道際は喧しくて住めないのではないでしょうか……相手は不思議そうに悲しそうに……部屋ノ中ハア、ハイレマスヨオ、ミンナア、住ンデマスヨオ、と繰り返すだけ。

確かに春先は工事や移動で一番喧しい季節だったろう。が、一軒家なら逃げられる部屋があるはずだし、すぐ近くのマンションは街道から奥に入るように立っているし、窓が街道に面しているわけではない、交差点のコンビニの上もマンションらしいが、逃げ場のある家族用住居と見た。少し離れたところにアパートもあるが、帰って来て耳栓をして寝るだけの生活とか、短期住み替え用かもしれないではないか。私はそこで一日中ワープロを打つ。職業は申告した。車が通りますよ、とはこういう意味だった。が、それにしても限度がある、と当事者は思う。

いそいそした声でX支店でございますとトネが出たので名を名乗ると、こちらが文句を言いもしないうちから、急にああ、と異様に横柄に面倒くさそうな声へとたちまち切り変わった。あんまりじゃないか、と叫ぶ私の声は裏がえって異様に引き攣っていた。が、トネは動じなかった、へっへ、へっへ、という変に冷酷な相槌を打ち、ま、街道だから静かってことはないでしょうがねえ、という声に私はなにかもう絶対に太刀打ち出来ないものを感じた。

少し感情的になり過ぎただろうか、と反省などという馬鹿なことをしてしまったのは、やはりトネの幻想的態度のせいであった。

——クロスの張り替えは三日で終わると言ったでしょう。それならばその後で内見させて貰えないでしょうか。

——へーえ、内見ねえ。

——あなたが来なくても大家さんに電話して管理人さんに見せて貰えば。

吐きすてる息の音が聞こえた。

——だーめですね、だめですねー、大家さん赤坂にいますから絶対に連絡はとれないねー。へ、そっれより私、おっこられましてねー。

——え。

本籍地が書いてないっ。字が汚いっ。

私の出した入居申し込みの書類が良くないという。父親の会社の住所がないっ、父親の会社の電話番号がないっ。ひっ、ひっという呼吸困難のようなヒステリックな息の音が聞こえた。私は呆気《あっけ》に取られた。本籍地はある。が、それは父の田舎で私は一度も住んだことはない。私は奇妙な考えに囚われていった……本籍地まで行って人の評判を訊いたりするのだろうか。父方の先祖の墓参りにおける私の態度だとか……父方は代々そこにいたから先祖の話なら判るだろうが。が、そもそも新聞社が私の資料を求めてきた時も、本籍県という欄があっただけだ。私が不法入国ではない証拠ならば、住民票を提出すればすむことである。面倒だからと、会社を本籍地にしてしまう人もいるほど簡単に変えられるものでもあるらしいが、理由もなくいきなり、本籍地がないっ、と叫ぶトネは強い幻想に私をいざなう力があった。

私は手帳を見て本籍の番地を答え、会社の住所は家と同じですと答えたのだった。が、全部書かなくてもいいと言ったのは向こうである。それをチェックするのがあんたのビジネスだろう、などというフレーズは一応思い浮かぶが、私は別の衝動にも突き動かされていた。一体どういう理由でこんなにも冷たくされるのだろうと。私はＳＦＸの老けメイクをした、ダンプ松本になって台詞《せりふ》を発音した。

——どうしても内見は出来ないんですか。それでしたら結構です。

急に、相手は静かになった。

——放棄する場合は内務規定によります。それで、審査ですがね、書類審査になります。二、三日で、その後、面接審査がありますので。

内務規定という言葉だけがまたいそいそした可愛らしい声で発音され、その後にすぐヒステリーの所ジョージという声が続く。大声を上げるわけではないがトネは怖い。いや、怖いというより、もうパニックにならざるを得ないくらい理解不可能なタイプだ。

騒音の程度は入って見なければ判らないではないか、いや、そう考えることが既に相手のペースにはまっていた。帰ってすぐ丁寧な業者から電話が入った。あーっ、電話しようと思ってたっ、と私は叫んだ。

……お部屋見つかりましたか、今あまり物件がないし決まったなら早く教えて下さいね。こっちは一生懸命捜してるんだからね……私はまた自分の事情だけを殆ど泣きながら一心に訴えていた。が、なぜか騒音のことを相談しなかった。ただ書類が不備なので入れないかもしれないと不安だけを語った。やはり、レールから下りられなくなってしまっていた。親切な業者は別に怒りもせず、そう、いいとこあったの良かったねえ、と平気でいい、自分の本籍地なんて行ったこともなく、知らないのが普通なんじゃないの、と慰めてくれた。言われるままにトネが作った書類の内容を述べると、ああそれは大家から断ると お金倍返しになっちゃうやつだからまず大丈夫だよ、と付け加えた。最初に払うお金には 手付け金と預り金というものの二種類があって、大家の方から入居を断る時、預り金はそのままの額を返すのだが手付け金は倍額を大家から返さなくてはならない。それをていねいに教えて、でも審査で落ちたら、というと……ウチ、捜しますよ……とたちまち営業に戻る。電話できくとまともな業者の声は、営業の勢いに満ちていて迫力があった。が、怖くはないのだった。

一九九一年三月

二月の終わりに手付け金を払って三月の半ばまでに全ての金額を払い、それでも三月の二十一日、引っ越しの四日前まで私は自分の借りている部屋の中へ入れなかった。その間、幻想管理からはただの一本も電話がなかった。まず、審査の結果そのものが判らないのだ。音沙汰がないので電話をするが、私だと判るとトネは短く返事をしてばっ、と切ってしまう……書類審査はすみましたがこれから面接がございます。大家さんお忙しいのでね、赤坂におられますし……何日かに一回電話をする。毎日掛けるにはトネは怖すぎる。次第に審査に落ちたのかと思えて来る。が、日は迫ってくる。引っ越しトラックの手配も必要だし、電話は当日から使わねばならないから、二週間前から手続きしておきたい。何度目かの電話でトネは不意に面倒くさそうにヒステリックな声を上げる……あ、もう、面接審査なしです。なっし。通りました。

丁寧な業者は審査に落ちた場合を考えてか時々電話して来た。彼はどことなく進路指導の教師のような口調になってしまい、私を励まし、しかし励まされるとこちらは却って焦ってしまうのであった。その日、きまっちゃったというと、別にがっかりもせず、あっ、おめでとうございます。よかったですねー、と迫力のある声できちんと挨拶した。元気でいて下さいね、いい本を書いてね……。

私は受話器を置いて静かに驚愕していた。売れる本と言わずにいい本と言う、それはなにしろ、滅多に聞くことの出来ないフレーズであった。が、やがて幻想管理の方からはカネヲハラエという書類だけがしっかりと着いた。合計金額をおとなしく振り込み、ふとみると、幻想サービス、幻想保険、というよく判らない金額が、一万四千五百円と一万七千三百三十円、混じっている。手付け金を払った時一切説明を受けていないし、その時に渡された書類のその項目にはただ、斜線が引かれているだけだ。振り込みは電信扱いでするようにしっかり書かれている。当日ついているはずなのだが、何回かけてもトネは留守です、だ。契約書をという段になっても彼は何もしない。印鑑証明の出し方を尋ねたところで……よっけっいっなっことしないで下さい。封筒に入れてね、字が汚いっ……ばっ、と冷酷に切る。ワケノワカラヌ世界に心はむしろ無感動になってしまう。送って来た書類にはマンガ文字で字をきれいにとか、家賃が千円高かったので訂正した、という用件だけが、子供に教えるような調子で書かれていた。家賃、騒音、洗濯機置き場、そもそも契約も大家の存在そのものももうあやふやである。父に書類を送ると、電話が掛かってくる。普段の短気を押さえしかしゆっくりとひどく太い声で、こんな書類は面倒だという気持をこらえつつ喋る。書類は奇麗な字で、と父に一方的に繰り返して、失礼な態度で私が言ったせいだ。トネに横柄にされたのを父親に当たった形だった……こういうことは、慣れてませんのでねえ……とゆっくり伝える父親の不快感は全部そのまま私の頭の中に移し替えられてしまう。書き終えたものをわざわざ電車に乗ってX支店まで持参したがトネはいない。長いピカピカの髪をした若い女性に、書類を託した。引っ越しはいつ、と訊かれたので、連絡がないので仕方なく三月二十五日にしました、ぎりぎりです、というと、急に、異様に困ったような顔になった。

書類はきちんとして送り返して来ると言ってたはずなのに……まったく着かない。書類、着かないんです、大家さんの判は貰えたのですか、繰り返し電話をするがトネは出ず、しかも掛かっても来ない。他の人にも部屋の中に入れないんです、と訴えてみる。連絡はない。ともかく連絡を下さい。トネさんに伝えて下さい……。

あ、家賃千円高いの連絡行ってますかお金振り込みましたか、と他の社員が出て、地声で訊く。千円高いのは聞いています、お金も払いました、説明のなかった幻想サービスとかも、あ、そですか、で、ぱっと切れる。また電話をする。

部屋には入れるんですか、トラックの手配をしてしまいました。もしも入れない場合でもね、といいかけると、出た相手はさも気の毒そうにうーん、と悲しい相槌を打つ。最悪の場合大家は何も知らず、荷物はやはり公園に放り出されると覚悟をする。パニックとなり母に電話をし、弁護士をしている従兄弟の電話番号を訊くと、母はぐずぐずしてため息をつき、結局半病人になってしまう。そういう事態の場合は四百キロの本を積んだトラックを幻想管理の事務所に横付けして、カウンターの上に全部荷物を積んでから警察を呼ぶのが正しいような気がするが、とても出来ない。三月の二十日、トネがやっと出る。部屋捜しに出ないせいで体の疲れだけは取れたせいか、その日はたまたま強く押す声が一応出た。

——お部屋の中はいつ見られますか。そもそも私は入居出来るのですか。大家さんは私のことを知っているのですか。

すると相手は別人のような事を言うのだった。

——管理人さんがいますから、合鍵もありますから、入ることが出来ます。

静かなしおらしい声で彼は答えた。なにが無理なんだよ、この前は無理だと言っただろう、とは私は言わなかった。激怒のあまりではなく、生まれた時から演技中のダンプ松本でいるような気分になり、努めておとなしい口調で私は言った。

——ああ入居出来るんですね、御蔭様でありがとうございました。それでこの幻想サービスというのは何をしてくださるわけ、で。

——お部屋のお掃除とですね、ビルの管理ですね。

——維持費のようなものね。

私は世界を判り易いものにするために相手に合わすしかなくなっていた。死ぬほどバカバカしいと思いながらもう止まらなかった。同時に、今損をしても相手の本音が知りたいと思っていた。小説にでもドラマにでもなってしまえだった。その投げ方に向こうはたちまち反応してきたのだ。

——はいはい、はい、そなんですよー。

一瞬愛想良くなり、そしてすぐさまいつもの最低の態度に戻って行く。

——それでね、こっちにも都合がありますんでね、私の都合のいい日に鍵を取りに事務所まで来るように、二十一日です。

——承知いたしました。

トネはどうもとも言わずに冷酷にばっと切る。が、二十一日はトネの所には行かず、直接引っ越し先に出向いたのだ。そうする方が真相が判ると思ったのだった。

管理人室のインターホンを押し名を名乗った。ああ、とすぐさま相手は納得した。お部屋に入れていただくわけには参りませんでしょうか、と遠慮がちに言った。えええええ、もちろん、もちろんです、と相手は答えた。しばらくして熱で顔を赤くした学生のような、岡村孝子に似た若い女性が出てきた。実は家族でそこに住んでいて子持ちなのだが、アルバイトにしか見えない姿だった。そして一気にあらゆることが判った。

管理人の方も訴えたい事が溜っていたのだった。……引っ越し十七日だと伺ってまして、部屋の給湯機もスイッチを付けて、お湯も沸かして水道の手続きもして、日曜日ですので家族と出掛けるはずだったのですが、取り止めて玄関のところでずっと待ってました、社長も私もどうして来ないんだろうって、幻想管理からは何の連絡もないし、私風邪をひいて……。

——十七日は入居出来るのかどうか問い合わせていた日ですし、そもそも私のところに契約書が来てないんですよ。部屋も入れないとかずっといってて、説明しないお金をこんな風に請求してきて。私自営ですから引っ越しは料金の安い週日にしようと……。

情報雑誌の隅にでも小さく書いてあるのかも判らないが、雑誌を買わずに直接店に来る人間もいるだろうし、保険入って貰いますくらいのことは丁寧な業者ならいう。手元にあるのは振り込み用紙と手付け金の書類だけだが、それを見せて全部説明する。

——都合のいい日に鍵取りに来いなんて言うんですよ。内見出来ないままだから何も用意出来ませんでしたし。

——それは、あんまりですねえ。

見ると引っ越し先の郵便受けに私あての書類が入っている。

——幻想管理さんとはお付き合いが長いんですか。

——え、あ、幻想管理は支店長がかわったのです。

——あまり、御存じないんですね。

その質問には答えず、彼女の声はまたたまりかねたのか、高まって行った。

——ミスが多かったんです、本当に、本当にミスが多くてあまり困るのでもう業者を変えようとしたらX支店の支店長が変わって、今度はがんばりますからお任せ下さいといって、トネさんという人が新たに来て、それでもう少し我慢しようと。

——すみません、風邪引いておられるのにながながと喋って。

——いいえいいえ、ともかく内見して戴きます。うちは皆内見して貰いますよ。なぜ内見に来られないのか本当に不思議でした。入る気があるのかって。

——クロスの張り換え中は見られないという規則があるらしいですよ。

彼女は、ぼんやりと笑った。

——それにしても作家の人がなんでこんな喧しいところへ、どうしてまた、昼間ここで仕事するでしょうに。

――ええ。内見したくって大家さんと直接交渉しようとしたら、港区に住んでるから無理だとかで電話番号も書いてないし。

――……社長は、この近くにいますよ、ずっと。ここの事務所にも毎日のように来るし、港区を引き払ってその時にここへこのマンションを建てたのです。だから……。

部屋に入ると室内に洗濯機置き場がある。ベランダはエアコンと給湯機で塞がっている。安い二槽式を買って運びこもうと思っていたのだが全自動式にしなくてはいけないだろう。ないはずのベッドは備え付けで、本来ならありがたいと言うべきなのだが、知らないで買って運び込むところだった。内見が出来ていれば些細な間違いで済んだか、いや、使えるスペースが〇・五平米狭いのは都会の、特にワンルームではきつい。覚悟はしていたが天井は低い。物入れは浅く低く、図面で予想していたのよりもずっと小さい。ただ玄関や流しの上下に少しずつ収納スペースがある。幻想サービスで掃除してくれた部屋の換気扇から、一面、まっくろな埃と油がキノコのように下っている。問題は音だ。今日は休日ですからまだましなんです、という。確かに、この前よりはましだ。

引っ越し資金の殆どを使い果たし、ともかく四日後には八王子を絶対に出なくてはならなかった。そのまま事務所に急いだ。一応電話しておきます、という彼女を押し止めたが電話したらしい。部屋の鍵は事務所にあると言っていたはずだが、管理人から貰った。

事務所は、静けさに満ちていた。エレベーターを使わず空を飛ぶように私は階段を登った。が、どれほど速やかに行動したところで、ぶざまでしかなかった。トネは酒に酔ったような赤い顔でまた傲慢に顎を上げて言った。すこしはばつの悪そうな顔をしていただろうか。

——アー、鍵トッテキタ。

私は腰も掛けず、ただ書類、と発声した。続いて自営、という肩書きにこそふさわしい大きな頑丈な声がどこからか出てきた。

——引っ越し十七日だったんだってねー。

——あ、あ、そなんですかー。

頭を低く下げうわのそらのように、もうどうでもいいことについてトネは相槌を打つ。

——いったい誰が連絡してくれたのー。

——あ、あ、そですねー。

まったく事務所自体幻想に満ちあふれていた。カウンター内の若い女性のぴかぴかした長い髪が、それこそ市松人形のような完璧な髪が、自由な都会生活を象徴する清潔な髪が、一瞬カツラのようにビョーンと中空に飛び上って見えた。トネの動作も私の声すらも、他の人々は完全に無視していた。いや、それよりも私が透明人間になってしまっていた。とても静かだ。私は書類を点検した。保険の領収書が入ってない。立ったまま、ただ保険、と発声する。トネはまた凄いだらしなさでとろとろと引き出しを探り、漸くそれを嫌そうにこちらへ持ってきたのだ。

――これ、すぐによそへ引っ越しても使えますね。

――え。

トネの顔がまたヒステリックに歪む。

――よそへ移っても使えますね、期限二年だから。

――あ、あ、そなんですねー、使えますよー。ありがとございましたー。

――あなたもお元気でね。

トネにありがとうというフレーズがあったことを発見して驚愕する。外の世界に出ていきなり現実に帰る。

電話で事情を聞いた父はすぐ納得した。仲介業者はなんのかんのと言ってちょこまかと金を取りたがるものだが、それを黙ってするというのはルール違反だと、また内見も引っ越しの日も、目茶苦茶を言っていたのはその業者だけで、おそらく大家はなにもしらないだろうと。

相場では手数料は普通一箇月分だ。が、トネは確かに、なにもしなくても金ががばがば入るという幻想を抱いてその仕事に入ったのだろう。そしてただ幻想のままにふるまっただけだ。彼は決して悪人ではないというわけ。

次の日掃除道具を持って自分の部屋に入った。窓の中をざっざっ、と風を切って、ＬＰガスと書かれたでかいタンクが通り、私はわああと叫ぶと、壁全体に振動が走る部屋の奥に飛びすさった。あったことを全部大家に報告すると、そこにはきちんとした、判る世界があった。大家は非常に冷静で、やはり何も知らないと言った。

次の年そのマンションから幻想管理のプレートは外れてしまった。

一九九二年四月

騒音の部屋に入ってからすでに一年が経過してしまっていた。十一月から部屋を捜し続けて年を越えた。雑誌で見た部屋は例によってすでに決まっていた。同じ建物の違う部屋は、と訊いてみるとあった。九万円台の家賃と四月入居のせいで残っていたのだろう。年が変って、相場も上ってた。七万四千円がいきなり八万五千円になったりしているのだ。そこが物件からごく近い距離にある店なのを調べてから出掛けた。入居中なので二、三日後にしか内見出来ないと済まなそうに言われ、相手を信用した。但し自営だというとさっきまで空いていたはずの広い方の部屋は急にないと言われた。残っているという部屋を外から見た。

ビルの一階の入り口の上に、ひとつだけある、角部屋である。通りに面しているが街道ではなく、車は殆ど入って来ないように見えた。部屋の横の非常階段は上まで金網が張られ、防犯カメラもあった。入り口の上にひとつだけ突き出した部屋だから上にも何もない。プールが安く使え、礼金なし敷金三箇月、方位も良い。家賃九万四千円は仕事が次々に決まってともかく払える。——いつのまにか生活の心配はなくなっていた。

殆ど閉じ籠もるためにあるような部屋だ。一方の隣室にのみ神経を使えばいい。が、家賃は相場とはいえ私には高い。別に断られてもいいような気がした。そのくせ、そこは私を待っているような気がしたのだった。部屋自身が私に入って貰いたがっており、そのためになにか働き掛け、画策している感じ。部屋の位置を電話で父親に説明すると、管理人室のような場所だと嫌そうにした。自分で借りるのだから気兼ねはもうなかったが、保証人になって貰わなくてはいけなかった。繁華街ではないな、と父は念を押した。商店街の中だが人の羨むような場所だと説明すると、そこにしなさいとあわてて言うのだった。

内見してみると水回りが全部階段側にある。つまり深夜に台所で天麩羅《てんぷら》を揚げようが、また早朝に風呂に入ってみたところでまず文句は出ない。ドアを出たところは向かいの部屋の壁。吹き抜けがあって外気も風も入る。建物の真ん中の池で鯉が泳いでいた。プールの子供の声だけがごく微かに入って、室内は静か。が、別に特に気に入るというわけでもなく、ただ、部屋が、私に入って欲しがっていた。そのせいか泳ぎながら暮すというイメージまで浮かんだ。

水の中にいて、水に浮いていれば、それはどこにも住んでいないという感覚と似ているのだ。都合のいい幻想でしかないのは判っていても、それで不安が宥められ安心してワープロを打てるのならいいと思えてきた。自分は水辺に住みたかったのかもしれないとふと気付いた。無論、そういう幻想を当然現実は引き剝がすのだが……。

広めのワンルームのカーペットからも、天井からさえも、前の住人の異様に強い気配が漂って来た。トイレまわりと浴槽は完全に掃除してくれてあったが、床の汚れはどうしても取れなかったらしい。そのくせ台所は新品同様で、換気扇には油や湯気の跡も、いや、そもそも使ったという、形跡がなかった。絨緞の上の焦げ、壁の巨大な染み、シャワーカーテンは黒くなりカーテンレールには黴が残っている。――ともかくシャワーカーテンを買わなくては。

私はいつしか掃除に掛かる日数と買うべき除菌クリーナーの数量を計算していた。

内見の時、自営は断られやすいと悟ったせいで、確定申告書のコピーと自分の本まで、持っていった。著書があればひどい扱いはしないだろうと、何人かから知恵を付けられたのだ。で、その日は成功だった。が、翌日は、とんでもない事になった。

次の日にその店に行ってみると、部屋に同行した親切な女社長がおらず、カウンターのところに知らない人間がいた。顔のてかてか光った初老の男で、非常に丁寧なのだが、体から自我を抜き取ってしまった人のような、受け身の、冷たい感じがした。あ、怖い、それに嫌われる、と思った途端に下を向いてしまい、店の奥に社長がいないかと思い目でさがした。が、応対するしかなかった。

ともかく、どんな手段を取っても、身元を保証しなくてはならないという考えから、恥を感じながらも、私は確定申告書を出し、本を添えた。文学賞の時に取材を受け、写真が載った雑誌も持っていった。コレ、私デス、と俯きながら言うと、相手の声がいきなり一オクターブ撥ね上がった。筒井康隆の主人公なら、ここで完全に相手の悪意を確信出来るだろうが、私はまた変な展開になったのだと自分に言いきかせた。店の奥に向って、彼はいささかヒステリックな印象でどなった。

——すっいませーん、このような本書かれてこのようなぜんこくてきに有名になられた受賞作家の方が、このように入居申し込みをなさいますがっ。

キューピーのような顔つきで顔色は青白いのに皮膚は光る。目をすごい速さでパチパチさせ、こっちを上から下まで厳しく見る。

——ほおうこれエッセーなのでございますかっ。

——いいえ、小説です。あっ、この確定申告書の職業無職とありますのは父の税理士についでにして貰っているので、間違えたのです。私は無職ではありません、小説家です。

——ほおう、無職、いいですなー、優雅で、イギリスではですねー、無職、というのが最もリッチで尊敬されるあり方なのでございますっ。

短い簡単な英単語を、チェックとかクリアとかを彼は多用して喋った。それは聞きやすいのでクイーンズイングリッシュなのかもしれない、と私はぼんやりと思ったのだ。が、外国に行ったことのない私の耳には、むしろテレビの英会話で聞いた、テキサスの英語のように聞こえてきた。もっとも、それさえ難しくて放り出した私に、そういう判断の付けようはなかったのだが。男は随分、いろいろなことを喋った。

――あなたはね、いけませんね。まず大家さんに好かれない。入って来た時に私を無視しましたね、何かこう人を避けて、がっ、と横向かれる。がっ、と無視をされる。その割りに内面にがちーんとした強い強いもの持っておいでですね、それは才能素晴らしくて結構でございますが、でもこの雑誌には暗い作風と書いてございますね、それが独特で内面がお強くていらっしゃればまったく優れたお仕事なさるでしょうが、それでもそんな暗い方に大家さんはお部屋を貸したくないのでございますよ。まず、あなた自営ですね、才能が、どんなに優れていても、お家賃、お家賃が切れたらどうなさるのかなー、あなたのような他人を無視してがっと強い方がお家賃どうしましたかー、と追及されると、ドアに鍵掛けてがっ、と閉じ籠もるのではないか。ノックしても出て来ない。強い暗いでは交渉が出来ませんねー、それに態度も良くない。はっきり言って今お店に入ってこられた時、お客様でありながら弱々しく、なにかこうなかなかものもおっしゃれない。それではお家賃を払う熱意と努力というものが感じられません。お部屋に入居させていただくというのに、お家賃どうするのかなー。勤め人ならひとつの型にはまって収入も安心です。でも私どもでは身分で相手をこばんだりはいたしません。七十歳の方をお世話いたしたことございますし、外国留学生の方もお世話いたします。（その台詞で私は少し相手を信用した）自営業者だって拒みません。しかし、その時には好かれる態度でございます。大家さんとの面接はセレモニーでございます。まずあなたは少しも笑わない、その写真ではにっこりと笑っておられるのに、それに季節外れの服装はいけませんねー、失礼ですねー、もう春ですコートは脱いで、そして大家さんのために精一杯の身なりをして来られるべきです、冬ではあるまいにコート姿だと、がっとした強さになってしまう。え、スーツではどうですかですって、スーツ、というのではなく、こうなにか、もっと……はあ、いきなり笑えと言われても笑えない、しかしあなたは中身を問われているのでございます。そのような立派な暗い才能の特異さの御立派さとは別の中身でございますよ、この雑誌に異才とあるのも決して有利ではなくって要は家賃を払う熱意、そして大家さんと交渉の出来る軽い明るい態度なのでございます。姿勢もいけません、それからもう少しその弱々しい座り方を……。

収入も著書もあるから前の時の部屋捜しよりはずっと楽だったはずだ。が、ここでまた前と同じ状態に戻った。

自営業者は人格を問われるのである。身分ではねる代わりに、内面審査という、どこかゲーム的な設定になって行った。

普通保証人の収入は問わないものらしいのだが、父親の仕事の内容、資本金、この年収は年商の間違いかという妙な質問、支社の社員の数まで聞かれ、父親の年齢が六十一かと、咎めるように言うので、元気ですと答えると、はいはい、働き盛りと申せましょう、と口では言うもののどこか、妙な応対である。東京に知り合いは、友達は親戚は、依頼して来る出版社は多いか、仕事の予定は、原稿料について、……この本一冊書いていくら貰えますか。ああそれじゃ今から保証人に電話しましょうか。いいですかそれで。

顎を上げて告発するように本をばっと指差し、相手は目の前で電話をした。後から確めれば済むことなのに変な形式であった。が、変な展開も変な形式ももう慣れてしまって、それにその男の営業笑いや不必要に高いテンションも珍しくて、つい怒るきっかけを逸してしまった。男は物凄い勢いで電話を掛け、母親が出たら、いきなり御主人様は、と聞いたりしており、女を絶対に信用しないタイプなのかもしれないとふと思い付いた。

私は普通に喋って普通に登場しているつもりでも、相手に、凄い不信感を催させるのかもしれなかった。或いは私のすることが徹底的に相手のマニュアルから外れているか。が、ともかくなぜ私が嫌われるかという説明を彼は一応してくれている。

本一冊幾らの問いにくそ真面目に税金一割を引こうとして、計算が出来ず言葉につまると、業者はなぜかとても嬉しそうに笑った。村芝居の中で質屋に親の形見を持っていったりすると、こんな目にあうんだよなーとぼんやりと思った。

……あなた大変まじめな方でございますね、でもお部屋をお貸ししたいタイプではないかも。週刊誌に本ばんばん書いておられる方というわけでもなし、年収三百三十万は申し分ございませんが自営の方ではそんなことより保証人ですね、お家賃は年収の三分の一、これはぎりぎりなのでございますが、自営の方御本人の収入は問題ではございません。内面のごちん、これがいっけませんねー、それがいけません。才能おありかも判りませんが今では世の中は明るく軽いものになっているのでございます。しかしこういう言い方に中にはむっとする方もございますのに黙って聞いておられる。喋ると感じのいい方でございますね。むっとなさらない。(むっとしていたのに) それはいいですねー。まあそちらさまの基準では私など軽薄で良くないかもしれませんがでも世間では明るくなくてはお部屋も借りられません。

軽薄、どころかその男の総てに過剰な応対は「ビョーキ」だった。

どうせ断られるだろうと思ったので黙って出た。が、その日の夕方電話が掛かってきて、大家が急に外国へ行ってしまい審査出来なくなり、真面目な方だとも思うので特に合格にしますと言って来たのだった。ごちゃごちゃ言った男だったらこちらから断ってやろうと思っていたのだが、内見の時に非常に丁寧だった女社長が出て、審査とはいえ失礼なことを申しましてとまたあまりにも丁寧に言うので受け入れてしまった。ワケノワカル親切な業者にあちこち電話をして、やっと決まったと報告をするとみんな喜んでくれた。

契約に行くと、件《くだん》の男が出てきて、どうですかね相変わらずいいもの書いてますか、と顔をてかてか光らせて腕組みをしながら、くだらんテレビに出て来る大編集者のように言った。この前のもなにかのドラマの演技だったかもしれん、と私はげっそりしつつも想像した。

下町の生活

買い物も便利で静かな街に住んで、体全体を風呂の浴槽に浸《つ》けることが出来、いくつもの鍋や御飯茶碗を置くスペースもあり、おまけにベッド以外に腰を下ろせる床のある生活を始められる。が、仕事が立て込んで引っ越しはかなり後だ。

中野の下町情緒を描写する気なんかまったくなかった。考えてみれば地震の最危険地帯である。木造の建物が多いから地盤は硬くとも火災の危険がある。

部屋捜しで描写したいと思った街は小手指《こてさし》と所沢くらいだった。中野ではどうやってもテレビドラマにはまる。或いは既製の小説のなぞりになる気がする。バブルの崩壊がテーマでも人情話になりそう。いや、相続税の関係とやらであちこちにマンションが立ち始めており、これを黙殺しなければその下町さえ書けない。地震対策にはなるだろうが、ともかく私には散歩中の微苦笑なんか浮かべようもないのだった。ただ部屋捜しをもうしなくてもいいことだけは確かだった。新聞を買えば部屋の広告以外の記事が載っているし、うどん屋に入れば、うどんのことだけを考えていられる。不動産ワールドは一旦脱出してみるとあとかたもなかった。が何年かののちにはやはりそこも追い出されるかもしれなかった。

……今までより五平米広い部屋に入っただけで、全身の皮膚が、遠い壁や高い天井に吸収されてしまう。広さの見当が違うせいで、時計をどこへ掛けるのかさえ判らないのだった。あの狭い部屋での生活は何だったのだろうと呆れながら、便利だがひっかかるもののない東京の町で、浮遊するように私は住み始めた。が、水辺の生活という幻想でいくらごまかしたところで、結局、私に居場所がないことは確かだった。

増殖商店街

家賃を払って市民税を払って……他に一週間以内で国民健康保険の払いが二通りあり、それは今まで入っていた伊勢市の保険料と、これから入る文芸家協会の先払いの保険料なのだが、それらを全部払ったと仮定した額を、持ち金から差引く。そこからさらに郷里の人が急死した場合にすぐさま帰るための電車賃一万三千八百円（これは猫が急病の時の医者代にもなる）を取り除《の》けた残りが三千二百円で……そうだ忘れていた、火曜日には新聞のインタビューを受けに行き、木曜にはまた別の新聞のインタビューがあるから、無名作家の分際で一週間に二回も電車に乗る。そのための電車賃が都立家政から新宿まで高田馬場乗り換えで二往復千四十円掛かって、実質二千百六十円が残金で……いや、まだある。市民税を納めに第三銀行まで行くための電車賃が六百円。そうすると結局はいくら残るのだろう。

　頭の中の引き算は同じものを二回引いたり昨日の買い物のレシート分をうっかりと混ぜてしまう事が多い。特に今日は徹夜明けだから計算そのものも全体にねばねばと糸を引いてしまうし、数字に可愛らしい足が生えて夜明けに逃げて行くイタチみたいに機嫌良くどこかへ走っていったりする。が、ともかくもはっきりとしているのは今、私のお金が少ない、という認識ばかりである。そのくせ、世間の目はともかくとして自分では特に貧乏だとも思えないのだった。

私には一度だけ婦人雑誌のエッセー五枚を引き受けたという経験があったが、その他はだいたい文芸誌関係だけで自活をしていた。無論その収入は同年代の勤め人の半分程でしかなく、それでも物喰う口は私の他には、大家に内緒で飼っている猫一匹だけだし、人付き合いが殆どないので交際費もいらず、時々原稿料を期日よりも早く払って貰い、電話代等はあまり気にせず、無事に暮らせた。今年の五月から中野のワンルームマンションに引っ越したのだが、確かその時さえ貯金通帳に何十万かあった。が、引っ越し費用に加えてひどく汚れていたその部屋に掃除用品を買い込み、しみだらけで臭いのするカーペットを敷き替えてくれなかったからその上に新しいのを買って敷いたり、ずっと長篇を書いていたせいで雑文の収入だけだったのに、中野の便利さが物珍しくて新居に必要な品を買いがてらあちこちほっつき歩いたりしているうち、次第にお金は少なくなっていったらしい。――なる程銀行の引き算は正確だな、と通帳の残高を眺めて感心をし、それではこのまま生活が立ち消えになって行くかというと別にそうでもなく、ほんの数日程したら長篇の原稿料は入るし、旧住所の敷金も返ってくる。

敷金は、一年程住んだだけのところで礼金も二ヵ月分払ったのだし、殆ど全額返るでしょう、と管理人は言った。それらをあわせると七月にはいきなり百二十万以上持っているというあんばいになる。ただ、引っ越し後一ヵ月たってしまったというのに返金の音沙汰は実にまったくなく、次第に不安にはなってきていた。ともかく振り込みまでの一週間程はお金を使わないで楽しく暮らすしかない。例えば会費二千円を払った後のプールで泳いだり、電気代は月末だからワープロも打てる。ただその間何を食べてしのぐかに工夫が要り、いや、実はこれも割合と簡単である。というのも普段から自炊しているため米は緊急に備えて流しの下に詰められる限り有機農法アキタコマチ二十キロを買い込んであるし、おかずはというと最寄りの都立家政駅から電車賃百二十円時間二分、または徒歩七百メートル時間十余分で到達出来る野方《のがた》という街が珍しくて、そこで保存食品ばかり買い込んできていてこれがなかなか侮れない支えだった。その他にも引っ越しの時に捨てもせず梱包のパッキン替わりにしてもってきた乾物類、若布《わかめ》、ひじき、昆布、かつぶし、高野豆腐、干した百合の花、干し椎茸だの、冷蔵庫の中にガムテープで貼り付けて輸送してきたサンマ缶一個などという豊富な備蓄にも恵まれているから後は生野菜だけで、それもどうせ一週間程なのだから二パック百円のピーマンと三パック百八円のカイワレナでも買ってくれば充分である。お金の引き算は面倒だが、この備蓄について考えを巡らしたりするのはなかなか楽しく、試しに、一個だけのサンマ缶に沢庵を買ってきて配するという、幸福な組み合わせなどを検討してみた。が、少ない残高から沢庵二百二十八円を計上する事は無謀だとすぐに気付いた。つまり一個のサンマ缶を食べ終えると、沢庵ばかりが大量に残ってしまうし、沢庵を残さぬようにサンマ缶を買い足すとせっかく備蓄してある他の缶詰をタイムリーに利用するという楽しみが失われるし、強いて備蓄缶詰に沢庵を添えてみると、チリビーンズに沢庵、ビーフシチューと沢庵等という組み合わせを強いられてしまうか、或いは残った沢庵の無駄な存在感と捨て難い食感を惜しみつつも、歯応えのない洋食缶詰だけをひたすら食べるかという罠にはまる。――この「思索」には「味覚を想像するゲーム」や「備蓄を使い切る快楽の追求」という遊びの要素が絡んでくるため、面倒であるが集中し始めるとなかなか止められず、私はついに狭い押し入れや台所の棚から、或いは引っ越し後もまだ放置してある段ボールの中から、あらゆる保存食品を出してきて台風の前日のように点検した。すると断水も起こりそうな気がしてきたので取り敢えず浴槽に水を張って、災害用に買ってある「六甲の水」も出して並べ、無人島にいるような気分になりひとまず安心し、ベッドに横になった。お金がないから全ての用事は後まわしである。税金や保険を納める機関もその日はもう閉まっていた。

……そうしていると自分は金欠なのではなく、昔の学生であるという架空の設定がどこからか染み出てきた。振り込みがあるまでその設定にはまって暮らしてもいいような気がしてきたのだった。体全体でお金のない時間というものを受け止める事に専念しようと決め、二十分程眠ってしまって目を覚ますと頭の中には京都での下宿生活がそっくり蘇っていた。例えば二十一歳のある小春日和、登校するために大和大路を歩いていた午前中の事、チェックのダッフルコートを着てきちんとした白髪頭に古風なネッカチーフを掛けた初老の婦人にいきなり呼び止められた時の妙なやりとり……。

――すいません、すいません、すいませんがすいませんすいません学生さん。

――はい。

――大変に申し上げにくいことではございますが、百円というお金恵んでくだはいませ。

あの時はあまりにもびっくりして百円渡してしまった。朝の道でその業界の人にあったのは初めてだったのだと思う。気が動転して、お財布を落とされたのですね、バス代でしょうかと事態を醜く収拾しようとしたら、相手は正直だった。

――それは申せません。何も申せません。

哀しそうなのに眼光が鋭かった。あの時から十年以上たって、祖母が死んだ時、私は鏡の中の自分の目がそっくり同じ光を放つのを見た。看病の疲れと悼みや哀しみの感情だけではなかった。深い愛憎で狂いそうだった……などと結構哀しい事を思い出しているのに心は平気で、というよりもう意識が外界から隔たりつつあった。カーテンの向こう側に大きな鯵の骨が転がっていると強く感じたり、目の前を銀色の太ったセンザンコウが横切ったりした。ワンルームの鉄のドアは京都の築三十五年の木造下宿の雪見障子に変わっている。生活の一箇所に架空の設定を導入すると、そこからどんどん変な世界に入り込んでしまうらしい。半分眠った頭で、無為に過ごすお金のない時間が、巨大な腥《なまぐさ》い竜のように、頭の上をそろそろと進んでいるのを心地好く感じながら、その日の夕飯に何を食べるかという考えを弄んだ。やがて高等ヤミナベのような、つまり大河ドラマの足軽とか、若き日の侵略者とか搾取者とかジェノサイド者で、英雄と呼ばれている人達がオオッ、コレハ馳走ジャ、アリガタイ、と言って食べている雑炊みたいなものを、作って食べよう、と思い付いた。するとまた学生時代の記憶の中からその類の味が蘇ってきた。——仕送りを待ちながら京都の下宿で作ったクリームスジャータスープとパックの生クリーム、戻したキクラゲ、それに最上等の幅の広い湯葉を、米から炊いたお粥の中に入れて煮込んだ雑炊。戦国時代とか原始時代の設定にはまりこんで一心に食べた。保存食品と最後のナマモノを組み合わせて作ったのだが、材料自体は美味で欠落感などなく、ただお金のない時間とお金のない空間を具体化したように、舌の上に妙な食物の味が広がったのだった。なぜか一日味わうとその違和感は癖になった。友達がキモチワルイッ、と叫んでそのメニューを客観化してくれるまでの間、私は素材を買ってまでその組み合わせを食べ続けたのだ。——友は私を力強く説諭し、キクラゲは中華ドンブリなどに入れるべきだという思想を叩きこんでくれた。築三十五年の木造下宿で真夏にコートや半纏、炬燵布団まで動員して下宿内我慢大会の重ね着を競い合ったその仲間とも、今は音信が跡絶《とだ》えている。そうだ。ともかく、サバイバルごっこにはまっておじやを作ろう。

……備蓄と献立の醸し出す澄明な世界の、水晶のようなスクリーンに、たちまちサーディンのグラタン、百合の花スープ、手鞠麩と若布、干し椎茸の茶碗蒸しなどという、多分その場になったら絶対に作らないであろう面倒なメニューが三食ずつ一週間分、完璧に浮かんだ。それで備蓄の六十パーセントを使いこなせると計算し終えると途端に野方に買い物に行きたくなってしまった。私はもともと浪費家である。

野方に買い物をしに行きたい。保存食品をさっぱりと無駄なく使い切ってからまた買い溜に行く。保存と使用と使い切りと買い込みがもう全部ナマコの口から肛門のように繋がって呼吸している。もしも世間が私をさもしいと思うのなら、それは世間の方が間違っている。性欲を抑圧していて、駆け落ち者を成敗したりする昔のジジイと同じ精神構造である。買い物はハンティングで無意味な自傷行為で、資本主義にうちのめされた負け続きの自営業者の強迫観念のしこりである。なぜあんなに缶詰ばかりを買ってしまうのか。そう、お金が多い、などという疲れる設定に私は耐えられないのだ。

というような事情で、全財産を缶詰に変換し自由経済を遠ざかるパレードのように感じながら、私は捨て身の幸福に浸されていた。そうしていると野方に行きたいという思い付きまでが適《かな》わぬ夢として美化されるのだった……おや、野方にいる。はっと目を覚ます。

なんだ、夢か、いや、また野方にいる。

目を覚ます、なんだ……また野方だ。

野方を歩いているのか、夢の中に野方がそっくり出来上がっているのか。そう思っているうちにその町は次第に近付いてきた。

夢日記を十年近くつけ続けて、私はある程度まで、見たい夢を見られるようになっているのである。そんなふうにして、覚めたまま夢の中に入ってしまう事も時々起こった。

……夢の街並みは野方と同じようだ。駅から三方に分かれた小道が全部商店街で、線路を越えたところにも店が並んでいる。もしも本当に野方ならば、三方の道の入り口にひとつひとつ、提灯《ちょうちん》や造花をあしらった鉄の門があって、ヤッホーロードとかときわ通りなどと書かれたプレートが取り付けてあるはずなのだが。いや、やはり通りの名前が違う、それに通りの数が多すぎるのだ。三方どころか八方、ひどく細い道が放射状に伸び、ひとつひとつの門もどことなく変だ。門そのものが鳥居の形をしているのもあるし、通りの名を書いたプレートは尋常でも、変な名前ばかり……爺ヴィトン通り、鯖泥瓶屋通り、目鼻キウイ通り、妻国会通り。でも別にどこだって買い物は出来る。無駄なモノを買わないように注意しよう。決して節約のためではなく、買い物の快楽に水をささないためだ。

……鰯のマルボシを買って帰るとチリメンジャコが冷蔵庫の奥に挟まっている。甘いものが欲しいというので道を引き返してサクラモチを買って帰ると、収納庫の奥から缶詰のユデアズキが転がり出る。葱を買って帰ると流しの洗い桶に三つ葉が漬かっている。UFOキャッチャーで六百円を投じて、漸く鬼太郎の親父を獲得して、部屋に帰って押し入れを開けると風に乗って来た胞子が高湿度のそこに紛れ込んでいて、異常繁殖し、胞子のひとつひとつが見事な鬼太郎の親父に成長して、押し入れを破らんばかりに犇《ひし》めきあっているところだったり……。

蚤鈴蘭通りだって。イソプロピルハンバーグだって。頭の中の街、窓の下の都立家政通りよりももっと近い近過ぎる商店街だ。野方に行きたい気持ちから出来上がった街なので野方に似ている。野方のつもりで半眠半醒のままこの街を歩こう。——夢の中で起きているかのように夢を眺め、好きな方角に行き思い通りの行動をとったりする事は結構得意だ。店と通りだけが発光している曖昧な景色に向かって意識を集中すると、眠りは深くなるのに景色の輪郭は輝き出し眺めは強固になる。小さい八百屋が目に入り店先の山積みのトマトが、鮮やかになる、熟れた匂いが立ち上がると現実の肉体の上下の感覚がなくなり、そして、うまく夢の中へ入り込んだ。

……トマトの皮膚の熱が広がって季節まで判る。この前野方に行った時は確か五月末で、曲がりくねった路地を次々と巡ってその曲がり角毎に、八百屋があったはずだ。ブティックやおこのみ焼き屋やパチンコ屋が続いて、廊下のような細い通りをふと曲がろうとすると、木製の台に並んだプラスチックの籠、段ボールを伏せた上に並ぶトマトぎっしりのケース。トマト一列二百円。トマト一盛り三百円。トマト半箱四百円。トマト一袋百八十円。毎日毎日トマトが実りやすい天気だったのだろうか。どのトマトも真っ赤に熟れ過ぎていた。夢の中でもやはりトマトを売っているだろうか。一見したところ野方を徹底させたような町なのである。

道が細くて下町の商店街、いわゆるナントカ銀座がツクダニになっているような、空間が変になったように錯覚出来る、野方タイプの街。古びた専門店や段ボール箱をならべたてて品数の多い輸入食品店、店が小さくてママゴトのようで呼び掛けが何か遠慮がちで文化祭の模擬店と間違えそうなの……品物自体よりも買うという行動の快楽が高まって行く町、値段がまちまちで時々ふいに安かったりするのも、おかしい。専門店でさえ、商品そのものよりもやはり商品の集め方に目がいってしまう。民家の軒先でありながら自動ドアで、大胆に改造してハンガーに服を百着も吊ってあるブティックの隣がすぐ魚屋。小さい店がぎっしりと廊下よりも細い道の左右にある。野方に似ている。でも道幅は野方の半分、八百屋は野方の倍。だがなんでこんなに沢山あるのだろう、と思っているとすぐに答えが出た。そうか野方でもこうやって八百屋を増やしたのだ。店がアメーバになって分裂をする。

分裂している。乾物と野菜を売っている小さいところがである。分裂してどんどん増えるのである。だから同じような店がぎっしり出来て来る。それを、立ち止まって見る。

……二メートルあるかなしかの間口でりんご箱の三倍程の台が四個伏せてあって真ん中が通路、右に野菜、左に乾物、緑のプラスチックの籠にテープ止めエノキ三束、チンゲンツァイ三束、パックのカイワレナ三束、マルボシ二把、キス干物二匹、ピラニアみたいなのの干物五匹、トマトは十個ずつ台の上にじかに積んである。トマトピラミッドだ。他の店では箱ごとトマトを出してあった。箱ごとトマトの店では、はいっ、トマト一列二百えんっ、と言われると最前列のトマトが一列だけぴょん、と飛び上がった。が、ピラミッドに積まれるとトマトは値段をいくらに設定されても飛び上がる事が出来ないのだ。そうか、それが悔しくて分裂するのか。

まず、店の輪郭がぼやけて震え始め、震度二くらいでトマトも干物も緑の籠と一緒にぷるぷる揺れ始める……右の籠の中からマルボシ一把が、片側を押さえられたような変な跳ね方で二、三回跳躍した。左の台ではテープ止めのチンゲンツァイがテープの中央をねじりながらふたつに分かれようとした。右から左へとマルボシが飛ぶ。左から右へとテープを引きちぎったチンゲンツァイが飛ぶ。いや、引きちぎったというのは私の偏見に過ぎなかった。テープの幅がややせまくなっただけで、それは要するに分裂したのである。協同組合と印刷された文字まで完全に復元され、テープはふたつになっているのである。が、なぜかチンゲンツァイはまだ倍にはならない。栄養が足りないのかもしれないのだった。

陳列台の空気が揺れ始めている。店の敷居がねとねとと糸を引き始める。床から触手がはえてやがて店内はかき曇りふたつに千切れる。すると覚醒するのではなく、現《うつつ》の肉体の感覚だけが戻り、体全体からあくびの音が捻じれながら立ち上って来るくらいに眠くなって……半睡眠状態が普通の睡眠へと落ち込みそうになる……分裂するところを見られるのが嫌なんだろうな。

眠気が治まると店はもう完全にふたつに分かれていた。敷地は同じ幅なのにきちんとふたつ。だったら完全に同じかどうか調べてやる。おや、そっちのトマトにだけ黒い斑点がある。そっちが間違っている。ソレデハコピートハ言エマセンネ。

ほらそこっ、と叫んで指さしてやるが店はだるいのか開き直ったのかぴくりともしない。がっかりして、先へ行く。生命の神秘及び経済の構造を把握出来ると思ったのに、結局充実出来る発見なんてどこにもないのよ……だってさ。

保存食品を何か買おう。と思うと味噌屋がある。味噌屋、本当に味噌だけだ。昔の店みたいだ。

味噌だけ売っている……デパートの味噌コーナーだと怖くないのに、普通の店の間で味噌ばかりが店の右にも左にも真ん中にもただ積んであるとすごい。隣も味噌屋である。向かいは白味噌屋である。ガラス瓶がキラキラ光る塩辛屋がある。桃屋の塩辛の瓶を数個テープ止めにしてある。上の棚には河馬やセンザンコウの塩辛が参考商品として飾ってある。いくら専門的でもここまで専門的であるはずはない。そんな馬鹿な。あっ、アルマジロだけの塩辛屋だ。――他の通りに入ろうとしても、体を斜めにしなければもう通れない。

奥の方に行くと道が変になっていて方角が完全に判らなくなってしまった。でも奥という方向がそもそも角度も定まらない線みたいなもので、その線がこめかみのあたりから一本生えて、遠いどこかに繋がっていただけの話だから、通りがじぐざぐになっているところをさまよううち、そんなものは巻き取られたように消えてしまう。すると一層道は変になって、道自体が一時もじっとしていなくなった。夢の、錯綜しているところに迷い込んでしまったのか。

……細い道が蛸の足のように分かれて、動いている。が、その動き方はテレビでげたを履いて肉まんにかぶりついて足をばたばた動かしていた南果歩の足の動きのようであって、形態は蛸なのに動作は果歩というアンバランスである。――道に揺すられている内船酔いみたいになる。

百畳くらいある焼き鳥と鰻と焼きトウモロコシの店の前に、とても大きな馬がつないである。小豆色にぴかぴか光る高さ三メートルの馬。でもこの馬がおしっこをしたら街中のトマトが全部ぬれてしまう。号外号外と啼いてコードを引きながら猫足の電気ゴタツが走ってくる。私は右目がぼうっと霞み始める。心配で悲しい。なんで人間は買い物なんかするんだろう。私はあさましい。ここはどこだ。焼け跡闇市ってこんなんではないの。と思うとふっと覚醒に近付いていた。

そうだ焼け跡闇市かどうか自分では判断できないから、若い美しい年下のボーイフレンドに電話をして訊こう。本物を知っている世代に訊くと断固とした答えが返ってきてきっと辛いだろうから、だと思いますよ、と言ってくれる若い男に訊く。

彼は本当になんでも知っている。いやそれより電話をする口実が出来てとても嬉しい。カナシバリを解く時のように必死になって目を覚まし、電話をした。

(電話は多分実際にしたのだと思うが、完全に起きる事は出来なかったらしく、自室の黒電話から掛けるというのに、財布を出してテレホンカードを使っていたのだった。しかも部屋を出た覚えはなく、そのまま掛けたのに、覚醒してから見たらテレホンカードの度数は殆どなくなっていた。或いは夢うつつで外に出て近くの公衆電話から掛けたのかもしれなかった。)

……郷里伊勢から送って来た式年遷宮行事を描いたテレホンカードを取り出す。疲れで目が霞んでいるので白と茶色のもやもや模様にしかみえない。霞んだ目のまま形も色も良く判らない電話機にカードを差し込む。ピーピーピーといって戻ってくる。全部使ったのか、磁石の隣かなんかに置いて駄目にしてしまったのか。よく判らない。カーネーションの花五本と醤油の瓶の写真を印刷したカードを使うとこれも戻って来る。

灰色と白の棒縞エプロンを着けプリントのワンピースを着た八頭身のモデルが、お盆に載せた一杯の味噌汁を差し出しているという絵柄のカードを出す。無論、絵柄を覚えているからこのように意識出来るわけであって、それらも全部もやもやとしか見えない。

空色とピンクのもやもやを印刷したカードが最後に出てくると、うまく繋がる。が使ってしまってから、それがサントリーのペンギンのカードであったと気付いたのだ。しまったこれだけは使わずに取っておけば良かった。コレクションのつもりはないが、ただ保全しておきたかった。そんな私の苛立ちにも気付かず、相手は速やかに電話に出た。

——はいお電話ありがとうございます。私が若い美しいボーイフレンドです。

と私はたちまち先程まで好きだったはずの若い美しいボーイフレンドが嫌いになってしまい、いきなり問い糺すような事を訊いてしまった。

——本当に若い美しいボーイフレンドでしょうね。

——ええ、まあそれなりに完璧にそうでございますが。

こんな速やかな返答をされると、目の前にいない故になんとなく好きだったという美しい気持ちが、一瞬で放電されたように消えてしまう。間違い電話の方が望ましいと思えてきた。

——ふん、証拠はあるの。本当に本当に若くて美しいわけ。

それにしても、ボーイフレンドという言葉はあまりにも古い。その古い私に合わせている相手に急に不信感を覚え、私はがっかりして仕方なく用件を切り出す。もう二度と掛けないだろうと確信したせいで、言葉が、もつれる。

――えーっと、……私は、今、野方にイルノデス。ここは、異様に、面白いのだけど、もしかしたら焼け跡闇市ってこういうものなのでは……ナイデショウカ。

野方にいる、といったって夢の中の野方だが電話でそんな事を説明するのはだるい。

下手にごちゃごちゃ言えばただ調子を合わせる事にだけ命を掛けているこの美しい男は、はあ、はあ、そおですか、と優しそうに言い、こちらはその反応に疲れてしどろもどろになって、だからこそ正確な事情を判って貰おうとしつこく説明を続けるという展開になり、するとまた相手は、私が困っている事だけ察して、その説明の辻褄《つじつま》の合わなくなったところをギャグだと思い込んだ振りをして、そうそうそう、ああははは、などと演技だけの包容力を剝き出しにして笑い、それでこちらを安心させると同時に話を打ち切ろうとするだけであろう。

だが、私が正確に喋りさえしなければ、彼は親切に訊かれた事に答えてくれるのである。全ての新聞を暗記しているのではないかと思う程になにもかもに答える事が出来る広い知識。但し、得意分野を訊くと地声になってきたりして鬱陶しい。――今回はあっさりと応対したが。

――はあい、中野区の野方ですね、少々お待ち下さい。

待つ間どういうわけだか麻丘めぐみの曲が流れて来る。随分趣味が古い。若い美しい男は自称二十三だが、若作りの四十前後ではないかという疑いが出てきた。リバイバルなら山本リンダとか南沙織あたりだろうし、どうも怪しい。

——はいっ、おまたせ致しました。野方ですね、その辺は焼けておりませんと思いますが、……。

言葉の後にやや躊躇したような沈黙があった。

このまま切れば愛想が悪いが喋りたい相手でもなしという儀礼的躊躇か、或いは切ってしまうのは悲しいという恋愛感情を反映したものか。いや、如才ない相手が恋愛感情を持っているとはとても思えないし、愛想のいいまま、声は乾いている……四十前後なんだ。それに顔だって正面はともかく、横から見たら凄く変かもしれない。

これだけの事を判断するのに一秒しか掛からないので呆れ果てた。お金は少くとも時間は豊かなのに……。

——……そうですか、ありがとう。お忙しいところを。では。

自分の愛想のなさに感動する。妙な贅沢をしたような気分だった。

——あ、……はいっ、またよろしくお願い致します。ごめんくださいませ。

若い美しい男は儀礼的躊躇を裏切られた不快さのニュアンスを少し残す。が、おとなしいので、なんなんだよ、用はそいだけかよ、バカ、などとは決して言わないでそのまま切れてしまう。夢に戻る。——と、やはり野方ではないのである。どこか判らない場所だ。

夢の中とはいえやはり闇市の跡かもしれなかった。どんどん自分の目のかすみを意識してしまい、哀しくなる。哀しみを堪えながら街を歩く。焼け残ったせいでこんな街なんだろうか。でも別に闇市でなくてもバザールみたいなところならば、ある。

でもなんでこの街はこんなになっているのか。

なんで面白いのか。どうしてこんなのは伊勢にはないのか。それともここは私がずっと知らなかった伊勢の裏通りなのか。

この街を伊勢に持って帰ったりしたい、と考えながら私はどんどん歩いている。伊勢で夢を見ても同じ商店街は現れないと思う。いや、ここには二度ともう来られないかもしれない。時計を見ると四時だ。気が付くと昔、中学の修学旅行に行ってアサクサに落として来てしまった時計をなぜだかしている。

……修学旅行では本郷に泊まって皇居の前でみみずが沢山死んでいたですわねえ、といつか独り言を言っていた。

が、その声を聞きつけて昔の友達が急に現れ、わたしアサクサ行ったら伊勢弁使うわな、あんたもそうしないさ、と話し掛けてくれたりするわけではない。それでもどこかから現れそうな気はするので右や左を見る。昔小学校でひとりだけ東京に住んでみたいといってみんなから笑われたけど、結局今東京に住んでいる私は恥ずかしい奴だ。

……修学旅行でした買い物は絵葉書と缶入りのピーセンと羽田で売ってたドアが上に開

く赤いミニカー、そうだ栗羊羹《ようかん》も買った、YS11のプラモデルも。栗羊羹の栗は薄く切ったものが表面に貼り付けてあっただけだ。なんだ、消費税はあの頃はなかったんだ……生徒は三人一組で浅草の仲見世を隊列組んで進んだ。私は端を歩き真ん中に美人の女の子を入れて、もう片方の端はおとなしい子で、三人でしっかり腕を組み緊張していた。浅草の道はひとりで歩いてはイケマセン、三人で腕を組んでいないと横道から引っ張られてユーカイされてしまいますからね、グループを決めておいて腕を組むのですっ、と保健の先生が凄く怖い顔で言ったものだ。真ん中に美人を入れたのは危険度が高いと判断してその子を守るためであった。真ん中の子はとても怖がって唇が紫に変わっていたが、無事に伊勢に帰って八年後にどこかの企業が募集した準ミスに入選した。が、今思えば別に顔の美醜と危険度の間にはさ程の相関関係はないような気がする。醜さは一種の弱さだともいえるし。

浅草といったって結局アーケードの中を歩いただけ。お寺は田舎にあるお寺とそんなに変わらなかった。

――浅草は良いところ、人情の町、東京で一番モノが安いところでございます。

ガイドさんは先生達と正反対の見解を述べた。浅草寺《せんそうじ》を出てから土産物屋街を幼稚園の送迎のように固まって歩いた。白足袋で紺の着物を着てショッキングピンクの顔色をした女の人が、真っ赤な長いビニール網の中にジュースを十缶重ねて入れたものを振り回して、歌っていた……ええ、ジュース、ええ、安いジュース、ええ。

浅草ではみんな何かを売ろうとしていただけの事だ。でも東京はこわいのですっと言われた私達は何かを買うどころではなかったのだ。親戚の人が旅館に訪ねてきて連れられて行ったまま帰って来ませんでした、実は親戚ではなくてヒトサライだったのですとかそんな話ばかり聞かされていた。東京という言葉は発音するのも恥ずかしいのだった。

日がくすんで来た。翳るとは言いがたい夏至の前後、いや、どうせ夢の中なんだから季節もない。だが日差しと気温で、初夏と判る。が、いくら明るくてももう夕方だというので、小さい商店の人々は細い道の真ん中にまで出てきて、焦り売りを始めた。

焦り売りというのはどこからともなく出てきた言葉である。株の用語みたいだが、そうではないらしい。焦り売りという言葉も、多分この街から生れて出たのだろう。

沢山ある果物屋の一軒からすっとひとりのおじさんが細道に出てくる。緑のプラスチックの籠に苺《いちご》が入っている。血管の浮いた薄くつるつるした皮膚の手。ピアノの習い始めに注意される、卵を持つようにふわりと丸めます、と表現されるデリケートな手の構え方をして、別の箱の苺を一度に数個摑んで慎重に持ち上げ、そっとその上に足す。

——苺、ヤスイスヨ、苺、ヤスクシマスヨ、苺、苺、ドウデス。

ドウドス、と言わなかったからここは多分京都ではないんだろう。京都の弘法市は面白かったな。でもあの頃は完全にひとりで暮らしていたから品物の面白さしか立ち上がって来なかった。ハレクリシュナの人々がチャイとまっきいろのケーキを大きな手の上に載せて売っていたな。人間の写真を合成して作った妖怪の写真集だとか、死んだ蛇を固めて漢字を描いてある奇妙な額……毛氈《もうせん》に古代裂《こだいぎれ》をてんこもりにしたテント張りの店の端に、顔が馬のように長い秋田犬程のマルチーズがいて、その隣に巨大なベゴニアの鉢植えがあった。あれは大きくする薬を掛けたからだろうか。おや、街がだんだん京都みたいになってしまう。

通りすがりの人が店の人をからかっていく。

――おばさん、おばさん、そのマルチーズいくらですか。

――えっ、誰がいくらやてか、誰がマルチーズを、これはウチの子やのに、誰が売りますかいな。

あっ、あんたあっち行って、この子はウチのメリーちゃんどす。売り物やありません。あんたっ、誰がメリーちゃんを。高いマルチーズを。

――買うて来た犬やないか、ふふん。

ひやかしでない別の客が声をかける。

――すいません、奥さん、すいません、この裂《きれ》まかりませんか。

――はあはあ、この青と金の。

――はえ、仏壇のおリンのおざぶを作るだけやさけに。

――まあおリンの、青と金の、柄がよろしな。ええこと考えはって。

私も何か買いたくなって、声をかけてしまう。

――すいません、私はこれ、この裂《きれ》ヌイグルミにするの。

――はいっ、はいお待たせ、え、ヌイグルミてそんなもんにしたら不細工どす。それよりこれどうどす、これ利口どすえ。

利口、というのはこの場合安くて便利で重宝という意味であろう。賢い買い物。だが私は古びて色の落ちた藍木綿で大きな兎のヌイグルミを作りたいのだ。いや、だが、すでに京都は遠くてヌイグルミも遠い。

――苺二パックです、二パックでこんなに沢山。

苺は大きくて白くなっていてなんだか茸みたいだ。

――アコウダイをお安くいたしましょう。奥様。

魚を売る人は私を奥様という。本屋とコンビニでは奥さんと言われる。美容院ではおじょうさんと言われるが、昔小学校で、肥満体で不細工で動作が鈍いくせに言葉がきつく、そのくせ高い服を着ているからと因縁を付けられておじょうさんと呼ばれ、いじめにあっていたので、反射的に身を竦めてしまいそうになる……そう言えば小学校の修学旅行では何を買ったんだろうか、奈良京都だった。

まず、鹿の角の帯留、金閣寺のパネル、舞子さんのしおり。小遣いの総額が六百円で帯留は二百円だった。母方の祖母がその小遣いを出してくれた。帯留はその祖母のために買った。無論鹿の角ではなくプラスチックだった。鹿の角風という事なのである。鹿の角の幻想を買って帰った。私が三十二歳になってまもなく、祖母は死んだ。

……目が覚めてしまって、涙がいくらでも出てきた。なんで死ぬのか。よそのは元気で推定三千八百円くらいの松花堂弁当の、ゴマ入り昆布の佃煮かなんか丸呑みで喰って、にもかかわらずウチのは死んじゃってて。一体どうやってピックアップしていったんだろう。またピンセットで挟んで戻しておいたりはしないのだろうか。エステなんかで永久脱毛した長く濃い臑毛《すねげ》は、二十一世紀になっていくら多毛が流行って、セクシーだとか言われてももう元には戻らない。それと同じか。

父方の祖母には何も買ってあげなくて帰ってきてからしまったと思って金閣寺の額を持っていってと父に言ったら、苦笑して結局持って行かなかった。雑誌から切り抜いたような金閣寺のペラペラした写真の上に少し、絵具で彩色をし、木の板に張り付けてガラスで押さえただけのあの「商品」――ブリキの額縁は全体が金モールで覆われ外側をプラスチックの銀の玉で縁取られ、上部にショッキングピンクの化繊のリボンが留められていた。六十円だった。きっと板の厚みにひかれて買ったのであろう。これだけの容積を京都から伊勢に持って帰りたいという考えに憑かれたのか。――父方の祖母も死んだ。

母方の祖母は夢に出てくるが父方は殆ど出ても来ない。父方の祖母は裁縫が得意だった。布団の布地がぼろぼろになったので自分で縫ってみようと思った時に、とても出来ないと思って怖い感じがしたのでふと手を合わせて彼女の名を呼んでお願いしますと言って縫い始めたらちゃんと出来た。といってもただ雑巾縫うように直線で縫って前の綿をそっくり入れただけだ。糸で綿と布を止めるなんて事は一切してない。自分の布団だからそれで済むが、他の誰かのだったらボロクソに言われるんだろうな。——本当に幽霊というものがいるなら、父方の祖母はひどい布団を見て怒り狂うかもしれない。私が手伝ったらもっとちゃんと出来るはずですとか言って睨んだりする。父方の祖母は怒ると顔全体が紫色になった。

……布団の端のとこなんかくけるなんて事はしない。ただ布を畳んで糸でとじてあるだけだ。布団用に切った布を千九百八十円で売っていた時は、ぼーっとする程に嬉しかった。裁たなくてもいいというのも運が良かった。コンサートにはS席を買ってどんどん行っていたのに、そんなものを買うお金は少なかった。

……間口が三メートルで奥行きが二十メートルくらいの本屋がある。入り口に週刊誌奥に文芸書、中は暗いし私の目はまだ少しぼんやりしている。中程のところで、真っ白な髪の、小さい女の人が俳句の雑誌を読む。紫のふわふわしたカーディガンを着て、額にたてじわを寄せていて母方の祖母に良く似ている。祖母は普段は貴婦人のようだとか言われて、華奢で派手で我が儘のヒステリーだったのに作句の時だけ急に弱々しい構え方と真面目な顔になった。おや、なんだ本当におばあちゃんじゃないか。銭も無いのにふらりと買い物に出ると懐かしい人に逢えるの法則。祖母が笑い掛けるので顔を合わせようとすると、なぜか首が捻じれなくて祖母はどんどん小さくなってしまう、の定理。他の人に後ろから肩を叩かれる。白髪の上品な男性が緑色のプラスチックのザルの上に、来年の日付の入った週刊誌と先月のニュース雑誌、それにページの少し折れた薄い料理雑誌を、三冊テープで止めたのを差し出している。

――いかがですか。

料理雑誌はシチュー特集である。夏場ではなかなか売れないであろう。無視して出ようとして俳句の雑誌の、隣に文芸誌を発見する。不毛に偉い評論家の時評の一番小さい見出しに、笙野頼子評、とあるじゃないか。嫌なもの見たさで読んでしまう。――「はてしなく鬼太郎の親父を求めて」だと。

……限りなく続くあの駄作群は、全て鬼太郎の親父を求めるための凡庸な悪あがきとしてのみ記憶される。笙野頼子の低劣な自意識にのみ支えられた作品は、本が三千部しか売れなかった馬鹿女特有の不毛で鼻もちならないナルシスティックなマイナー気取りとともに、傷付き易いボクにはまったく苛々して読めない代物だったが、ともかくその退屈さと華の無さだけはしみじみと判った……。

けっ、ベビーフードかよージュンブンガクはよー、と吐き捨てて店を出る。が、ふっとふり返ると店頭に私の本が山積みになっている。帯に百万部突破と書いてあるぞ。わーっはっはっは。

焦り売りの魚屋が烏賊《いか》をけたたましく薦めている。

――奥様烏賊、オクサマ烏賊奥様イカイカイカイカオクサマ。

イカイカイカイカ、とわめきながら屋根に駆け上がって建前の餅まきのように烏賊を投げ始める。奥様烏賊烏賊奥様烏賊、奥様と烏賊は交互に叫ばれるが時に烏賊の連呼が混じるために、烏賊という言葉が支配的になる。言葉の回数をつい数える。烏賊が三杯と奥様が七人と二人の奥様と十二杯の烏賊と、ほどなく烏賊と奥様の集団が頭の中で回り始めて、見ると屋根の上で奥様と烏賊が足を踏み交わしてメロンメガネをして、双方合意の上でアオミドロのように接合しながら、染色体だけを交換している。

――イカッ、イカさんぴゃくイカさんぴゃく奥様のイカイカ。

さんぴゃくは三百円の意味だと思うが夢では結局三百のイカが跳ね回ってしまい、一斉に足を引っこ抜かれたイカのワタは変な色に光るし、イボは茶色く縮んで地面に猫蚤のフンのように落ちるしその三百のイカはまた動く道の上でさっきの店のように分裂をしながらどんどん腐っていく。だが具合良く別の人間が通り掛かりそのイカを買っていった。

……イカはいらないが焦り売りのものを何か買おう、と思い町の入り口へ引き返そうとすると却って一層夢の奥の方に入り込んでしまう。

蛸の道の街角、門にはお座敷ポリネシア通りとある。

八百屋や魚屋が並ぶのと同じように、黒い木と自動ドアと異様に清潔な暖簾《のれん》ばかり。暖簾は一斉にまくれ上がる。ドアの向こうに下足札があって畳の座敷ばかり。畳も清潔である。ヤキトリとかオムスビとかカイテンヤキのお座敷、へえ、最近はお座敷ピザハウスというのが出来ているのか、そういえば靴を脱いで上がる宝石店も出来たらしいし、お座敷文房具リリアン、お座敷第一プラナリア銀行、お座敷コンビニエンス……。

お座敷ポリネシア通りのお座敷ポリネシア料理のネオンが灯り始める。はいらないでガラス越しにじっと見ている。地面に穴を掘って蒸し焼き料理をするはずだが、見ると、畳をシャベルで掘っていてなかなか豪勢である。が、シャベルで畳が掘れるというのはどうも変だ。

……土や石を掘り上げるというのではなく、畳にぐさっとシャベルを突き刺して持ち上げると、ドライタイプのキャットフードのような畳のミニチュアが石ころや土くれの代わりにざくざく出てくる。畳の穴のところも畳が抉れたり畳の断面や捻じれた畳が出ているだけで、お座敷料理のお座敷性にこだわっているらしい。どんなに掘っても畳そのものは破れる事がない。緑とか金の織が入った黒い布の、縁が捻じれたり重なったりして地層のようにいくらでも出てくるのだ。なんだかあまりにも日本化し過ぎていて良くないように思う。が、そこへ黒豚を丸ごと一頭、バナナの葉やパイナップルと一緒に埋め込んで蒸し焼きにするのだから結局はポリネシア風で豪勢なものだ。いや、と思う間もなく水干を着込んだワガママそうな板前が登場し、しゃぶしゃぶ用程薄く切った肉を伊万里の皿から、菜箸で畳穴の中に幾何学文様に並べ始めたのだ。なんだけちけちして、てんこ盛りになっているのは鉄色の着物を着て店の敷居を拭いてるお爺さんの、トビバコみたいな怖いお尻だけじゃないか。さらに奥に入る。大抵の業種がお座敷になって備っているがお座敷郵便局はすでにシャッターを下ろし、お座敷パチンコの敷居からは銀色の玉がどんどんこぼれて来る。お座敷原発が煙を上げるので怖くなって結局引き返してしまう。燃料輸送のトラックにまで竹暖簾が下がっている。ともかく目を覚まさなくてはならないと思うのだが、道はただ細く蛸の南果歩風。

……困り果てていると、夢の一番奥から猫が歩いてくる。今現在飼っている猫の姿。同時に、野方そっくりの駅が見え始める。何から何まで現実感のあるきちんとした駅。でも野方ではない。例えば、駅前の「アートコーヒー」が消え失せている。

猫が私の足に耳と頭と尾を擦りつけてくる。場所につくという猫、私は場所か。私の足は私と知りあったばかりの頃、いつも御飯を食べた電柱のあたりのように親しみ深いだろうか。気が付くと猫が二匹になっている。まったく同じ模様の同じ大きさの猫、現実に飼っているのは雌の猫なのだが、一匹は雄だ。分裂したわけではないのだろう。いや、雌がふたつに分裂すると一匹は雄になるのだろうか。雄の印は分裂を誤魔化すために出来てきたのか。と思うと、ああこれが本物の重い温かい猫だ、という存在感のある大きなシルエットがいきなり視界を横切って腹にずぼっとめりこみ、次々来る衝撃とともに元気良く進む。小さい丸い足が私の油断した腹を押さえて移動していく。咳込んで目を開ける。隙を見れば枕に上がろうとする現実の猫キャト。

鏡を見ると目が真っ赤に充血していた。まだ夕方の四時くらいだった。なぜだか……強く嫌な予感に襲われていた。

この予感は当たる、と何の根拠もなく思い始め、ふいにあまりにも敷金が気になり始めたので電話をした……家賃二ヵ月分十一万二千円からいきなりカーペットの敷替え代金五万何千円かを差し引くという。礼金二ヵ月を払って一年しか住んでいないところなのだ。そこからさらに騒音のせいでひびの入った窓硝子、トラックが割って行ったので決して私が割ったのではない縦横七十センチ程のものの取り換え代金を二万何千円引く、さらに領収書はなしで清掃代金二万円を引くというのだが、これは引っ越しの後で管理人さんが、洗濯機置き場をからぶきしたりしていたのを指しているのだろうか。先住者の残した換気扇の油汚れまで拭ってでたのに、今まではどこでも殆ど全額返って来たのに、なんでこんな事になったのか判らないのだった。が、後で聞けば最近の大家の中には礼金を取っておいてまだこういう事をするのが増えているという。どんなにきちんと住んでも敷金は戻らぬもの、になりつつあるそうだ。戦えば半分程戻るのだそうだが、それでは預かり金の抑止力というものは失われてしまう。——そうか猫か、いやキャトと知り合ったのは今年六月半ば。やはり変だ。

……数日後、外猫にも似た気分で私はなにも考えずに、都立家政の駅近くにあるラーメン屋のオムライスを、浅いスプーンで切りほぐして口に運んでいた。振り込みもあったし、本物の野方をひとつ描写してみようという気で外へ出たのだが、建物を一歩でたらそこはもう感じのいい商店街で、道には桜の造花が吊るしてあるし、外国人労働者が行きかうし、オムライスは場所柄や東京の物価を考えるとなかなか良心的だし、油とケチャップのまぶされた熱いぱらぱらの米粒は中華鍋で焼いた乾いて味の濃い卵に包まれて次々と喉を通っていくし、やりくりの必要が今のところないから野方に出掛ける必然性やインパクトも失われていた。ここは便利だな、とぼんやりと感じると、店の人が練馬で公演中の黒テントの注文を受けたりしている。仲のよさそうな夫婦が明るく働いていて次々と入ってくるのは近くの商店街の人で、昨日は酔っぱらってウチの前を通ったねえという話が出て、魚河岸は大変だから睡眠は数時間しか取れないだとか和気あいあいと話し、その合間に適度なジョークが入り、店の奥さんがアイヨッ、と言ったり子供が学校から帰ってきたりするのだが、その度に、あ、これは離婚して働く、芯の古風な女性のテレビドラマ、これは仲のいい夫婦の店に来る人々の人間模様ってやつで、映画の原作にもなる小説、オレ足短いけど、と吉田栄作に言わせたりするの、とどんどん自縄自縛状態になって目に入るもの耳に聞くもの全て描写出来ないと判ったのであった。

家から駅までたった一分程のその距離の間に私は完全に消耗してしまい、ドラマの消え物のような典型的オムライスを、エキストラの演技をしながら摂取するしかなかった。そうでなければエキストラの枠からはみ出て道化役にはまり、〝ボクは売れない作家です〟というやつになるしかなかった。コミックにはやたらに作家が出てくるのだ。告白漫画の仮面になっているのか。暇そうで動かしやすいからか。

それから何ヵ月かしてまた次第にお金が少なくなって貧乏が肩甲骨のあたりでゆらゆら揺れながらそろそろ頭頂に這い上がってくるかという頃あいになって、私は本物の野方に出掛けて袋入りのタピオカとココナツミルクの缶詰を買って帰った。次の経済サバイバル期間がやって来た時、ユデアズキに混ぜて簡略化した中国風ぜんざいを作るつもりだった。

三個八百九十円のズワイガニ缶やベーコンチップスの瓶詰、レトルトシチューと一緒にそれらを狭い押し入れに収納しようと難儀していると、押し入れの死角になっていた一番奥から、七年程前のレシートを添えたサンマ缶が二個出てきた。前の住人が置いていったものだと判ったのはメーカーが私のいつも買う品と違う上に、秋田県のスーパーの袋に入っていたからだった。

その缶はそのまま次の住人に引き継いでいくつもりである。

こんな仕事はこれで終りにする

一九九三年の年の暮れの事、自宅から一キロ離れた上鷺宮《かみさぎのみや》東公園というところに、十月の半ばに失踪した私の猫らしい猫がいると聞いて出掛けた。猫がいなくなった事は私にとっては非常に辛い事で辛いというより全身が痛い感じだった。

失踪後仕事はまともに出来なかった。ただ引き受けてしまったものだけは機械的にこなしたが頭は動かず、体に重石《おもし》を付けられたようなもうひとりの私だけが、勝手にワープロを使っているのだった。どうやって生きていたのか判らない程辛く、全身の血が固まるようでただ苦しかった。取材などの義務で明るい華やかなところに行かざるを得ない日が拷問になり、全身は熱もないのに硬直した。捜しては泣き、泣いて寝込み次の日にはまた猫を捜しにいった。前の猫は初めて飼ったので猫一般の特質も全部その猫の個性のように受け止めていた。私はそれまで猫の事を一切知らなかったため、猫との関わり合いでひとつひとつ知ったり感じたりした事が心に入れ墨のように残ってしまった。いなくなった猫の事を小説に書けと言われた事で、ある仕事先と喧嘩をし、長い事そこに何も書かなかった。街道と線路に挟まれた狭い地域の中での失踪だった。家出の予感はあった。もともと野良で外猫の時に短期だが失踪していた。気儘なところがあり人なつこかった。知り合った年の九月下旬に連れて行かれたのか自分で行ったのか十日程失踪して新しい首輪をつけて戻ってきた。シャンプーされていたがひどく脅えていて、当時はまだ外猫だったのだが、結局また私のところに居着いたので、連れて行かれるのが嫌で家に入れた。無論家の中だけに居着いてくれる事はなく外が好きで、私は猫が外出している限りは起きていて夜中の三時でもドアの前で軽く鳴けば戸を開けるという態勢にしていた。飼い猫らしくなると近所の人々は猫を可愛がるようになったが、最初の内は結局自分に一番懐いているという意識があったので嫉妬も起きなかった。猫は自由に外で遊び鼠を毎日取り、私が蚤をうまく落としてやれなかったせいもあって何度注射しても虫をわかした。

私はもともと猫の事を何も知らず、猫は黴菌《ばいきん》だらけで怖いとか襲って来るという偏見を持っていて猫を見ると逃げる位だったのだが、最初あった時から私を元々の飼い主だと思い込んだらしい、その猫に餌をやり始めると、次第に私の猫嫌いは直った。また、昔は意識もしなかった猫を飼ってはいけないという規則も、東京の土地持ちが住人の人権までも侵すような保証人制度や入居審査をしたあげくに、まだこれでもかこれでもかと土地の所有権ばかりを主張し続けた果ての弱い者苛めのように思えてきた。

猫に慣れず、猫恐怖症や偏見を残したままの私に猫はよく付き合ってくれた。最初喜んで体を擦りつけようとするのさえ怖いと拒否し、餌だけ与えていたものが、次第に部屋に入れ足を拭き、背中を撫で、痛がらないように抱けるようになり、シャンプー耳掃除蚤とり櫛掛けが出来るようになるまでに半年以上掛かった。綺麗になり、元からの飼い猫のようになったが度々シャンプーしたのが嫌だったらしく、失踪した年の七月頃から家の中で寝なくなった。

失踪前の一ヵ月間は通いの外猫同然になってしまっていた。その頃から猫のために起きて待っている習慣を私は無くした。一日三回の餌の時間に外で待ち、その他にも声がすればドアは開けるが、餌を与えたからと安心してすぐ眠ってしまったりするようになった。なんとか居着かせようとしてもすぐに出ようとする。抱きかかえて家に入れると食欲が落ちる。そのあたりから猫が他の人間と遊んでいるのをかなり辛い感覚で見るようになった。が、それでも怖い事があると脅えた声で私を頼りにしてどこからか走って来たし毎食きちんと飯を食べに帰って来ていたのだ。猫に出会ってから一年三ヵ月たった一九九三年十月のなかば、外で餌をやっているところを大家に見つかった。その頃、一度私が呼んでも他の人間のところに行くという事があった。――大家から隠れるためにドアを閉めると、今までだったら野良猫時代の勘を働かせて素早く逃げるのに、その日に限ってドアの前で大声で鳴き、私を呼んだ。私は絶対猫を手放す気はなかったし、生活が出来なくなり体を壊すような不毛な仕事をやっと整理し、頼りになる出版社も見つけたばかりで、なんとか先の見通しを立てていたため、借金して別のところに越してもいいと覚悟をした。次の日猫のためにシマアジの刺身を買い、完全に生だと体に悪いのでさっと湯通しして食べさせると珍しく布団で寝るという態度を示した。以前は自分は節約してもなにかというと刺身を与えていた。窮乏した時、新鮮な小型の鯵を目の前でさばいて与えれば少しの不満を感じつつも食べてくれると分かって暫くそうした事もあった。ただ、生魚は猫の体に悪い早死にすると言われてから止めていたのだ。

なかなか三・五キロにならないような食の細い猫で、食欲不振を起こして注射に通った事もあった位だから贅沢というより少しでも栄養を付けさせたかったのだ。また、他に猫を喜ばせる方法を知らなかった。それがその日ふいに刺身をさっと湯通しする事を思い付いた。そうして与えれば猫の健康を害さず食事量も増やせるし機嫌も取れると、嬉しかった。シャンプーしなかった時期は毎日布団の上でお座りをして、毛布を掛けてくれと鳴いたものだが、その頃のようにその日はそうした。が、見るとずっと外へ出ているので蚤だらけになっている。なかなか蚤取りがうまくいかず、夏に入る前は、薬を使って取ろうという獣医と喧嘩状態にあったため、意地になって蚤を手で取っていた。薬品の使用で猫の足の麻痺が進んだらと素人考えで心配したのだった。薬の発売元に電話を掛けて説明をして貰ったのだが、やはり心配であった。蚤取りを嫌うようになっていたのが判っていた。

飼い主としての駄目さ加減が常に心を責め続けていた。寝ようとしている猫の首輪を外して首筋に蚤取り櫛を当てた途端に、跳ねて外へ出してくれと断固として鳴いた。家で寝なくなっていた事が一気にこたえた。むしろここで閉じ込めたらもう二度と入って来なくなるだろうと思い、首輪をまた付けて早く帰って来いと言って出した。夕方出て朝六時に帰って来る猫になってしまっていたが、それでも朝飯を抜かして遊び惚けるという事は絶対になかった。失踪する二、三日前にも青い風切り羽根のある野鳥を続けて二羽運んで来ていたくらいで私の部屋の前のマットを自分のテリトリーだと思っていた事は明らかであった。昼間大体どこにいるかの見当は付いていたが、夜はすぐ近くにいる時しか判らなかった。次の食事に猫が戻るまで待つしかなかった。

　仕事先から逃げ出すに当たっては様々な葛藤があり、また家賃に追われて短篇を書いていたりしたので疲れがどっと出て、そのまま眠ってしまった。知人の電話で起き、相談事だったので一時間程喋った。猫が出てから二時間経っていた、外に出たが猫はあたりにはいない。それでもぎりぎりの絆はあると思い込んでいた。猫の医者代に追われたり、正月も猫のために帰らなかったりしたのを、猫が判ってくれるかのように錯覚していた。また猫も近辺にいさえすれば私の足音で飛んで来るという習慣だけはずっと保っていたため、次の日朝飯を食べに来なかった時はさらわれたのだと思った。或いは脅えてどこかへ隠れているのだとも。そのため、ただ周囲を足音を立てて何度も歩き回った。管理人が猫を嫌い、飼っているだろうと以前から嫌がらせ半分に付纏ったりし、猫にイカを食べさせ、外猫の世話という名目で病院に連れて行こうとしていたところに立ち塞がり、病状をしつこく聞いてからせせら笑って、そういう事をするようではもう飼い猫ですねえと言い募ったり、また以前から食事に付き合えとか本をくれとか、鍵の掛かったポストから郵便物を出して持って来たり何の用もない私の部屋の前に一度蹲《うずくま》っていたりした事も怖く、以前の短期間の失踪の時も毎日付纏って、退屈しのぎに人の悲しみを貪り楽しみ続けた様子が生々しく残っていたりで、今度もうるさくされたあげく飼っているのがばれてはならないとポスターを出すのも控えていた。十日くらいは泣きわめきながらも、前と同じだ、また帰って来るという気がしていたのだった。ただ、怪我して保護されたのなら獣医に見せるだろうとあちこちの医者に写真を置いてきた。が、次第に心配になり手作りのポスターに各々写真数枚をテープでとめて二十枚以上貼った。迷い猫の知らせが一件あったが違っていた。電話帳を調べて遠い獣医も回り保健所に電話もした。猫は小柄で少し発育の悪いところがあり、耳先も欠けていたし神経麻痺らしい右肢の軽い突っ張りもあり、また以前に不妊手術をして貰ったらしく、そんな猫を商品として持っていくという事は考え難かった。自分で捜しても埒が明かず、半病人のようになって仕事の断りを入れようとした相手に、猫捜しの業者がいるという事を教えられた。言われた通りに猫の雑誌を見て、そこに紹介されていたところに頼んだ。失踪してから一ヵ月と何日か経っていた。

業者と話すとこの近辺では、猫を営利の目的でさらうというケースはまずないという。

(犬ならばあるかもしれないと言った)頼む金がなかったので出版社に借金をし、三十枚分の原稿料を貸して貰った。猫の発見率は八割という事で楽観的になり、発見率がさらに高くなるというカラーのポスターを四百枚貼り、自分でもポスターを貼りに歩く傍ら溜まっていた仕事を片付けていった。そのポスターは効果的だったのだと思う。が、それを見て、なぜ委託した、自分で捜せと、騒ぎ立てるような電話を掛けて来るものがいて、週日の昼間、スポーツクラブに来るついでがありますからと無理に会おうとした。相手は威すように見当外れな事をいいコンビニに売っている本にあった猫捜しのまじないをしろと諭しながら急に声を落とし、お気の毒なのでわたしにできる事ならなんでも、と寒気立つような人情深い声で唐突に繰り返したり、まったく関係ない猫の出来事をさも関係あるように小出しに喋りながらまた騒ぎ立てた。自分の猫の自慢をして、あなたこうしてると気が休まるでしょうと言うが、関係もない事を根掘り葉掘り聞かれ相手の化粧の臭いで徹夜明けの喉に吐き気が込み上げて来ただけであった。

　他に、やたら住所を聞きたがりあげくに嘘の待ち合わせ場所を指定し、結局来なかった人間もいた。ポスターが自分の車に貼ってあったと怒鳴り散らす男の電話。無論善意の電話も沢山あり、むしろそれが主だったが、行くと結局毛色も性別も違っていた。野方の団地に一日数回日参したり、近くの公園に朝七時頃張り込んだりして、時間帯毎に、通報のあった場所を捜しまわった。猫の特徴などはかないものだと思った。

街道を越えたところで似たような首輪をした猫が十一月十八日、車にふっとばされて首だけ残っていた。その顔と毛色はよく似ていた、と猫を飼っている家の人が連絡をくれた。が、その首さえもうなくなっていて事故現場の周囲を聞いて回った情報だけでは確かめようがなかった。事故の情報が入ったのは十一月の終わりで、その直後、そっくりの猫がそっくりの首輪をして現れたという連絡がすぐ近くの児童館から入った。最後の情報がその児童館で、一月を掛けた。一日最低三回、何時間か猫を捜し歩いた。何日か小半日吹き曝しのベンチに座って猫を待った。複数の子供があまりにはっきり言うのでつい信じてしまった。が、結局は子供達の思い違いだったらしい。最初の子供が注目されたために、嘘をつく子供がどんどん増え始めて翻弄された。子供の無邪気も残酷さも優しさも生命力故のしつこさも意地悪さも素直な思いやりもころころ変わる言葉も頭では知っていた。そのときから実際に心配してくれる子や純真な子や愛に飢えた子供や甘やかされた子供や残酷なふざけ方をする子供に纏わりつかれた。救ってくれるような子供が沢山いても、現象として残るのは邪魔をした子供ばかりだった。後ろから猫が逃げるような大声を上げて付いて来てどんなに断っても付纏う子。毎日甘え声で唾を飲み込みながら、その猫がすぐ近くで死んでいたと様々に残酷な言い回しをするもの、猫を待ちベンチに座っていると膝の上に上り人の胸をわしづかみにしながら菓子をくれとしつこくねだるもの。虚栄心なのか、「あっ、見つけた」と目茶苦茶な方向に誘導しようとするもの。道を歩いていると小さい手が生け垣からでも伸びるように服を引っ張る。猫の事以外何も考えていなかったから子供の優しさはガラス越しにしか感じられず、また意地悪さにも腹は立たず、ぼんやりと辛いだけであった。無論それは七、八歳くらいまでの子の特徴に過ぎず、それ以上の年齢の殆どの子供は理性が働くのか嘘を言わず親切であった。子供は純真、というありきたりのフレーズをたまたまその時は実感したが、別にそれは何の慰めにもならなかった。失踪から三ヵ月近く、児童館に通い続けて一ヵ月経った時、やはりいないのだと思った。猫は事故で死んだのか、それとも誰かが連れて行ってしまったのだと思い始めた。歳の暮れになっていた。

十二月の二十八日、おとなから時には笑われ、時には余計な事を言われ或いは励まされたりしながら、もう捜すのを止めると思った日、児童館の近くの坂道で今まで一度も見掛けぬ顔の若い女性にあった。猫の事を聞くと、少し離れたところだがそのような猫がいるというのだった。特徴をひとつひとつ照合して行くと細かいところまで合う。が、場所は街道を越えて一キロ離れている。公園の名前を相手は知らず、ただ大きい公園といい、この路をまっすぐ、大きな路に出て次を真っ直ぐという。バスもタクシーも使わずに歩いていったのは、どうせ違うだろうと思いそのまま歩いて倒れて死んでしまいたかったからだ。一キロ歩くうちに疲れてきて、頭がぼんやりして来た。するとそこに本当に自分の猫が戻って来ているような気がした。看板には上鷺宮東公園と書いてあって、サッカー禁止の立て札のあるところで子供達が何人も夢中でサッカーをしていた。猫がいるかどうか子供達に聞いてみたら最近現れたという、最初教えてくれた人の話では段ボール箱に入れられて子供達が公園で交代に餌をやる約束をしていたという話だった。失踪した猫の名前を呼びながら公園を一周した。鉄棒もブランコもベンチもあり確かに大きい公園であった。子供用プールの横のゴミ箱のところからけたたましい声で鳴いて大きな猫が出てきた。最初はそんなに脅えているようにも見えずあーおまたせ、という印象で出た。足と腹と胸が白いおとなの雌猫、人なつこくて白以外の毛色は鯖猫と虎猫の混じったようなの、黒灰茶焦げ茶ベージュと、複雑になっている部分もある、と相手に説明した通りの猫の姿なのだが、体は失踪した猫の一・五倍程ある。また、複雑な毛色といっても私の猫は色目が分からぬ感じに全ての毛が混じりあいぼんやりとした模様だったのだが、その猫は鯖縞と虎縞のところがはっきり分かれていて、パッチワークのようになっているのだった。前の猫は華奢で足先だけが白く、小さい足指を伸ばすとポップコーンのようだったが、その猫は足の殆どが白でライオンの子のようにがっしりしていて、尻尾を神経質にぴっぴっと振った。もしも本当に前の猫がいるならとペットキャリーを持参していた私の足元に猫は寄ってきた。それが何か判るようすで、手に下げた筒型プラスチック製のピンク色のキャリーに、後足で一瞬立って飛び付きそうにした。それから少し嗄れた甘い大きな声でにゃーあ、と鳴き、等間隔でその鳴き声を繰り返しながら私の後ろに回って足に飛びつこうとしたり、ペットキャリーにしがみつこうともした。迎えを待っていたとは思わなかった。飼い猫でも同じようにするのがいた。

いつものように子供が纏わりついて来た。十歳くらいの男の子ふたりだった。金髪で肌の浅黒いローラースケートを履いた子供と、灰色のベストを着て顔だけふっくらしている桃色の肌をした黒い髪の子供。金髪の方の子はその猫について、ごく最近一匹だけこの公園に現れたのだという。黒い髪の方の子はもう一匹そっくりのおとなしい猫がいると言い張る。失踪した猫は茶トラの部分が多かったが、その猫は体側だけぱっと見ると鯖白が多い。おおまかにいうと鯖の背に腹の白が入り込んでいるような模様だった。野良猫にしては肥っていたが、汚れ方と脅え方が一通りではない。背中の毛の真ん中あたりに層になった埃がこびりついている。自分の猫に会ったら食べさせようと思っていつも三、四個持っている猫缶の一個を与えた。失踪した猫が外猫時代に好んでいた銘柄であった。容器の替わりに牛乳パックを開いたのを持参していた。野良の危機感にあふれていた時でさえ、前の猫が一度に一個半しか食べなかったビーフ缶をその猫は三個食べた。その食べ方がまた変わっていた。猫のすぐ近くに私は立って、足元から五十センチ程離れたところに紙を敷いて猫缶の中身をその中に開けた。食物の上に顔を伏せて猫缶の汁をまず舐め始めた。そこまでは普通だった。――失踪した猫に最初に猫缶を与えた時、やはり既に成猫の野良だったのだが、汁から舐め始める食べ方をした。私は猫の事を何も知らなかったのでそれを単なる習性、或いは喉が渇いているせいだとも思わず、マナーが良く頭もいいと胸を打たれたのだった。

　食べながら猫が尾と胴をしばしば痙攣させる事に私は気付いた。ある程度までならそれは苛々や脅えを表しているものに思えた。前の猫は中途半端な尾の長さをしていて、機嫌が悪くなり始める時、よく尻尾をすーっと持ち上げてから急にぱたりと落とす動作をした。それを全身でしているのだった。ただ前の猫とリズムが少し違っていて尾をすーっと持ち上げてからぱたりと落とす時の落とすテンポが、異常に速く、何度か繰り返す。胴もすーっと波打ってからまた同じ調子でぴっ、ぴっと痙攣する。その時に全身をごく短い時間震わせるのだ。餌の上に被さった猫の頭と首は、それと同じテンポで頻繁に上がる。昔水飲み鳥という玩具があったが、あれが痙攣するような感じで少しずつ少しずつ猫缶を小刻みに啄《ついば》んで行く。飼い始めてから判った事だが普段は食物にかぶり付き飲み込むような感じで大食する猫であった。食物の好き嫌いも結構あると判った。その日食べたいものに行きあたるまでは次々と新しい猫缶を開けてくれとねだる癖まで出ていた。ビーフ缶も好物の内なのだが今では鰹の缶を良く欲しがり、デザートにチーズが必要であった。私がドーナツや蒸しパンを食べていると膝に駆け上がらんばかりにしてねだり、ごく少量を食べさせると満足した。だがその時一度に食べた三個という猫缶の数は今の一日分の食事量であったし同じ猫缶をたて続けに食べたのだから腹は減っていたのだ。

　全身の毛の先に埃ゴミがぶらさがっているような汚れ方や、腹から背中にかけ切れ込むように上がっている白い毛のやつれ方や、その白い毛と色の付いた毛の境目の丁度背中の中央あたりに針のように尖って出ている真っ白な毛、発育が良くバランスの取れた大きな体、前の猫と違って喧嘩で喰い千切られた跡などまったくない耳を、私は、猫以外の生き物に対する不安をもって眺めた。猫というのはまさに前の猫の事でそこからずれた部分はただ悲しみや痛みの種にしか、最初はならなかった。が、そんな違和感の中心に来る、通常の長尾の猫の一・二倍はある、長いあまりにも太い尾が能動的な強い動かし方から外れて、急に止まり、棒のようになってから力なくがくっ、と落ちるのに妙に心を引かれた、というより心配になった。餌から首を持ち上げる間隔が長くなった。その動作の変化は安心したのではなく、死ぬのではないかと私に思わせた。

　次の日、念のためにまたペットキャリーを持って公園へ行った。そっくりのおとなしい猫というのが教えて貰った猫かもしれないと思ったのだ。子供の言葉も猫の特徴もそのまま取ってはいけないという気がしていた。が、次の日行くとまたその猫だけがいて、ベンチに腰掛けた三人の中学生の靴に次々と必死で体を擦り付けていた。足を無限大の記号を描くようによろよろと動かして、また尾を棒のようにして落とすという動作を繰り返していた。中学生のひとりがスナック菓子を投げてやったらすぐ匂いを嗅ぎ、だが吐くような口つきをしただけで食べずにまた体を擦り付けた。舌をならして呼び餌を出すとすぐ寄ってきた。また三缶食べたが最初は皿と私の体を往復するようにして私のジーンズに体を隈なく擦り、ふくらはぎに長い尾をまきつけ犬がおしっこをする時のように片足を上げて内股を私の足に擦り付けた。或いは片足で体を支えてもう片方の足でモールス信号を打つように私の足の甲をしきりにトトントトンと叩いた。その動作は知り合い始めた頃に前の猫が一度だけしてくれたものだ。前の猫は中尾だったために尻尾は巻き付かなかった。足の麻痺もあったからそんな動作はあまり出来なかったのだろう。それをその猫は頻繁にした。却って前の猫の事を思い出してしまった。

体を擦り付ける事と食べる事の間に葛藤があるようなので足のすぐ近くに皿を移動した。すると立っている私の足に体を寄せ、尾の付け根と肛門のあたりを靴全体に載せるようにして今度は一心不乱に食べ続けた。その日は紙皿を持っていったのだが、食べている内に皿が動いてしまうので手を添えると私の手に猫の頬髭が当たった。前の猫の時と同じだった。前の猫は外猫の時に最初ひどく周囲を警戒していて、何度も大丈夫と言ってやらなくてはならなかった。大丈夫という言葉が猫に通ずる事をその時に知った。たまたまその日の中学生は優しい子ばかりだったから良かったが、蹴り殺される場合だってあるかもしれないと思った。猫の事をよく知っている人の本を読むと、保健所では、急な環境の変化に脅え苦しみながら、飼い主を待って鳴き続けた挙句「処分」されるという。また大抵の捨て猫は凍え死んだり虐殺されたりするらしいのだった。誰かにかわいがって貰うんだよ、と腐った芝居にはまって機嫌良く猫を捨てるやつもいるのだろうか、と想像し吐き気がして来た。私は取り返しの付かない感情に襲われていた。その猫を少しも好きではなかった。ただ喉が詰まる息苦しさに追い立てられて前の大切な自分の猫が入っていたペットキャリーを開けた。そのペットキャリーは前の猫を医者に連れていくのに必要だったから買ったもので、一万円もしないそれを買い医者代を払うために、原稿料をたしか早く払って貰った。飼って欲しかったらここへ入れ、というまでもなく猫はあまりにも自然にそこへ頭を突っ込もうとした。が、前の猫の匂いがついていたせいかふいに中空で顔を擦るような動作をした。単なる反射なのかもしれないがその時に目を細めて首を竦め、擦り付けを諦めたかのように顔を背けた。私からつっと離れて毛づくろいを始めた。

猫を連れて帰り今のマンションから追い出されたらどうするのか。低収入の自営業者、独身中年女性の引っ越しがどんなに大変かは知っている。私が引っ越した後前の猫がもし帰ってきたら。だが前の猫とその猫が重なり始めていた。最初、まだ猫が嫌いだった頃、前の猫を何度も追い払おうとしたが、怒鳴っても平気で、私を見掛けると車道に腹をさらして甘え、呼び掛け、車に轢かれそうになったりするので見捨てられなくなった事を思い出した。朝猫缶を貰うとすぐ近所の家の塀の上に上り、暫くすると潰れたオムレツのような形で眠り始める。その姿と、安心しきって垂れ目になっているかのような寝顔を目の前にした時、そこまで幸福そうに眠る生き物は世界に一匹しかいないという感じになった事も浮かんできた。医者に連れて行く度、猫に慣れていないのと見当外れな事をするので叱られた事。正月は猫に千円のマグロをやって、みんな帰省しているので人目に脅えず、写ルンですで安心して猫の写真を撮り続けた。――連れて帰るという考えを心の底に一旦押し込めておいて元の猫も探しながら、公園へもその猫に餌を与えるという名目で毎日通った。疲れは募ってきた。やがて子供達の話から事情が判った。子供がクリスマスの日に石神井《しやくじい》公園からここまで電車で連れてきた捨て猫だという。その子達は公園で飼うといっておいて次の日からまるで来ないという。一度猫の前に座り込んでいる女の子と話した。連れて来た子のような気がしたのだが結局判らなかった。こっちを非常に警戒しているのは無理もないのだが、猫を飼いたいような事をしきりにいいながら話がはっきりしない。段ボールに入れて草むらで飼います。子猫が出来たら次々と学校で里親を見つけますとすらいう。半年毎に産むかもというとあらそんなじゃ困るわでもしばらく猫と遊びたいですから、と言う。段ボールは雨に濡れるけれどというとよそを見ているような目付きをする。親には内緒だという。

猫がペットキャリーに入らないと判ってからリサイクルの空き缶を入れるバスケットの中身を開けて毎日持って行っていた。その日そこへ猫を入れようとすると怒って唸った。こいつ凶暴なんだよ、と別の子が言った。子供は以前に噛まれていた。背中を触ると絶対噛むというが私が触ると噛まなかった。高等技術でさあ、猫を持つわけえ、出来るかな私いとその子はつまらない事を言って褒めて貰おうとした。子供だからそんな程度で不思議はないと、頭で判っていてももう子供は一生生まないだろうと思ってしまった。猫をなくす事で、私は子供と向かいあう余裕を失ったらしい。猫がいた時は猫を通じて、人間が人間だと感ずる事が出来た。が、猫がいなくなると人の死にも人の感情の動きにも感動出来なくなった。

大晦日も正月もその公園に行った。猫をかまう人や私に話掛ける人間に飼ってくれと頼んだ。大抵はいい猫なのにと気の毒そうに断るだけで、公園に来たら餌をやるからと約束してくれた。が、彼らはそこを滅多に通らないとも言った。「ネコホシイ」という幼児を連れたいい身なりの弁論好きの主婦に、餌食という感じで凄まじく論破されたりもした。流線形の国産車が猫といる私の前へいきなりとまって、中からがりがりに瘦せて嫌な目付きのカイゼル髭の男が出て、何をしているかと難詰し、何の関係もない私にここへ目も開いてない子猫を捨てて行く人間が一杯いると不毛に、威丈高に絡んで去ったりした。

芥川賞の選考日が十三日で、決まってしまえばその公園に通う事はもう出来なくなるかもしれなかった。あのひとなつこさで、しかも獰猛《どうもう》なままで公園に居たら、どうなるか判らないという気がして来た。公園の猫は冬によく死ぬという内容の石坂啓のエッセイを思い出した。だがその猫を拾う自信はまだなかった。前の猫が帰って来るというごく微かな望みも残っていた。

一月の七日、日は短く五時になると鳴るサイレンの音がおぞましかった。暗くなると公園で騒いでいる中高生までが不気味に感じられた。風が強く、公園の水道で洗っていた手にあかぎれが切れ始めた。毎日そこまでタクシーで通う余裕はないし、バスで行って人疲れするよりはと歩いていき疲れが大分溜まってきていた。その日もプラスチックのバスケットを空にして来ていた。あまりに寒く、こうして通い続けていて風邪を引いて起きられなくなったらこの猫はどうなるのかという気がした。失踪した猫とこの猫だけは心配だ、という感覚が生じていた。前の猫との差、はまだ強い違和感になっていた。やっつけ仕事をする、という感じでバスケットの中に入れようとした。手を嚙まれそうになった。反応の早さと体の勢いがまさに獰猛だと思った。足が大きく前の猫の倍程もある。頭の上が異様にひらべったくそれも怖い。無理にバスケットの中に入れなくても、ここで相手が逃げてしまうのなら自分は楽になるという気持ちが自然に出てきた。が、その癖感情の一部が激しく動いてしまい、切羽詰まった声で、この中に入れ、入らないともう一生会えないから、という意味の事を猫に言い聞かせ続けた。帰るよ、と威《おど》かすと猫は足元に纏わり付き、また苛々したように体を痙攣させる。バスケットの中を覗き込んだ時に誘導して上体を入れるとそのまま中に入った。蓋を閉め、聞こえよがしの声で、ああこの辺の人はみんな情け知らずだもうこんなひどいお屋敷ばっかりのところは見限って私の家へ行こうといいながら一キロの道を街道沿いに歩いて帰った。そう言わずにいられない程自分も猫を連れて帰る事に自信がなく、馬鹿な事に首を突っ込んでという意識を残していた。その一方、こいつを連れて帰れば、こいつは前の猫を呼び返してくれる。二匹になれば目茶苦茶困るから、だからこそ家出猫は帰ってくる、という妙な考えにも囚われていた。

殆ど破滅するために連れて帰るのだと思った。――連れ帰ってから判った事だが猫は非常に音に敏感だった。窓を閉めた部屋の外を車が通っただけでも騒ぎ立てる。それがその時は緊張のせいか、トラックがごうごういう街道沿いを何百メートルも歩き、交差点を何度も渡ったのに、数回不満気に鳴いただけであった。家に帰ってバスケットを玄関に置き、蓋の片側だけを開けて、バスケットの近くへ前の猫の予備の餌入れふたつに水と角切りビーフの猫缶を入れたのを並べ、自分はそのまま敷いておいた布団に倒れ込んだ。発熱していたので改源を飲んだ。体中が疲れて普段なら全身がずきずきするはずなのだが友達と会食した後のように体が軽く足の裏の凝りがなぜか引き始めていた。二十分眠って起きると猫はユニットバスのドアの前あたりに敷いた玄関マットの上で香箱を作っていた。次の朝起きると前の猫のトイレが上手に使ってあり、外へ出してくれと鳴いて私の足に噛み付き、暴れ始めた。二、三日してからここでこのような猫を保護したという貼り紙を公園に出しに行った。やがて大雪が降った。猫は最初のうち、正常な硬さのとても大きな便を一日に四回した。が、いつか一回になった。何度も早朝に私を起こして、頭を撫でさせ、鳴いて甘えた。

最初の一週間は猫だけでは外に出さなかった。ある程度言葉が通じるのでいろいろ説得したり、一日五時間引っ掻かれながら遊んでやったりし、外へは人のいない時間に紐を付けて出し、道を覚えさせた。猫の散歩は私が慣れてないせいもあってか塀の上を歩きたがるし、犬や車に脅えて暴走するし困難であった。一週間目、あまりに暴力的なのに疲れ果てて、やけくそで外へ出し、しかしすぐ捜しに出た。家のすぐ近くで声が聞こえ私に向かって歩いて来た。その三日後に二十時間程帰って来なかったので、捜し歩いた挙句、また嫌われたのだ、もう猫は一生飼うまいと思ったら脅えた様子で、戻ってきた。

ある朝起きると、猫は本棚の間に挟んである、竿の先に小さいヌイグルミを付けた前の猫の玩具を、口と前足で強引に引っ掛けて引っ張り出し竿に噛み付いて遊び始めた。

――前の猫が失踪して一年経つが、前の猫の事だけを報告のようにして書こうとしただけでまだ涙が出る。お涙頂戴と言われるのも真平だしいつもの手だと嘲笑されるのもおぞましく思う。猫を捜すのに三十枚分の原稿料を借りて、その時にその事を書くと約束している。金はもう返せるしこんな約束など守らずともいいと分かっている。が、ずっとその事に引きずられているよりはむしろ三十枚分その猫の事を書いて置こうと思った。前の猫の記憶は今の猫との比較という形になり、漸く痛みの和らいだ形で蘇るように変わっている。が、その時は今の猫と前の猫が重なってしまっているから平気なのだ。

そんな事情で前の猫の事だけを直接書くということはもう出来ないと思う。

生きているのかでででのでんでん虫よ

昔TBSの制作でヤング720という番組があって、そのヤング・セブン・ツー・オー、というものは歌のやたら多いそれも当時流行のフォークソングの多い早朝放送のもので、フォーク・クルセダーズが解散した後の加藤和彦が出ていてその頃の加藤和彦は今のようにお洒落でもなく粋でもなくそんなに金持ちそうにも見えず人々からはトノバン、ではなくてジョン、と呼ばれていた。足首までのスリムジーンズというよりは時代性を考えるとマンボズボンと呼んだ方がいいようなズボンを穿いていて、そのマンボズボンの上にメッシュのサマーセーターに反戦マークペンダントを下げた恰好をしたり、太い横縞のセーターを着ていてアコースティックギターだけで日本語で「日本の幸福」という歌を歌っていた。暫くしてそのジョンは巨大な鳥の巣に見える「キンキイ族」とやらが習わしとする嵩張ったカーリーヘアーに髪型を変えた。

その前だったか後だったかそのセブン・ツー・オーのフォークソング勝ち抜きコーナーみたいなものがあってそこに今の井上陽水がアンドレ・カンドレという名前で出た事があ

った。私の記憶ではその時にカンドレ・マンドレという歌を歌ったような気がしてならないのだがいくらなんでもあんまりそれでは出来過ぎだから記憶違いだと思う。その時の井上陽水も確か「キンキイ族」の頭をしていたのだった。——「キンキイ族」の頭……どっちが早かったのか。どっちが早くやったんだ。

勘で言えばそれはやはり加藤和彦のような気がする。加藤和彦はなんでも一番早くする事で目立っていたような記憶がある。そして、——この前雑誌を見ていたら加藤和彦のような人がタキシードみたいなものを着ていて立派な胸板をして半白髪になって泣きそうにしていた。私が小学校六年生の頃の加藤和彦は二十一で龍谷大学の学生で首にぴっと筋が出ている程痩せて目がのの字型をしてたのにいつのまにああいうかたちになってしまったんだろう。ちなみに私のもっともっと歪んだ記憶では「日本の幸福」という歌は空の青さが自分の幸福の印だという内容のものでアンドレ・カンドレのカンドレ・マンドレの歌は歌の中で綺麗な朝の道を散歩か何かしていてかなり明るい歌だったような気がするのだが。そうだそう言えば今「女性の権利」の問題にも発言している（?）有名初老サヨク（?）文化人が確か大久保清事件の時に自分の二歳になる娘の着替えをさせてあげていて、「ああ、これでは犯罪がおきても仕方がないなあ」と思ったとイレブンPMか何かで言っていた覚えだってある。なんということだ。私の記憶が変なのか。変かもしれない。などと曖昧な記憶のどうでもいいディテールをここまで書き連ねるからにはそれだけの意図があって、実はもっともっと記憶を混濁させなければならない事情があるのだった。記憶そのものとして確かにあってもなんだかうかうかと言ってはならないような事を言おうとしている。それがもし万が一外れていたらと思うとかなり怖い。

昔、そのヤング・セブン・ツー・オーにグループ名は忘れたが、あるフォークグループが出ていて、その人々は確か素人だと思うのだが「生きているのに」という持ち歌を歌って、メロディーはどうという事もないのだが歌詞の一部分を実は覚えている。何か爽やかな気分というようなものを歌っていて、「竹の林に朝日が」という言葉があり、「生きているのに」と何回か繰り返すのだ。この事を誰かに言わないではいられない。しかし言うと笑われる。でも言いたい。なにしろその作詞が「カワバタヤスナリ」なのだ。記憶ではそうなのだ。別にカワバタヤスナリ氏に遠慮してというわけではない。ただしもしもその記憶が私の夢、或いは思い違いに過ぎなかった時、そこには私の無意識の願望や恥さらしな思い込みが絶対投影されていると思われてしまい、私は笑いものになる。笑われる事にはもう痛みの麻痺しているところがあるから別にいいだろう、とか、お前は「暗いブス」を「冷静に客観的に」描写して「これは私の事です私はこんなに滑稽で内向的なのです」と「正直に告白」して笑われるのが商売じゃないか（ソンナコトハナイ）今さらもったいつけるなという意見もあるだろうが、実は、私は人に笑われるのが嫌いなのだ。たくまずして笑わすなどというのが一番嫌だ。素直に喋って心の歪んだ人に冷笑されるのだって大層嫌いだ。「率直に喋る」と褒めてくれる人は好意的過ぎる。私が率直である時、それは疲れ果てた心に紅茶キノコのような「ニルヴァーナもどき」が発生してそれが私に自己放棄をさせるからだ。東京へ出てから最初の数年間没原稿を書いていて人に会わなかった。その状態が五年前急に破れて、電話連絡が部屋の中になだれ込んで来て、昨年は六冊本を出して、気が付いたら文章を書く元になるような、頭を静かにする時間と夜眠る時間がなくなっていた。無論本が出なくて部屋が借りられなくて身分証明がなくて「懊悩《おうのう》」していた頃の方が絶対に辛かったのだ。だが今はただ頭が硬直して疲れ果てている。仕事は嫌ではなくとも「人に会う哀しみ」はこの五年間、溜まりに溜まった。その事を出来るだけ意識しないようにして来たのだが、インタビュー疲れと人あたりでとうとう我慢ならなくなってしまったのだった。ここ一年活字など欲しくもない人々と律儀に会い続けてきた「まずはどの程度の稼ぎなんですか文学賞って」というインタビュアーが、「あたしもこう一旗上げてね、まずどうやって」という変な人が、「ショウノさんレズですか」「なんにも苦労しないで来て人の痛みが判りますか」等のよく分からん言い種《ぐさ》が押し寄せる時間……一度しか会った事のない人間が「こいつすりよってきてさあ」と人前で大声でいい威張り散らし、何十人もと握手して手がべたべたになり、こちらの真面目に話す事を「くっだらない冗談ですねえ」とばかりに延々と罵り散らす相手がひたひたと迫る。「せーんせ、せーんせ」と呼んでこわばった顔で笑っている相手の態度を、怖いつらい嫌だ泣きそうだと思っても相手も仕事できちんとしているのだから我慢しなくてはいけないと相手と同じだけにこにこして疲れる。いきなり肩を抱かれて「ばか、ばか」と一方的に言われ、無言電話が掛かり、部屋の前に生ゴミが捨ててあって「彼女は昔のルサンチマンなフェミニズムですねえ」と新しいものの好きな偉い学者の方に黴の生えた昆虫みたいに分類され、「ああいうのは勝手にやってるだけで作品ではないし売れないから駄目だ」と古いものの好きな偉い評論家の方に新発売のエスニック風ドリンクみたいに出荷数を調べられ、（ああでもこの事はエッセーにもう書いてしまったな、でもエッセーだと単なる報告だがここに書くと私の生きた脳とつながってる）その間ずっと「ちゃんとしなきゃ、ちゃんとしなきゃ」と何の根拠もなく勝手に、自分に言いきかせた。そして判った。無理していい顔する事や自分を馬鹿にして相手をいい気分にするなどという事には結局限界がある。活字の中だけならそうしてもいられるのだが生身の体だ。知らない人に会って喋れば喋る程退屈していく。仕事の話を沢山していると機械の言葉のようなものしか出て来なくなる。そうしていて友達と喋る暇はなく会う暇もなく、ただ言葉と舌の疲れだけが溜まっていく。おっと、話が逸《そ》れた。そうだ——嫌だけど書いておく。題名は私の記憶では「生きているのに」なのだ。「ふうん作家ってなんの華麗な事もないいんですね、ああもうまったく」。「フォーク」の「学生」達とカワバタヤスナリ氏との繋がりについて私の記憶は今、フタマタに分かれてしまっている。ひとつは学生達がカワバタヤスナリの家の前で座り込みをしたりして頼んで作ってもらったというもの、もうひとつは若い元気な学生達が行ったら「カワバタサン」はすぐに「喜んで」作ってくれたというもの。どっちなのか、それともどっちでもなかったのか。はっきりしたい。が、もうはっきり出来ないかもしれないのだ。——四月の末だったかに電話が掛かってきた。

去年書いた中篇の中に使ったグループサウンズの曲「君にしびれて」の本当の題が「恋にしびれて」だったので本に収録する時にどうしようかという問い合わせだった。歌っていたのはリンド・アンド・リンダーズというグループなのだが、歌詞も記憶だけで引用した。その題が違っていたというのにかなり慌てながら、そうだ前にも一度どこかでこの題名を間違えて人に注意された事があったはずだという気が次第にしてきた。するとさらにその注意はこれと同じような電話でしてきたのだという一続きの記憶が現れて来た。それが、デジャ・ヴュなのかただのオオボケなのか本当にあって忘れかけた事なのか未だに判らない。引用した歌詞の方にも間違いがあるかもしれないと思ったのだ。歌詞の方は、違っていてもそのままにして下さいと言うと相手は答えた。

——カルトな曲という事で歌詞はもう残っていないそうです。

ワープロ疲れの目を〇・五秒とじた。脳がタナバタの飾りのように激しく花開いて乾き、硫酸で焦げた燃え滓のような軽いものになって無意味に落ちて行った。別に「美しい感性の世界」にはまっているのではない。ワープロの使いすぎでいつも目が痛く瞼を閉じると色の付いた光が様々に出現するのである。そこに寝不足が加わるとその光がそのまま動物やマンダラの図柄などに変わって、危ない宗教的光景までが瞼の裏に一瞬夢の如く出現するのである。光景は非常にナマナマしい上、菩薩ありの天使ありの竜虎ありだ。「根津へ行け」だの「今度の地震のエリアはここがイケマセン」などという「御教示」とともに、コンピューターグラフィックのように色分けの地図がさーっと出る。それでも私が変な宗教にはまらないのは多分ブンガクのお陰だ。妄想を脳内に納めておく事やそれを文字化して客観化することを知っているからだ。――ああ、ここまで書いていきなり思い出した。つくってではない。ここで読者をがっくりさせようなどと思ってないのだ。そうだそうだ。第一こんなに都合悪く思い出してしまったら、ここまで書いて来た事が全部無駄になってしまうではないか。いや、無駄にはならない。また笑われるのだ。だったら計算なのか。とんでもない。「心の欲するままに行いて」滑り続けるのだ。私は、家賃が払えても笑われるのだ。今私がいきなり吉永小百合になったらそれは吉永小百合として笑われるのだ。今私が田園調布に住んだら田園調布全エリアが笑われるのだ。結局もう一生笑われて暮らすしかない。

カワバタヤスナリというのはカワウチコウハンの間違いですね。カワウチコウハンは月光仮面の作者なのです。「よく間違える人がいるんですよ」と他の雑誌の担当の編集者がまったくの偶然で私に話した時、私は「生きているのに」の事を完全に忘れていて「本当に馬鹿ですねふん」と答えて都立家政の「ポエム」のフレンチコーヒーをさも自信あり気にがぶ、と飲んだりしていたのだった。

「恋にしびれて」を使った作品にはフロラ・プリムの歌アイアート・モレイラのパーカッションと指定してサムタイム・アゴーも引用した。が、これも実は歌詞の順番が違っていたのだった。文章の続き具合を考えるとその方が良かったし夢の中らしくいろいろ間違っている方がいいと思った。それが平気なのは当のレコードが今手元にあってネビル・ポーターのこの歌詞をいつでも確かめる事が出来るからだ。

ところが「君にしびれて」もとい「恋にしびれて」の歌詞はもうどこにもない。歌詞が違ってるかどうか一生判らないのだ。いや、判ろうとすればサワキコータローになってTシャツを着てベルボトムを穿いてあっちこっちさ迷ったり、『一瞬の夏』みたいに「落胆」したり「熱中」したり、色々な「思いが浮かかん」だり『王の闇』みたいに「クアラルンプールに飛んだ」り「バーボン」を飲んだり、「よくない」、「生牡蠣」、を食わされたりしなくてはならないのだ。だが私の判らなさはそうやって追求するものではない。キモチイイ頭痛のような甘く痛い空白はあまり続いても困るが。それにしても。

ああ……リンド・アンド・リンダーズのボーカルは本当に加賀テツヤという名前だっただろうか。本当にそういう名前でサカモトスミコのバックバンドをしていただろうか。「今もひとりで銀の鎖を歌っているそうです」とラジオで言われていたのも本当に聞いたのかそうでなかったのか。いや、別に加賀テツヤの事を気にしているのではない。私は私の死んだ記憶を確かめている。自分の死について考えている。記憶が死んだ分心に持っていた時間が死ぬという事について。夢と現《うつつ》がくっつきあって記憶や感覚のディテールを例のアオミドロの接合みたいにして交換していくという勝手な妄想を呼び起こしている。夢の記憶を現と思い込んだり、本当の記憶や哀しみや痛みを夢だったと思い込んだりして、夢の中に半分入り込んだままで現の世界をよろよろ動いたりして、最後には自分が夢の中に崩れ落ちてこの世からいなくなるというヨロコビについて。私は夢現の子。「ぼおくはしぃにましぇええん――タケダテツヤ?」最初に飼った猫を失ったのに二匹目の猫と暮らしている。心が少し褪せていて何かをいつも誤魔化していて、人にサービスする事がどんどん嫌いになって、学生の頃にしたかったような「贅沢」をしても喜びはうわべだけで。それでももう死のうとは思わない。死ぬかわりに夢と記憶が少しずつ混じって「生きているやら死んでいるやら」判らなくなっている。「生きんがために死にもするのだ」だって、ジャン・コクトーだって、引用作者書くと素人作文になりかねないのに根がもう小市民だからちゃんと書くのだ。「僕のインクは白鳥の青い血で」、「その白鳥」がそうするという詩だったっけか。一匹目の猫を失った辛さで仕事ばかり増やしていた。無理で体が壊れたらいいと思っていた。今は二匹目の猫と自分のために生きている。自分とワープロの区別がもう付かなくなっている。

「猫はあなたに文学の素材を提供するために死んだのです」と言った鬼畜生がいたので交際を断った。「前向き」に生きて「傷をばねにして」、「輝く」だと、いらんよそんなもん。輝くためになど生きとらんよ「自分の身の上に発生した」、「ありがちだが切実な失望と折り合いをつけて」、「景色を見ながらちゃんと老けていくため」に暮らしとるんだよ。そんなブンガクだから小市民で幻想小説で観念的で市井の風景で「東京」で「国家」で「神話」で「土地問題」だよ「おおんなのるさんちまんのほんかふふんふふん」だよ。そうかそうか死に対してなら前向きになっとるのか。

猫がいなくなって髪の何分の一かが白髪になった。父親は私が二浪していた時に半白髪になった。老化の始まりだ。「猫と子供を比べるな」だと、猫と比べなかったらうるさい餓鬼なんか死ね、と思うだろうよ。前の猫が私に人を殺してはいかん、と教え、人間はアワレなもんだと教えたのだ。猫のキャトと一緒に歩くだけで世界は前に進んで、キャトに添っている私は「選ばれた信者」だった。「猫を書けないなら文学は負けた」か「キビシイ現実の前に文学は無力だ」さようですか。「いくらブンガクでも実際には親も殺せないし幼女殺せないし、ドストエフスキーと志賀直哉とスティーブン・キング読んでいる時に頭に飛行機が落ちてきて死んじゃったから文学は無力」ですか「ガンの特効薬で治った患者が自殺しちゃったから」ガンの特効薬は無力ですか。「オウムM崎の前にブンガクは無力」って「オウムM崎にはブンガクがなかったから無力」という意味ではないんですよね、「ためになっておもしろい物語」の分厚い分厚い本が頭に落ちてきてそれで死んだら「おもしろくってためになる」もきっと無力なんだろうな。今年のゴールデンウィークも新宿二丁目は地方からの客でいっぱいだったと聞いたぞ。十億円のサッタバが頭に落ちて来て脳損傷で死んだら「お金では何も買えない」という「教訓」が得られるのだな、「無力な赤ん坊の前では無力は無力です」だってさ。そしたら「無力なのはお前だよ」だって。そうだよ。私別にブンガクやありませんものただの「ブンガクのツマ」ですもん。でも別に「結婚出来た」からって威張ったりしない。

私は自分を誤魔化してでも日々を「偽善的に」ありがたく生きて、死ぬ時も楽な幻想の中で死のうと思っていますよそういう事なら書けるが……。

二匹目の猫の名前は最初「スリコ」だった。連れて来た当座、既におとなだったのだがやたらすりすりすりすりする猫だったからだ。「この、なんでもすりすり、め」と呼んだり「こらすりすり、セーターを齧《かじ》るな」と言っているうちに名前を考えるのがしんどくなってきてそれでグリム童話に出て来る「ハンスぼっちゃんハリネズミ」の「ハリネズミ」を生んだお母さんが、「駄目よ、このこはもう絶対ハンスぼっちゃんハリネズミという名前しか付きはしないわ！」と言ったのと同じように「駄目よ、こいつはもう絶対にスリコという名前しか付きはしないわ！」と叫んでスリコにしたのだ。すると一層夜中に人を起こしてすりすりすりすりして、自分の頰も足も尾も尻も足の裏も頭も全部駆使してすりすりした。最初は「御飯の催促」かと思った。といっても三食はほぼ定時に猫缶を出し他にいつもゲインズの鰹とアイムスのチキン味を混合したものを出しっ放しにしてあるから勝手に食べればいいはずなのだ。が、今度の猫はドライフード一粒にしても私の「励まし」がないと食べられない。ワンルームの流しの下あたりに置いてある餌入れのところへ自分ひとりで行けない。目はよく見えるらしいしひとりでよく遊ぶ猫だのに、御飯を食べる時は原則として、私に体をくっつけていないと食べられない。

拾った猫をスリコという名にすると母に言ったら「スリみたいだから止めなさい」と反対した。セーターや人の足をカジカジするから「じゃあカジコ」にするというとそれも「火事みたいだから止めなさい」と言われた。来た当座は加減が判らなかったのか体中ドロドロになって帰って来る事もあったのでドロコにすると言ったら「泥棒みたい」。裏のドラ猫だからウラドーラにするか尻尾をピリリンと上げるから「ピリリンドーラ」にするべきかといろいろ考えたが結局、「ただのドーラ」になった。ドーラという名が定着する頃までは毎日嚙まれた。が、私が猫に従い出来るだけドーラの機嫌を窺うようにしている内ドーラはついに嚙むのを控えるようになった。ドーラの愛称はドラ、だ。「かわい、ドラよ」だ。どういうわけだかドラは寸止めを覚えた。こちらが気に入らぬ事をすると丸い足の指先だけで人を威す。そうだそう言えば随分嚙まれてない。嚙まれる度に恐怖したり激怒したりしていたのはほんの一年程前の事なのだが。だが、嚙まれる直前というのは牙の先が冷たくて、それに噛む時は白いふわふわの前足の一番柔らかい内側のところでこちらの手や足をすっと抱え込むからその感触があまりに優しくて「ホントウニコレカラ噛ムノダロウカ」と思うしかなかった。ドラは噛まない猫になったのかそれとも私がドラのいいなりになっているので噛む理由がなくなってしまったのか。ドラの体はでかい。

　ドラの前足は前の猫の倍程もあり、爪は前の猫の三倍程ある。ドラが家に来てしばらくしてから足から抜け落ちた爪を拾った時、辛かった。真珠色で不透明に見える程分厚いしっかりした爪だったからだ。前の猫のセロハンのような薄い爪を思い出した。足のすりつけ行動が滅多に出来なかったのも、結局は体が弱くて小さかったからなのだと、二匹目を飼ってからやっと判ったのだ。そのドラも腰が悪いらしい。前の猫は獣医の診察台から飛び下りて暴れたのは一度だけだったが、今のは何をするか誰を噛むかも判らないし跳躍力が凄いので、分厚い毛布などを洗う目の粗いタテヨコ八十センチ程の大きい洗濯ネットの中に入れて、さらにボストンバッグの中に入れてバッグの上部を少し開けて連れて行く、医者は自宅から七百メートルくらいしか離れていないのでそれでも移動出来る。ドラは脇の下を触ると激怒するし我を忘れると寸止めも忘れる。「野牛のように暴虐なメス猫」だ。そして「愛のドーラはドコヘユク」、だ。

　ドラはよその子供が石神井公園から攫《さら》ってきて上鷺宮東公園に捨てて行ったのを、前の猫を捜しに行った時に見つけてしまい、めちゃくちゃ困るなと思いながらいきおいで保護してきてしまったのだった。厳寒だったしけいれんしていて、側《そば》を離れないしすぐ死ぬとおもっていたら、けいれんは普段でもするのだった。前の猫は静かでおとなしかった。芸能人性格でよそでは異様に愛想がよく通行人全部に声をかけた。その癖私といると眠ってばかりいた。離れたところからでもこちらの足音で走ってきて、気に入らぬ事があると口をむにゃむにゃさせてふっと姿を隠した。小柄の、一応茶トラ系の猫。今のは四キロ近い鯖と白の猫だ。いや実は角度によって三毛縞になったり鯖になったり殆ど白猫になったりする説明の難しい色、エルメスのスカーフのようにたたみ方によって全く柄が違う、というわけ。茶トラの部分もあるしベージュもグレーも入っていて、ともかく変な毛色。模様もニシキゴイみたいな変った斑《ぶち》が主だがその斑の中が鯖だったり茶トラだったり三毛だったりする。前の猫は野方のケペル病院でちゃんと「種別・日本猫」と書かれていたが、今のは単に「ＭＩＸ」と記されるだけです。国際都市の猫。「このアライグマ尻尾」め。

　ドラは頭が蓋のように小さく耳が翼のように大きく横から見ると口がとがって突きだし、エリマキトカゲか肥満体のポメラニアンか変異して耳のでかくなったフェレットのようなシルエットの上体をしている。鼻はライオンのようで顎は前に尖って長く、上下にだけ肉付きがいい。頬がこけていて、オスのような頬髭がそれをカバーしている。細い獰猛そうな上体に比して下半身デブで後ろから見ると牛か恐竜のようで尾は横縞で太い。三十センチはある。「ああもうこの凶暴ヌエ猫め、お前なんかヌエ子という名前にしてやればよかった」してやればよかった名前は日々増えていく。何十になっても、ひとつも忘れない。

前の猫の写真を、孤独癖の黒猫を飼っているムロイミツヒロさんに見せたら「コレハ典型的ナ可愛イ猫デスネ、随分面喰イデスネ」と言われた。だが今のは誰に見せたって「大きないい猫ちゃん」だ。ドラの方の写真をムロイヨウコさんに見せたら「ミケちゃん……ですか」と言われた。前のは沢口靖子に似ていたが今のは少し斜視でいつもぼーっとした目付きをしている。無理に言えば鈴木保奈美あたり。昔まだ目が丈夫だった時テレビで見たキタキツネ物語の中で、五匹生まれた子供の内一匹が狩りも覚えず注意力も散漫で遊んでばかりいて自然に負けて死んだ、そのキタキツネと同じような濁った感じの目。頭は非常に悪いのに人の心を読む。感情表現が豊かなのはいいが愛の極みに暴力を振るわんでくれ。でもドラはブクブク太ってくれてとても嬉しい。前の猫の食欲不振時の辛さ哀れさを考えたらデブくらいなんでもない。それにいくら太っても跳躍力は変わらない。すぐに道を忘れマンションの屋根の上でよく迷子になって私を大声で呼ぶ。ドラは勝手だ。風呂に付いてくる。バスタブに上がって肢《あし》で水を押し、出ろと怒る。トイレに付いて来てよせと怒る。ドアを閉めて置くとあてつけに外で靴箱と格闘する。ワープロを打っていると走って来て机の下に入り足に噛み付く。ドラの外出中に素早く打つ。たちまちどこからか戻ってきて戸を開けろと鳴く。前の猫は外が好きだったがドラはねっからの飼い猫だったのだろう。不妊手術済みトイレの躾《しつけ》済み。なぜ捨てた。「ドラの愛は重い」か。「渋谷に住みたい」のに「ペット可がないから」か。「子供の成績が下ったから」か。だったらお前も子供に捨てられろよ。ドラは時々恋の症状だけ出る。前のは積極的で二匹の鯖猫の雄が交互に来ていた。今のは少し声を上げるが子猫のような鳴き方をするだけですぐに飽きるのか部屋に戻って来る。モノトーンの雄が二匹交互に来る。恋よりも私の監視に忙しいのか。「眠らないで、私を見て」。「眠てぇのよ」、「見て」、「眠らせてよ」「見て」、「うるさいのよ」「嚙むわ」――一年程前までは足を立てて眠っているとその足に前肢を巻き付けて嚙みながら全身の体重を掛けて牙を足に喰い込ませて来た。起きて、こら、というと飛び掛かって手も嚙み、なんでじゃっと大声で叱ると、急に被害者になってあうぅ、と鳴き、その時の顔は後光の差すような切実さに溢れていた。――最近では起こされるとまずは御飯だろうと皿のところに行く。立った私の足元に皿を置いて常に体を擦り付け続ける事も「食事の一部」なのだ。しかも食べている間、それこそ猫撫で声で褒め続けなければすぐ食べるのを止めてしまい葛藤のあまりにまたこちらを嚙む。嚙む前にはことさら親しげな声を上げて鼻も口も全部人の足にくっつける。あげくに床に張り付いてすうと首を竦め、こちらの足の甲をかぷと挟む。ひとりで御飯を食べてくれるのは何週間かに一回だけ、五時間留守にするとドライフードがぽっちり減っているだけで好物の厳選白身缶もその上にちぎって置いた嗜好品のチーズも乾いている。躾けの方法はきっとあるのだろうが猫素人には、それも判らない。すねると首を竦めて息の音だけで、き、き、と発声する。何分か撫でて謝り続けるとやっとまっとうに食事をする。あるいは三十分室内を暴走しその時最も必要な衣類を必ず襲う。それでも、一年前に比べると今は天使だ。

ドラは、餌を食べ終えてもまだ鳴くのだ。ドラが食後や半睡時に頭を掻いて欲しく首を撫でて欲しく濡れたちり紙で顔を拭って欲しく半分毛で覆われた茶とピンクの鼻の周辺をマッサージして欲しく妙にぷよぷよした色の薄い歯茎も少し擦って欲しいのだと私は次第に判った。鼻の少し上を櫛で軽く掻いてやるとただでさえ大きい鼻の穴を全開にしてひくひくさせ、はんがはがはが、と口回りを震わせる。そして撫で方が気にいらないと今も、容赦なく引っ掻くのだ。シャンプーは出来ない。自動車の下と松の木の上が好きだった前の猫とちがいトタン屋根やコンクリートの上で日光浴するだけなのであまり汚れない。最初ドロコだったはずなのだが、他の猫が怖いのか部屋のドアとか屋根の上で遊ぶようになっている。ごくたまに毛から地肌が覗いたところだけを濡らした布で拭き、雨に濡れると乾いたタオルで拭く。前の猫はシャンプーが嫌で家から離れがちになった。前の猫はあんまり小さいので本当はキャトという名前なのにリスちゃん、と呼んでしまったりした。なんだそう書いただけで心が強張ってくる。もう平気だと思ったのにやはり一生駄目だ。

猫を「客観化」する事なんか出来ない。

キャトを失ってドーラを得た。号泣する事はもうなくなったがまだ体調は悪い。人疲れでそれがどんどん加速して行く。体はいつも痒い。自分の抜け毛やヌイグルミに触れてもかぶれるのだ。絶えず泣きそうになり怒鳴りたくなり、全身の皮膚をずっと下の方に引っ張られているみたいだ。針の混じった腐った肉汁の染みた、綿にくるまれているようだ。

三月二十日に、久し振りに自分の部屋で白ワインをほんの少し飲んだら耳鳴りも始まってそれから止まらない。一ヵ月以上になる。一度医者に行った。難聴のテストをして鼓膜の動きを測って、耳の中に耳栓みたいなゴムをきゅっ、と突っ込まれてゴム栓がぽんっ、と抜かれて、それから長い針金の先に薄い綿を巻いたのを自分では絶対入らないような鼻の奥に入れられて耳と鼻を通されて（そうかこれもエッセーに書いた）治療の一環とは充分に承知しながらこれは「被支配」だと思ってしまったため、パンクの頬ピアスと鼻ピアスはもうコンビニの人だってしてる事だし、そういうのがもっと普及したら今度は鼻栓と耳栓と目隠しが流行るのじゃないかという気がして、それから花粉症の季節で窓際にずらりと並べられた吸入器の、ふたつ揃った細長いガラスの突起に鼻の穴をあてがって側に置いてあったティシュボックスの紙をすいませんとも言わずにどんどん使って、自然に治りますと言われて漢方薬を五日分貰ってきた。が、あれから行っていない。忙しかったし、自然に治ると思っていたから、でもまだ音がする。一旦さぼった医者に行くのはとても恥ずかしい。耳鳴りは小さくなっていて少し音が枯れてきた。低くなったというよりも枯れて行くのだ。耳鳴りは老いて性格が丸くなり酒も煙草もぷっつりと止めて次第に枯れて行きましたそしてある日……というふうに枯れていくのだ。目が霞む。以前は頭と顔と目と鼻が悪いだけだった。が、今は耳まで悪い。これで首から上は全部悪くなった。悪の権化だ。でも私は煙草も吸ってない。ピーマンも食べている。風呂は時々はいらない事もあるけど、でも、一応、悪は清潔だ。悪は医者が好きだ。

一度いつだったか風邪薬を買う金がなくて風邪を引いたまま寝ていた事があった。ほんの三年程前の事だ。別にめちゃめちゃ貧乏だったわけではなく、ひどい浪費家だったわけではない。収入の予定が違ったり向こうの都合で仕事が遅れたりして急にお金が少なくなる事があったのだ。それからは採用する原稿と引き替えにお金をくれるところとしか仕事出来なくなってしまったのだ。だがあれは確か小平のマンションに居た時の事だ。去年の夏至、なんで親に言わなかったといって二年振りにあった父と母は、私が猫を失った時のように激しく泣いた。でもなんだか判らないが言えなかったのだ。親が「生きているのかどうか」も判らなくなっていた。確かに部屋を借りる保証人にはなって貰っていたし、十代で家を離れる時に持たしてもらって、何万円か入ったままになっている定期を一週間だけマイナスにして、倒れる程仕事して、大新聞社に「振り込みはいつですか」と電話したりして、また元の通りにしてなんて事を何回かした。文芸のパーティでは十九歳の夢見る猫を飼っているイナバマユミさんから「お家賃が切れるとおうちの人が払ってくれるんですね」と聞かれて「自分で払います」と言ったり、すばるのパーティで蚤の一匹もいない雄の鯖猫を飼っているスガヒデミさんから「ここのお母さまはショウノさんが寒い、と一言言うと毛皮のコートを四枚くらい送ってくれるのです」と人に紹介されて「違います」と答えたりしていたのだ。毎日電話はしていても二年間故郷に帰らなかった。三十四まで仕送りしてくれた文句言わない親。「才能ない癖に風呂付の部屋に住んで」みたいな事を親戚の人に言われたからか、「あんな姉がいるから弟が結婚出来ない」と近所で言われたからか、「公務員と結婚してたらその公務員が死んでも保険金が入る。十年でもそのまま食えてから筆でやっていると言ってみろ」とまたこれも別の人に言われたからか、いや、なんだか判らないけど痛い程おっくうでおぞましい程気の毒だったからだ。娘の結婚資金と思っていたくらいの金額を丁度仕送りに使わせてしまって、こっちは借金したのだと思ってたのだが、親は別にそれで貧乏したわけではなくて好きなもの買って好きなとこ旅行して暮らしてて、ずっとバブルの頃だったからそれでも資産にはひびかなくて、この前父親にお金返すと言ってずっと悪かったと思っていてなかなか言えなかった「感謝の言葉」を言ったら絶句していた。親は絶対返して欲しくないと思っていてこちらがまた返すと言ったらどうしようとびくびくしている。

私は変わらないのに私のお金と私の回りは変わっていく。ある県在住の母校の人達が絶対出られない集まりに出ろと官公庁みたいな大きいハンコを押した手紙をまず送ってきて、その後あらゆる出版社に同じいい回しで出席させるよう、とりはからってくれと繰り返しきて、そのたびに文面は同じでそれを全部断ったら毎日違う名前で三日だか四日だか同じ依頼の（速達のもあった）手紙が来て貧血した。凄く威張った雑誌からも電話が来た。誰々先生はお引き受け下さいましたって判で押したように言うけど私は先生じゃない。誰々先生のクローンでもない。本のなかった十年ずっと無視していて今いいように使えないと言って怒れるのか。ほんの少し付き合いのあったところが「安くておとなしいカルト作家」に「問題を起こさないちょっとした流行もの」で、誌面を埋めさせるため、疲れている夜に威すような電話を掛け続けた。絶対対談出来ない相手と一年対談しろといい、対談出来ないのならその同じ相手と往復書簡をしろと言い、まるでそれが当然のようにこちらが損失を与えたかのように怨みからみつき、結局別の仕事を引き受けさせた。ブンガクの仕事ではない仕事なのになんでこんなに必死なんだろうと思って怖くなって、「私はきちんとまとまった作品を書きたいのでその事に専念させて下さい」と浅はかにも相手が自分の読者なのだという恥ずかしい自惚《うぬぼ》れで誤解して言ったら「もおう、充分になさったじゃないですかーあ」と太い凄味のある声で言うのでげろを吐いて泣いた。あの怖さをなんと呼んだらいいのか。「これ以上ブンガクなんかしなくていいよ、そこで止まったまま一生終えてくれよ別にあんたなんかどうなったっていいし」という事じゃないか。引き受けると相手は次の日けろっとして「どうかしてました最近通勤時間が増えて苛々してたのでね」と笑って丁寧にする。そうして他の締切がいくつもある月に平気で十日も締切を早くしようとする。「さし絵の都合」だってさ。赤の他人の心神喪失の責任取らされて痛む角膜抱え、まっとうな仕事先にまで迷惑掛けながらこれから何年も苦しむわけ。無理に仕事しても別に相手は助かったとも思わない。なんでそんな簡単な事が判らなかったのか。そうだ一度だけどロングインタビューとかで長く時間取らせて、素人の趣味のコーナーに載せられたな。去年十二月の末に仕事して二月の末に謝礼を振り込みますと言われて五月も半ばなのにまだ入ってないというとこもあるな。昔だったら死活問題だからイノチガケでやいやい言わなくてはいけなかった。五万円違ったら困り果てた。が、なぜか掛けるのがおっくうで言っていない。なにをしているのだ。別に売れてないのに。絶対に流行有名人ではないというのに。ブリタニカジャパンやフーズフーウーマンに載せると言ってきても、大勢は変わらないのに。それなのに、「名前だけ使おう」として「人を傷付けて」「平気」なやつが増えて、「留守電通達」で「パーティーのひとこと」を「ちゃんと説明しないと」、「精神鑑定関係にもなりかねないモンダイ」を「その場でオフレコに」したのに、鈍感に活字にしやがって。記事も送って来ないで。そういうわけで電話に出なくなった。出ても耳鳴りが辛いから必要最小限しか喋らない。好きな人間と喋りたくて自分で掛けた時も、嫌な人間との記憶が出てきて心が塞がり、電話口で息が詰まる程の電話嫌い根性になってしまった。要は電話に出ないのでででのでんでん虫でしゅ。人前にも出ないのでででのでんでん虫だしゅ。なんだこれは……ずっとレーヨンデニムのジーンズを買いに行こうと思っているのに行けない。

「人が会いに来るから」、「きちんとしてなくては失礼」なので、でも「スーツばっかりどんどん買っていてはもったいない」し「いつもフォーマルみたいなのも余裕なさげで駄目」だからと思って「取り敢えずブラウスがあれば」と何枚も何枚も買った「なんにでも使い回しのきく」はずのブラウスはエドウインのサムシングの綿のストレートにはその柔らかい生地が弱すぎて合わず、「こんなに服が必要な年はもう二度と来ない」し「来年からまた貧乏になるんだから」、「流行を恐れない襟なしのデザイン」か「流行遅れになった時にスカーフで隠せるようなおとなしいデザインの襟」を買って、還暦くらいまでずっと「着回し」し続けようと思って「基本色」ばっかり揃えたラピーヌとレリアンとレマロンとジバンシーグラムール（全部肥満体ブランドである。レリアンは確かレナウンの肥満用、ジバンシーグラムールは要するに肥満体ジバンシーでラピーヌはジバンシーグラムールの縫製を任されている高級婦人服専門の日本のメーカー、グラムールの値段は普通サイズのジバンシーの何分の一かだ、その普通サイズジバンシーのところへいつだったか迷いこんだら怖かったぞ。マンビキよけだとかの電線みたいなものが、服やバッグのところに一本ずつついていた。服も店員もとても痩せていた。なんであんなところに迷い込んだのかきっと何かで服のいる事があったんだろうな。ほんと怖かったなスーツを何枚揃えてもデパートへはジーパンで行ってしまう。自分は高級婦人服の人ではないと思っているからなのか、いやいや式典用や出演用や撮影用ばっかりで普通の生活には美人しか着んような色形のものばかり持ってしまったからだ……そうだゼロというブランドも持っているぞジャン・フランコ・フェレの肥満体サイズだ。伊勢丹の人が文化勲章をお受けになる女の方が買っていかれましたと言って胸を張っていたが誰だったんだろう。私は半額で買ったのだが。そして半額で買えた理由というのは試着に出したのを送り返して来たらセットになっていたはずのペチコートがどこかに行ってしまっていたというものであったのだが。ああ太っていると何を着ようかと迷わなくていいから本当に楽だ。入るものを着れば済むのだから。いいよ、これは、笑って）には安物過ぎて合わず、レーヨンジーンズというものの存在に気付くまでの何ヵ月間かは悶々としていた。

去年の五月から今年の五月までは一続きになっている。時間も場所もぐちゃぐちゃで一年前の七月に食べたものとおととい食べたものは脳の中で混じっている。買った服はだんごになってアゲハの青虫みたいな匂いで脳の中を占領している。服は好きで嬉しいのだ。だが喜びが少しでもはね上がると心は死んだ猫の事や「ジーンズ二本しか持っていないって買えよ」と「文学は駄目だ」の時評の人から言われた事などを思い出すのだ。「同年齢の人と同じだけの年収を筆で得られればその文学は意味あると認める——カサイキヨシ」数年前から私はパートタイムの人よりは「文学的には無意味ではない」であった。今年だけは「会社でずっと給料取ってる人」よりも意味があるのか。ジーンズ三本分の意味。たった何ヵ月かでリゾートマンション「買いませんか」の案内が来るようになる程の意味。「二十三区内の一軒家を即金で買う程の文学的意味はない」が、「野方で好きなだけ缶詰を買える」程の文学的意味、円高でイタリア製の象嵌のあるティーテーブルの文学的意味が低下し「イタリア家具は文学として無意味になってしまった」ので、でかい傷がついていて五千円だったので、「どうせ無傷のを買ってもドーラがすぐにカジカジするわ」と思って、「膝の上以外の場所に弁当を乗せて食いたいものだ」と思って、文学的消費税も百五十円払った。「なにもしてない」の定価が千六百円だったからハーレクイン文庫二、三冊よりは文学ですか。マルケスの本の値段は円高になっても変わらないわ。文学的な意味は世界情勢に影響されないんだなあ。「今は風邪引いて腰痛い時にタクシー代使って家に帰れるから嬉しいです」。「へええ、作家ってそんな程度のもんなんですかあ」。今年は洋服だけで百万円買いました。「六本木の女の子の一ヵ月の衣装代ね」。「昔からの読者です」と嘘を言って目茶苦茶な用事を頼みに来るのをやめろ。「華麗なる恋愛遍歴」の「美人女優」が「結婚を選択」したので「ショウノさん」と「対談」するのが「却って面白い」ってテレビ見てないからその人が子役の時の事しか知らない。顔写真が両極端で面白いからか。「もちろん彼女も読んでます」って「美人女優」が「好きな本ベストテン」を書いているの見たけど別に入ってないぞ。しかもその「美人女優」を撮影したカメラマンから「あの人は自分の世界にすぐ入れます」と言って「すぐ被写体の世界に入れない」私は比較されて「すぐに慣れます」と慰められたぞ。いつから私は被写体になったんだ。新宿歩いてたって誰も私の事なんか知らないってば。何年か前に一度行った医者から芥川賞おめでとうと言われたり、やはり一度だけあった近所の人から通りすがりに「テレビ出てるでしょう猫ちゃん預かってあげましょうか」と言われる程度だ。そんなので電話で睡眠不足にされる覚えはない。そうだよ電話なんか出るやつが馬鹿なのだ。でも電話がないと各種予約には不便だ。「電話抜きのファクシミリ付き電話」はありませんか。ああ「世界中でマトモなのは猫だけだ」でも猫は足を噛むし。

二年八ヵ月ぶりで帰省するというのでドラを二泊三日で、いつも行くお医者さんに預けたら三日間水だけ飲んで御飯を食べずおしっこも警戒してしなかったと言われた。鉄パイプの檻の中で真っ白なふかふかのトイレシートを敷いてもらって、ドラはぼーっとして座っていた。檻から出して連れて帰ろうとしたらがくと腰を落とし半尻尾（尾を半分だけ立てているのを勝手にこう呼ぶ、尾を立てているのは忠誠の印なのだそうだ）になって伸びをして出て来て、ペットキャリーに入れようとしたら急に他の檻に入った猫に凄んで唸り始めた。外の猫に二回噛まれて、一度は「死の淵から生還」してる癖に。変なとこで威張るな。「御飯食べないのはいますけど、おしっこもね、おなか空いてるのは見てて判った」。連れて帰ると、「しっこ、しっこ、わあん、わあん」と鳴いた。アクセントはいつもの尻上がりの鳴き方であった。「働くお母さん」に「慣らし保育ですね」と言われた。大体普段でも猫の散歩から帰って来たところをすかさず頭をなでて顔も少しかいてあげてあ可愛い可愛いと言ってやらないとパニックを起こす。私はこんなに甘やかした覚えはないぞ、甘やかして捨てるな。でも「愛のドーラは永遠に」だ。いや、永遠と書いた途端にどっかに行ってしまいそうで怖い。ドラが外出する時必ず「勝手にしろ」と言って出す事にしている。出来るだけべたべたしないようにもしている。前の猫がいなくなった日「気をつけて早く帰って」と言って出したらそれが別れになってしまったからだ。ドラのためにはもっと早く越すべきだったがキャトの思い出が染みついたここを離れられない上、ずっと忙しくて延び延びになっていた。洗ったタオルやシーツの上に駆け登って全部落とす事もしばしばなドラに、その時だけは心から本気で「公園に戻すぞ」と怒鳴ってしまう。すぐに反省するが。

広いところに変われればタオルもシーツも戸棚にしまえるのだ。ドラだって外へ運動に行かなくても済む。二間あれば足を嚙まれずに仕事出来る。二十七平米の広さがあるなら……。

「外を自由に歩けない可愛そうな猫」でも「変質者に殺されず子供に攫われず事故に遇わない猫」。「猫を外に出すな」と怒鳴り込まれたら怖い。この国には猫を飼っている人間にストレスをぶつけないと生きていけない人々がいる。隣のロックの人は打ち込みのドラムでヘヴィメタルのベースの練習をする。急にそうなったのは猫を飼っている事に気付いたから、ではないのか。「猫は弱みで罪悪、猫を飼っているから我慢する」か。

ドラはキャトのような放浪性はないらしいし、もともとどこかで飼われていていきなり捨てられたのだろうとしか思えない癖もあるし、室内にいる時間が前のと比べてあまりにも長いから室内だけでも暮らせるように思う。ドラがまた外の猫に噛まれるのも怖い。その上にマンションの下の店舗では敷石剝がす工事をあと一月はする。その音にドラが耳をぱっぱっ、と振り、「なんなーのよ」と私の顔を見上げ訴えて来る。振動のせいか電気のスイッチの接続も変になった。下のプールの凄い湿気、隣のマンションのごみ置き場の臭い。いやそんな事はどうでもいい。部屋の前で火を焚いて騒ぐ若者。前の路を早朝に通る叫び続ける人、深夜の酔っぱらい。三年前ここに入る時、部屋は私に入って下さい、と言っていた。それが今出ていってと頼んでいる。もう少しいようとすると何か起きる。出るべきだと思った。──室内はもう本と資料と着る物で流しの上まで収納になりコンビニ弁当を膝の上で食べる。二十平米ワンルーム、オートロック、人のプライバシーに踏み込むのが大層好きな管理人込み。寒く倒壊しやすいはねだしの二階の部屋に私はいる。始終雨漏り防止の工事をしている、共有スペースのコンクリートに厚板ガラスをふんだんにはめこんだ、築浅マンション。地震も近いしさすがに近所では面も割れてきたし。

「防犯防音でなんとかペットの飼えるマンションに引っ越せる程に意味のある文学」、「純文学なんてファシズムの多数派だわ面白いものがあってもいいのに、いいのに、私達被害者だわいじめないで、え、その本よんでないわ、でも私達って昔のユーミンみたいにマイナーで（ユーミンが「私はマイナー」だと対談で言ってたのを読んだ記憶が私にはある）弱者で抑圧されているの税金だって何億も払わされて」「何億もの税金を払う程有効な文学」。「評論家が時評やんないから無理にさせられてる」。――文学なんかどうでもいいと思っているなら文芸評論家やめてマンション評論とか地震評論とかすればいいと思う。今だったらサリンの評論がいいです。いつもいつもいつも「流行現象の前に文学は無力で」たまたま文学が流行しちゃうと「あれは文学ではない」。そこら中に溢れてるそういう慣用句を破るために文学があるのだと思っていたのに。

文学部の教授になって出世したいだけで文学は駄目だ駄目だという変な評論なんか書きやがってそんなに駄目だったら文学部で教育に専念していろ。そして黒板にこの授業は全部無駄ですだって文学は無意味なんだもーん、というステッカーでも作っててめえの給料明細と一緒にずっと貼っておけ。それでそんなに売れててあちこち出られるんだったら文芸誌なんか来るなよそいでまっとうなエンターテイメントのとこで文芸誌の関係者だからと言って恥知らずに不毛に偉そうにすんかよ。そいでまた純文学のとこ来てチャラチャラして売れっ子風ふかすんかよ。べぇーけろぉーめぃ。そうだ「文芸誌なんかムダでいらん」と言った編集者いたな。だったら五枚のエッセーでも文芸誌出身の私に頼むな。

「このだらだらした自慢の垂れ流しはまったく鼻持ちならない、しかし文学は売れておらず文学は不振である」。

レーヨンジーンズを買いに出ようと思ってワープロのディスプレイの上を蟻のように歩きながら活字の町に出るとそこは九〇年代そっくりの町なのに十代の子はヒステリックグラマーなどの服を着ているはずなのに結局七〇年代ファッションでツケマツゲでシニヨンでロンドンブーツだ。その癖レーヨンジーンズ穿いてるのがなんでやねんと思うがその方が似合う。レーヨンという素材がレトロだからなのか。そして今の子の七〇年代の方がスタイルがいいので「アメリカ」みたいだ。

ああ何の用もないのに町を歩いている。とてもうしろめたい。レーヨンジーンズを三本買ってからCDを七枚買いドラの好きな菊水丸のレコードを買い足す。ジーンズとCDを入れた紙袋を下げて芳林堂へ行き本を冷やかしてから文流で小海老のオリーブ煮と生ハムメロンとイカスミのリゾットを食べる。まるで仕送り直後の学生みたいだ。もうひとつ胃袋があれば隣のドンブリ民芸で天丼も食べるかもしれない、と思いながらもやはり次第に疲れて来た。家まで辿りつけるかどうか怖くなった。ひとりで行動したら外に出る事は出来るようになっているのだ、とやっと判ったが帰って来るとまた耳鳴りがひどくなっている。

洗うために三本のジーンズを袋から出した。そうだ、去年の五月十七日に三島賞を取ってからだ。ただ必要に迫られておぞましい程服を買ったのに、その時はただ布地が体を通り過ぎるようで何も感じなかった。ただ気が付くと初めて出掛けた場所で断られたり邪険にされたりする事がなくなっていた。今までは自分の性格や態度が悪いせいでぞんざいにされるのかと思っていたらなんだようするに身なりだけだ。普段着はまったく増えてなかったから初めて有効な買い物をしたような気がした。キャトを失った日々の上に肥満体ブランドと人アレルゲンと、針の痛みと耳鳴りが積もっていく。こまぎれの仕事と立て続けの電話。

引っ越し先は一LDKで今までの部屋の二・五倍の広さだ。だからなんなんだ。オートロックでテレビモニター付きでバブルの勢いで建てたのに不況なので部屋代が三万円下がっていて、仲介業者は律儀で丁寧な人でなぜ雑誌に載っている物件が全部「決まってしまいました」なのかも教えてくれて部屋捜しも引っ越しも今度はあまりにも楽だった。半円形の広いバルコニーのある分譲タイプのマンション、出窓は二ヵ所オーブンレンジ付きでタンスもふたつあってそこら中収納だらけジュータンはピンクでつくりつけのでかい本棚はグレー。だからなんなんだと、そうだよ、そんな広いとこ借りる気なかったよ、見てる時もタレント部屋だとか言って冷やかしてて、絨毯がベージュ、収納が柱で少しかけてる駅に近い方の四十平米の二DK借りようとして、ペット可の部屋捜しに方位まで凝ってはいくら部屋代の上限を上げても大変は大変だと判っていたから、殆どその地味なベージュの部屋に変わる積もりで家に間取りの図面のコピーを貰って帰って間取りの重心を調べて東西南北の線を引いたら「私にはこれくらいが丁度いい部屋」はトイレが鬼門だった。今の住まいはトイレが鬼門にあって、そう言えばあの引っ越しからどうも目の調子が悪い。気にすまいとすればする程気になり始めて鬼門のトイレは目に祟る、という意味の、風水のコバヤシサチアキの言葉の「五黄殺」と同じ位の迫力にいつしか脅えていた。でももうここを断ったらまた疲れるだけだし忙しいし、相手はまともで親切な業者だったので出来ればここで変わりたいと思いふと気付いて「私が入っても部屋に射竦められてしまう何のイメージも湧かない」方の部屋の重心を調べてから東西南北の線を引いて家相を見たらトイレがマンションには珍しく東だったので結局、そこを借りてしまった。——自慢するなだと自慢する程緊張感があったらこういう事は書かない。それに借りてからよくよく考えたら、多分、普通の「新婚用マンション」じゃないか、窓の外の景色もなんか地味だし。「六本木の女の子が十代で住む部屋の半分の広さ」だ。「缶詰が買いたい家賃が払えない、という言葉と同じようにこれはずーっと一続きのただの文章に過ぎないのだ」。やっと引っ越せるようになったのにキャトはいない。ペット禁止の時はキャトがいてキャトがいない時はペットは解禁だ。キャトを失ってドーラを得た。ドーラがいるからキャトを思い出す事が出来る。蓋をしていた心が少しずつ癒されてただそれはごまかしの癒しでしかなく、ごまかしでもあればましなのが現世だといいながら何かぼやけている。気が付いたらキャトよりもドラの方が長くなっている。

ドラが子供から攫われて来た方位は保護者や親に恵まれるという方位だった。子供に捨てられた上鷺宮東公園から、連れて来られた私の部屋までがまた保護者に恵まれる方位だった。方位を信じれば、私はドラの保護者でドラは恵まれて生涯無事という事になるのだった。そんなのはインチキだと判っているがそれでも信じたい。ああまたファクシミリが入った。ファクシミリなら少しも邪魔にならない。一度に十枚も来たらそれは嫌だが……。

こんな時間になんだと思ったらこの原稿の担当者のカゴシママサオさんだ。カワバタヤスナリで「生きているのに」という曲があるか、「竹の林に朝日が」というフレーズがあるかどうか、調べて欲しい、とこれを書き始める直前に頼んだのだ。なんであんな馬鹿な事を言ってしまったのか、でもいいんだもう一生人に笑われて暮らすんだから。

カワバタヤスナリ作詞、ホウジョウアキラ作曲「生きているのに」はあった。カルトな曲だろうか。歌詞は残っているのか。折角自己放棄をしたのに、また中途半端に悩みながら暮らさなくてはならない。「私記憶力いいの」。

昨年十一月十八日早朝、キャトの一回忌の日、事故の現場にキャトのペットキャリーを持って魂を連れ帰りに行った。暫く食物を供え好きだったスイトピーの花をちぎってキャリーに投げ入れ続けた。キャトのキャリーはやっと買った八千円のひどいピンク色のプラスチック製でもう蓋が歪んでしまっていた。部屋の中のキャトが寝ていた場所にキャトが死んでからもずっと置いてあった。そこへいつもドラが上がりたがった。猫にとってはいい場所だったのだろう。その一回忌の二、三日前、ドラが私の布団の上にとんでもない高いところからすとんと飛び下り、丸まって寝たと思ったら、ドラは、ワープロの上で起きていた。それで、キャトが帰ってきた、または帰りたがっていると思ったのだ。早朝の道は殺す殺されると叫びながら歩いている怖い人がいて、キャリーと皿とカニカマ・ササミ缶を置いてキャト、キャト、と泣いている私に絡んできた。が、ここで死んだ猫の霊を連れて帰りますと言うとびっくりしてどこかへ行った。それでも怖かったので早々に帰った。部屋に入るとキャトの寝ていた場所にドラがもう寝ていた。それから時々は夢現に猫の幻を見た。が、それはキャトのではなく知らない鯖猫の顔形をしていた。死んだらドラとキャトは私の現の中に入って来て、私はわたしで他の人達から見た夢とか記憶になってしまうのだと思う事と、今の猫を見て前の猫を思い出す事、猫を混ぜてしまう事で次第に私は治って行く。だが本質的には治らない。私は肯定的にゆっくりと死に近付いていく。私は引っ越す。この一年余計な世間を見てしまってまだ心は荒れている。書く時間はどんどんむしりとられてゆく。でも私は元に戻らずとも文章はまた元に戻る。きっと戻る。少くとも「売れなくて無意味になる程に」は。——「この非常時にねえ」という位には。

モイラの事

二〇〇四年三月二十四日がモイラの命日になった。死の直前まで、元気だった。五歳二ヵ月の突然死である。死因は心臓。レントゲンでも精密検査でも出て来ないような、ここ一、二週間の急激な変化により出来た血栓だそうだ。それは三箇所もあって、いきなり、短期間でいつ死んでもおかしくないような状態になったと推定される。血栓の根本的な原因は不明であるが、環境、食事、ストレス、飼い方等とは無関係なものだという。人間にたとえれば仮にたまたま救急病院の廊下で倒れてそのまま病室に運ばれたとしても助かる事は難しい症状とも言われた。予知、予防、治療不可能。元気な猫の突然死にはあるケースだという。猫の急な行方不明、家出等と思われているものの中にこういう例も含まれるのではないかと医師は言った。死の二日前、ワクチンを受けていた。体調がよさそうだったので他の三匹と一緒に注射して貰った。但しワクチンのショック死ならもっと早く来る。当日は医者に来て貰い健康相談をした。その時は何の心配もしてなかった。他の猫にはそれぞれ心配なところがあった。

肝臓の数値が少し気になる十一歳のドーラの相談をし、ギドウのアレルギーの相談をし、ルウルウの免疫低下故の抜け毛が落ちついて、一応心配がなくなった事を告げた。

家の猫は四匹全員が野良からの保護である。表面上だけでも人を警戒しないのはドーラとギドウだけ、モイラはギドウ、ルウルウと血が繋がっているのだけれど、他の二匹よりも一層野性が濃く、しかし健康だった。食欲はあるが美食家でもあり他の猫より何につけても健康であった。運動能力も抜群、他の子達が登らない場所に助走なしで跳んだ。能力ある分、人間に対する警戒心が強かったのか。野生だからこそ、人間の前では不調を見せなかったのか。

飼いはじめて最初の半年程、モイラは私を見ると常に走って隠れた。それから少しずつ逃げなくなり、ごくたまにおねだりもするようになった。二年目位からは、やっと目の前で、と言っても私がわざと離れた所で背中を向けているとこそこそトイレを使ったり物を食べたりするようになった。しかしそれでもこちらが振り返ったりそこに止まろうとするとたちまち縄張りにしている出窓のカーテンのところに隠れた。それまではトイレから逃げる気配とソファの下で物を食べる音が聞こえて来る故にモイラが無事と判る程度だった。ある時から鼻先に刺し身を置くと走り去らずその場にいて食べるようになった。といっても置いてすぐに私が立ち去らないと結局は逃げるのだ。でも慣れたのだった。それまではおねだりと言っても例えば焼いたカツオをねだっておいて、離れたところに置かせ、私に立ち去れと合図する感じだった。

引っ越し当初一度フェンスの隙間から外へ出てしまった事があったがすぐに戻ってきた。この場所は好きだった。私の側には来なくても頼っていたし最近では鳴いて顔を見る事さえあった。最初は排泄もいつしているのか殆ど判らなかったが、二年越えたあたりか私が昼間留守にし、帰って来てから少しして猫部屋を覗くと、トイレから走って去る姿が見えるようになった。私のいる時にウンコをする方が安心なのだろうかと思ったりした。

モイラは毛艶もよく筋肉質で目脂《めやに》も脱毛もなく、異様な短尾で体も小さく、普通の猫とどことなく違っていた。近所の人は後ろ姿を野兎と間違えると言った。猫というより別の野生動物のように思えた。ただ同居も三年半ばを過ぎ、やっとここ二ヵ月程、表情がルウやギドウに近いものになって、飼い猫らしい顔になってきたところだった。

真夜中に部屋に入っていって脅かさぬようにわざと後ろを向いていると、離れたところに出してある鈴のついた玩具で遊び始めたりした。遊びは深夜だけでその時に腹を観察すると腹毛も正常で健康であった。他の仲間と一緒にならなら、たまには側に寄ってくるようになったのもここ半年程、それでも私が一歩近寄るとたちまち逃げた。

雑司が谷の猫虐殺、猫白血病地帯に他の兄弟姉妹と共に生まれ、モイラの安住の地はここしかないはずだった。

窓の外を見たい、開けろと要求して鳴く声も漸く飼い猫らしくなったところだった。だがそれでも窓を開けた私が立ち去るまで近寄らない。こっそり戸を開けて様子を見ると一声鳴く。そういう時は何か欲しいので、私はモイラの好きなものを少しテリトリーに置いてまた立ち去った。人間を恐れるが故に生き延びた猫だろう。

一階の三匹は、以前住んでいたマンションのゴミ置場に他の住人がいつかせたもので、知り合った時にはすでにおとなだった。人間を根本的に信じていなかった。子猫の里親をまず探した後、残った子を地域猫にしようと思って雌二匹に不妊手術をした。するとルウルウは手術のショックか怯えてケージから出られなくなり、室内で保護するしかなくなってしまった。モイラは元気で、マンションの三階から脱出し、そのまま外にいた。地域猫計画は町内の多くに感謝されたが、一部に猫を殺すとか保健所に言うという人が現れるようになったので私は元猫のドーラとこの三匹を連れて脱出し佐倉に家を買った。外猫を連れて行く時は一匹ずつ騙して捕獲し、病院に預けた。その時のモイラは人を怖がり野生であるが故に却ってトリックにかかりやすく捕まえやすかった。というかその一瞬私をつい信じてしまったのか。

健康とはいえやや心配だったのは他の兄弟姉妹に比べて小さかった事で、手術後外にいたせいかとも思う。しかしどの医師も正常の範囲内と言った。佐倉に来てからも子猫と間違えられる事があった。モイラは気が荒いのではなく人間が怖いだけで攻撃性はなかった。通行人がかまおうとするとルウルウは怒るのだがモイラはすぐ逃げた。犬が来るとモイラだけは硬直して逃げられなくなる事にある時気付いた。犬を連れてうちの庭を覗く全ての人間を私は怒ったりした。

長いローンを払う事になった私が当面こころざしたのは彼らを無事に生かしておく事だけであった。

不妊去勢手術した猫を室内で飼い、腎臓病さえ注意すれば二十年生きる、これが私の「信仰」であった。つまり彼らはエイズ、白血病、FIPに冒されていなかったのだから。

人間用の塩分の濃い美食を与え続け、飼い主は始終長期旅行に出掛け、長年医者にかけなかった猫が十歳を越えてふいに腎臓病で死んだなどと聞くと、それならうちの猫達は二十歳はともかく十七、八歳までは絶対保証されるだろうなどと考えていた。

ドライフードはアメリカ製のや医者経由でしか手に入らない質のいいものをメインにして、缶詰はおかず的に与え、刺し身も一回に二切れまでが原則、庭にフェンスを切って日光浴、運動させる。外には最近昼寝と雨よけ用の小さい猫小屋を置いた。七歳までは医者には始終かけても、わがままさせておいたドーラも、千葉に来てからはこの規則下に置いた。それは私が地域猫にかかわる事によって得た「信仰」だった。

猫が庭にいる時は通行人に加害されぬよう出来るだけ監視した。本で猫の毒になる草花をチェックし部屋にも庭にも置かぬようにした。乱暴な若猫のいる一階には家電を極力置かず、感電防止のため、コードは全てパソコン用のプラスチックカバーで覆ってあった。

旅行には出なかった。仕事で金沢に一泊した事が一度だけあったが、その時は医師に世話を頼んだ。医師は猫達がどこに隠れたか判らないので困惑したようであった。

マスコミの取材等は無論断った。猫専門誌のものでも許さなかった。医師にも往診して貰い、猫袋越しに診察して貰っていたのは、やはり人間に慣れないからで、また猫はどんな理由であれ外へ出せば、いなくなったり怪我をしたりする可能性があると思い怖かったからだ。

まだ慣れていなかった頃のモイラが急に妙に頼る様子を見せた時は異変だと思い医者に来て貰った。往診を嫌がり走り回って、部屋中に軟便を飛び散らす様子を見て、医者は暑気あたりと判断した。そこで捕獲して注射を打って貰った。二日で治った。

郷里の法事も往復十時間で日帰りしていた。夜は一月に一、二回外出するだけだ。昼も仕事柄殆ど家にいた。その事をさして意識した事さえなかったのだ。親にも友達にもろくに会わなかった。しかし私はモイラの死に目に会えなかった。

三月二十二日、ワクチンをした日ギドウは疲れて寝てばかりいたが、モイラは平気だった。夕方からルウルウとふたりで猫小屋に立てこもりなかなか部屋に入らず、二十三日の朝はルウルウが魚味のカリカリを欲しがるので与えるとすかさずその尻をついて横取りし音をたてて食べた。その日は駅前に出てマグロを買ったので夕方はそれを食べた。刺し身も猫によって白身か赤身か、また少し温めて欲しい等の好みがあり、全員が気に入る事はなかなかないのだが珍しく四匹共が満足した。春先、また少し寒くなったのでモイラは冬中していたようにソファカバーの中に潜り込んだ。ギドウが寄り添ってソファカバー越しに体をくっつけてその日も寝ていた。しかし私が近づくとギドウがモイラから離れて私に寄ってきた。ふと思いついてソファカバーにくるまれたモイラの体を触った。すると逃げなかった。そこですっと撫でるといきなりカバーからいつものように飛び出して逃げた。ギドウと間違えていたのだと思った。

基本的に近づけない猫であった。触れる事は滅多にない。それまでは機嫌のいい時に鼻先足先を一瞬触れるだけで、ある時期、そろそろ慣れさせようと強いて背中に少しでも触れたら、発狂するような怒り方をした。本人のストレスになると思ったので無理にという事はそれ以後しなかった。

同じ兄弟でも最初はひきこもりだったルウルウは警戒心は抜けぬが、今では撫でられるのを喜んでいた。ギドウは頭が良くどうでるか判らないタイプだと前の医師には言われていたが、私には慣れている。ドーラは年とったせいでいつも飼い主と背中をくっつけ合っていたいという、前よりもまだ依存性の猫になって来た。

ソファカバーは無論、猫毛からソファを保護するためのものなのだがカバーを掛けると次々と下に入って寝る。潜るのが好きなのかと潜り布団を買ってやってもそこに入らない。ソファが汚れると困るので最初はソファの上からちょっと触って猫を追い出していた。しかし追い出すとモイラがあまりに慌てふためくのでストレスになると思い、やがて好きなようにさせた。猫同士の喧嘩で相手を苛《いじ》めた時以外モイラを怒るという事はまずなかった。私はただ言葉で叱るだけなのだが、モイラは叱られなれていないせいか動揺しやすかった。

慣れるきっかけはやはり刺し身を与える事と雷や花火等の怖い音がした時にすぐ駆けつけて慰める事であった。そういう時は離れたところで頼るような素振りをして逃げないのだ。慣れて貰う事とこっちが好かれる事が先決だった。だから触るのもほぼ諦めていた。それ故、ソファカバーの上から触れた時は嬉しかった。つまりギドウだと思えば触れさせるのだ。そう言えばこの群れから生まれて、里子に行った子猫達が最初そうだった。子猫をそういうふうにカーテン越しに触って、でも里親のところでその子が里親に慣れたのは十ヵ月後だった。長く愛護活動をやっている人でも家の猫話を聞くと驚く事があった。

モイラをこれからはギドウといる時にソファカバー越しに触ってやろうと思った次の日であった。

二十四日は雨がちで、昼近くに一旦やんだので戸を開けて彼らが運動に出られるようにした。モイラとギドウが外に出てしばらくするとギドウが外の猫をかまう時の声を出した。様子を見に行くと、モイラとギドウは通り過ぎたものを眺める恰好で並びギドウだけが鳴いていた。その日モイラはごく近くで私を見ても逃げず、なぜか少し困ったようにこっちを向いて座った。台所ならばおねだりのポーズだが庭では初めてだ。最近ごくたまにするようになった素振りだった。

いくつかの仕事を済ませ四時に家を出た、いつも五時に渡すフィレの猫缶を一時間早く、それぞれに配った。モイラはギドウが好むこの夕方のフィレ缶にまず口を付けず、深夜に配るDHA強化のゼリー缶の方と出し放しのカリカリを食べて過ごす。ゼリー缶はモイラのために始めたお夜食である。ソファに潜って寝ている上にギドウが乗っていた。猫缶を見てギドウがソファから下りたのですかさずモイラを触ると少し動いた。逃げだそうとしないので一層慣れたと思い、モイラご飯と呼んでからモイラの縄張りの出窓に彼女の分を置き、外出した。トイレは使ってあった。夜の外出なのでエアコンもホットカーペットもつけたままで出た。モイラもこれからは慣れるだろうと思った。

その日は長編小説「金毘羅《こんぴら》」の打ち上げをしてくれるというので東京まで出掛けた。四時に家を出て六時過ぎに目的地に着き、「すばる」の人達と食事して十時前に店を出、家に着いたのは十一時前だった。多くのトラブルが片付いた後で後は猫達と休養するだけだった。

やっぱり家が一番だと思い一階で湯を沸かしながら猫トイレを片付けた。ドーラが走ってきたので一瞬相手してから、十一時少し過ぎにいつもは十時過ぎあたりに配るゼリー缶を一口ずつ皿に乗せた。一階の猫達はそのまま寝ていた。ゼリー缶を開ける音でギドウがすぐ下りてきた。モイラは夕方と同じように、ギドウとくっつきあってソファカバーの下に丸くなっていた。触れたら暖かかった。妙な気がした。湯のガスを止め茶を淹《い》れず放置した。その後一、二分躊躇していた。というより怖かった。四時に触った時と感触が違っていた。もう一度触った。カバーを引きめくるとモイラは前足を折り畳みその上に顎を乗せ、後ろ足を軽く投げ出していた。ソファの隅に丸まったままの気楽な姿勢で薄目を開いていた。抱え上げると畳んだ毛布のようにそのまま持ち上がった。穏やかな顔のままだ。医者に電話したがなぜかその日は出ず、前に親切にして貰っていた東京の医者の携帯にかけた。瞳孔と心臓と呼吸の調べ方を教えてくれた。排泄物はなく、口に薄いピンク色の汁と粉がごく少量ついていた。分泌物のようであった。眠っていてそのまま息が絶えたのか、ギドウも気付かないでそのまま寄り添っていた。抱っこすると体も固まってなくて、そこで初めてモイラの体から小水だけが出てきた。まだ暖かく血尿でもない普通の尿だった。

東京の医師にもう一度電話で報告すると、もし無理であっても、病院にいくのなら夜間のところにいけと教えてくれた。夜間の病院はタクシーで二十分位のところで、連れて行くとやはり無理だと言われた。外見を見て触診もして貰ったが変なところはなかった。死んでから数時間もたってないと言われた。家を出た時はやはり生きていたのだろう。それからモイラの体をどうするかを決めた。

　突然死の原因を調べる事と、私や他の猫が納得行くようにモイラと別れる事の、折り合いを付けなければならなかったので、その場で一時間程医師と話し合った。死因を知るためには出来るだけ早く解剖するべきだが、事故死等ならともかく、こういう突然死だと他の兄弟との関係は多分ないのではというのが夜間医師の判断で、そうすると死の究明は飼い主の気持ちの解決、または猫データとしての意義という事になる。また今ここで解剖してしまえば普段のモイラの体調や性質を知っているホームドクターに外見を見て貰う事が出来なくなる。解剖された遺体と向き合って葬式をする事をどう考えるべきか。しかし死因の特定は難しいもので、一刻も早く解剖しなくてはいけないというところも大事である。

　感電等の事故だと口の中や口周りに火傷出血等の異変がある。しかしそれもない。中毒ともその時は考えたが葱や洗剤を私は放置しない。

　解剖までする人は十人にひとりだと医師は言った。また原因究明自体も飼い主の気持ちの問題だけなのだというふうに私はとった。突然死の原因はもし内臓にないとするなら、脳、脊髄、神経系等なのだ。もし内臓だけを検査し頭部はレントゲンだけに止めるならば、遺体に綿を詰め腹部を縫って生きた時の姿でお別れが出来る。しかし脳、脊髄等を調べるなら首を切り離し眼球を摘出し背中を抉るので遺体はぐさぐさになってしまう。それに脳や神経、胃、腸の解剖は、早くしないと駄目だという事らしかった。

今解剖したらもし原因が判ってもここでの別れになる。ばらばらになった遺体はそのまま火葬場に持っていくしかないからだ。立ち会うにしてもばたばたした状態で、万が一霊園との連絡不備が起こったりしたら、骨が帰ってこないケースもあるかもしれないと不安に苛《さいな》まれた。

一時間モイラを撫でたり医師に何度も質問したりして、結局モイラをそのまま家に連れ帰り、様子を普段から知っているホームドクターに外見からまず見て貰う事にした。触診、頭部レントゲン、開腹して内臓、その後検査センターで出来る限りの分析をして貰うと決定した。モイラは不妊手術を受けているので開腹はした事がある。しかし首や目や背中を切った姿にするのは耐えられないという理由を、夜間病院の医師に述べた。

とはいえ掛かりつけの医者には朝まで連絡がつかなかった。朝四時まで花と食べ物のお供えをし、モイラを抱っこしてお通夜をした。他の二匹は私の様子で異変に気付いたらしい。お別れのためにギドウに亡骸《なきがら》を見せると頭を擦りつけ、焦って噛もうとするので引き離した。ルウルウに見せると恐怖心を表しただけでたちまち離れた。朝いつもの先生にお願いして解剖の結果を待った。腹を縫われたモイラを新しい箱に入れ上に白い花束を乗せて医師は連れてきてくれた。

内臓には一見腫瘍、腹水、胸水等一切なく健康なものだった。組織は検査センターに送ると言われた。レントゲンはもう少し調べると言われた。その後脳のレントゲンは何の異常もなく、病理検査の結果も心臓の血栓しか死因と思われるものは発見出来なかった。しかしその時点ではまだ判っていなかったから、この判断で良かったのかどうか悲しみつつ悩んだ。

霊園に行く時間を決めそれまでに刺身を買って帰り箱の中に玩具毛布等を入れた。ホームドクターに紹介して貰った霊園の迎えが来るまで、玄関に箱を置きその側にいた。触っても大丈夫なようにしっかり処置してある、と言う言葉の通り、可哀相な事にはなっていなかった。触れると冷たいがまだ生き返ると思った。どうしてそう思うのか判らないが骨にするまで、ずっと生き返ると思っていた。

霊園の葬式のお経はテープだが、職員が唱和してくれ祭壇もちゃんとしたものだった。骨は刷毛《はけ》で細部まで全部拾ってくれた。焼き場で待っている時に生まれて初めて、ひとりでいる事が苦痛だと思った。それまではどんな時でもひとりでいたかったからだ。お通夜の時とお別れの時に号泣したのでもういいかと思ったがそれから四十九日あたりまで泣いたり寝込んだりふらふらしたりしていた。後悔しようにも防ぎようもなかった。それ故に考える事がなくて悲しみだけが来る。無常観と恐怖と、地獄のような感じ。ほんの数日前まで部屋で聴く雨の音が好きだったのに、その音が全部雷になって体に落ちて来る。

モイラが死んだ時、その場にいなかった事は無論自分としては心のこりである。しかし、人間に死期を知られたくなくて用心していたのかとも思う。ギドウと寄り添って寝ていて知らずにすっと死んだのだろう、苦しんだ後もない。しかし若過ぎる。というかひどすぎる。私の寿命を十年やって、猫を送ってすぐ後を追うのならそれでも良かったのに。

一ヵ月程は、今までの人生で死にたかった時したように、市販薬と大量の酒をずっと併用して持ちこたえた。最初は眠れなくなった。眠ろうとしていて、知らないところの景色が寝入りばなに出ると怖くて死にたくなる。寝ても起きても様々な色や形が全部怖い、但しそうして臥《ふ》せっていて、ある日怖い色や形が急になくなって視界が一点だけ水色になり、体が暖かくなりしばらく眠れた。起きるとドーラが枕の上に登り、私の肩のところに尻を当てて眠っていた。それから後はいつもその寝方をしてくれるようになった。

モイラの死の次の日、一階の猫にご飯を配ろうとすると、ひとり分不要なのが堪えがたかった。今までの三皿から二皿になってしまうので死にたくなった。それで元のように三皿作ってひとつを供えた。水も替えている。骨箱はペットキャリーに入れて、昼は出窓、夜は本棚、特に天気のいい朝は日当たりのいい床に移動させる。すべてモイラの場所だ。しかしトイレが二匹分になってしまったのはどうしようもない。

今なんとか生きているのはモイラが生きているという設定で自分を誤魔化して日を送っているからだ。しかし骨になっている。それ故何日前にモイラがいた、この事をしていた時はまだモイラが生きていた、またこの猫缶を買ったほんの何週間か前モイラは生きていた。そういう発想に襲われる。硬直する。力が抜けてしまう。モイラが消えてから時間が止まっている。用はあるはずなのに何もかも終わり切っている。力をくれるのは残った猫達だけだ。そして奇妙な事に何もかも嫌でも活字やパソコンはきちんと目に入ってくる。但し、それを読んでいる自分は半分死んでいる。

　自分に言い聞かせる。毒殺地帯に野良のまま置いたら一年で死んだだろう、五年生きて暖かいソファの上で兄弟といた。頭の中でそう納得しようとする。しかし感情も体も付いてこない。五年は短すぎる。触らせてもくれなかったが頼ってはくれた。抱っこ出来たのも死んでからだ。警戒しながらでも頼るしかなかったからかと思い返す。動作を思い出すだけで倒れてしまう。他の猫は無事だ。あらゆる防御をした。モイラが生きるはず、生きる権利のあった十年、または十五年を、どうやって暮らしたらいいのか。最初は見当がつかなかった。

　他の子がいる事が救いになった。それに書くことは出来る。文章は出るし文字は読めるのだ。つまり文章というものは自分の生死をも越えるもので自分で書いているのではないところがあるからだ。文が社会と絶望した人間とを繋ぐ魂の緒だからだ。論敵達にとってもモイラが死んだ事は気の毒な事だ。私は何の容赦もない。今の私には生温い感情がもうないからだ。モイラの脊髄を私は調べなかった。代わりに私の文章を差し出す。読者はこれを随意に検査すればいい。

本当は最近近くで撮れるようになったモイラの美人写真を表紙にして、この本を出すつもりでいたのだった。何も知らずつかのまの幸福に奢り、自分は貧乏だが猫的には長者だとも思っていた。猫にだけはこんなにツキのある私を見てくれといわんばかりに、猫写真も沢山入れるつもりだった。だが入稿の直前、——結局はこんな本になった。

今も、怖い夢や何かを引きずるような怖い音を聞き、目が覚める。ただざわめきの夢の中から「自分は生きたいです」という言葉が一度湧いてきた。自分で言っているとも思えないが夢の中で聞こえた。他の猫達が夢の中で言ったようにも思った。この言葉の力が、もっと続くようになればいいが。

書く事と、後の三名を無事見送る事、モイラの「世話をする事」、生きる目的がすっきりと定って心は静かなのに悲しみはとまらない。不意に「失踪」されるよりはこの方がいい。こういう運命の子だからこそ私のところに来て正解だったのだ、などと言う事は理屈ではあっても、別れは別れであり、生は生である。今のところは結局どうしようもない。

相当な時間が必要と思う。しかし後三名の盟友が私を助けてくれるし、どんな現状でも筆がある限り、私はそれを言葉で報告しようと思っている。

この街に、妻がいる

モイラが死んでから夢日記を付ける事も絶えがちになった。その死後半年間の夢はほぼ消えている。ただ、直後の、二、三日分がある。切れたとかげの尾が動くような感じで、なんとか、残す事が出来た。それは、壊れた祠《ほこら》に壊れた石像があるというような、また壊れた墓石と壊れた道祖神があるというような。

その後しばらくは記さなくなった。何もかも出来なくなってただ他の猫の世話をし、書くことを書いていた。新聞を読まない、夢日記を付けないというのは私にとって、現《うつつ》の世界にいないというのに近いものがあった。一方、小説を書くことと他の猫の世話をする事、モイラのお供養をする事は出来た。当時はまだ論争も残っていたから、それもやった。文は絶望した人を社会に、繋ぎ留めるらしい。ただの消費物としてだけではなく、読者は私の本を待っていたし（少数だけど）。何よりも小説には生死を越えたところがある。それが私の、（なぜかとかげの尻尾から生えてきてしまった）とかげの胴体であった。論争の方がとうに終わってからも、不快な事件が、次々と起こった。それにも平然と対処出来た。感情は動かず、ただ流しにぼうふらが湧き、猫の持ち込んだとかげを、追い出す能力もなくなり、口角炎で唇の端が切れると流血した。何か痛いと思うと足の爪が剝がれていた。繰り返し物にぶつかるのだった。

そんな期間、私はただ自傷のようにパソコンを付けネットを繰り返し見た。するとネットの中では私の作品やした事がちゃんと生きていて、読者が私の名を呼ぶたびに過去の、或いは今現在物を書いているだけの、私の姿が蘇った。その中で様々な事を考えながら少しずつ生の世界に戻っていった。というか未だに生と死の混じり合ったようなところから物を見ている。

私の作品や行いや噂は、読者の目に、怨霊にも御霊にも見えるようであった。でも相手だってこちらから見たらただ魂だけなのだ。イタコの口寄せに出る死人のようなもの。

ネットは自由過ぎて、あらゆるものが混じっていると思える、ところだった。嘘も間違いも宣伝もあるし、狂人もいた。私は一切書き込みをせずに検索をかけ、ただ名を呼ばれたところに出掛けていった。私は彼らにとって死者なのだから、相手の言葉を読むだけで、音を立てなかった。死者が死者であると見くびっているもののところをも訪問した。

名を呼ばれた先で、思いも掛けず、知人の本音に出会う事もあった。私は相手の気持ちを知らなかったのだ。また中には有名文化人や職人的映画監督の名を名乗る日記もあった。しかしそれが本物かどうかは判らなかった。

ましてや素人のブログのコメント欄に現れて子供っぽい罵倒を繰り返したり、マナー違反的コメント削除を繰り返したりしている、著名研究者の書き込みなど、本人かどうか、確かめるすべはない。

ブログ等を見ると、自分の本の読者様ははっきり私より頭良かった。読書もネットも「他者」との出会いのためという人がいた。小説は全部虚構として読むという人も。メタや表徴という言葉を正しく使える人々、彼らがニュー評論家と違う点は、西哲では不足だから現代文学を読む、と言っている事。

今はもうネットを見る回数は随分減った。名前を呼ばれても聞こえない日が多い。そもそもパソコンが、スパイウェア防止ソフトまでも搭載しているのに、おかしくなって来た。一番面白いというか珍妙な壊れ方は、検索や選択の欄がスロットマシンのように回る事だ。なかなか望む項目がクリック出来ない。機嫌が悪くなるとこの機械は「ぐるぐるする」のである。気が付くと、ツールバーのところの機能を記すマークが沢山になっていたり、いくつも落ちたまま動いていたりする。その一方メールの検索は掛からなくなっている。

いくらスキャンしてもウィルスは出てこない。そして嫌いなお菜を食べさせられる子供のように、お椀を箸で突っ付きながら下を向くようにして、とろとろと機械は働いている。そしてこの機械はたまによく働くと本当に変なものばかり見つけてくれるのである。

この前はブログで自己語り出来るからもう小説家にならない、他人の自己表現などに付き合えるものかと言っている人物を見た。しかし自己語りをそのまま作品化する度胸なんて私にはないねえ。だって要は読者の「私」の下に作者の「私」があり、さらにその下方に小説の『私』があるのだから。作中の『私』は、ボロボロの、死ぬまで使役される身代わり地蔵のようだ。それに、(今のところは) 小説の中にいる死霊的私と作家になって税金取られている国籍のある私が、ぴったり重なり合う小説なんて珍しいんじゃないの。

自己の内面なんかいくら密室で勝手に語ったってなかなか出てこないよ。そもそも人に読まれ使われる内面は「さらされる」苦行で、生きながら変形してくるものだからね。しかし一方、内面というもの自体は実際、存在している。そして唯物史観を使った宗教史の本の中に私はその根拠を見出し、というより自分と引き比べ共感して、「金毘羅」という小説を書いた。普遍性と共感性を持たせるため民俗学のコードを使いながら、妖怪もどきな「私」の出生シーンを出した。でも生まれた時の事なんか一切覚えてない。三島がどうだったのかもわからないし。

西洋文明さえ行き詰まっている時に、別にル・クレジオでなくても、近代や自我の問いなおしをしてみるのは意味のある事だ。「日本近代文学の起源」を初めとする、近代的自我がどうこうというネタ的議論と、そこから劣化した素人評論の描く文学の構図と、文学の現場のずれとがあまりにひどいので、二年程前から、私は仏教的自我という言葉を勝手に拵《こしら》えてそれで近代文学にまつわるネタ話共を相対化している。一方、連中のでっちあげた文学の構図に、私の小説は入っていない。私をない事にしてすべては進行している。私の最近作も読んでいない。その癖こっちの名前だけは呼んでくるのである。

他国の非常時、自国の派兵時に、文学は何も出来ないではないかとひたすら責めつづけながら名前を呼んでいるサイトがあった。いいがかり、すごいよね。そりゃもう、言ってるやつこそ未来の戦犯じゃね？　だってその時いきなり私は派兵の小説を書いていましたよ。

つまり、そうやって文学を責めつづけているブロガーを覚醒させた「正しい」ご本というのは、私のプチ論敵のひとりが書いたものだからね。その論敵はかつて文学は売れないから駄目だと言い続けていたのだが、誰やらにその件でさんざん批判され、その上最近少女作家の本が売れてしまったせいで、その類《たぐい》のいちゃもんを付けるのを諦めている。また、このお方は昔は写真のチャイルドポルノが載る雑誌を拵えていた人物で、それを座談で公に喋りながら子供の教育問題も論ずるお方である。そんなやつ信じてどうするんだよ、というフレーズがでも、ネットには響かない。

本当かどうか判らない上に細かい事ばっかり書いている「私小説まがい（？）」なんか不要だと彼らは言う。ふん、でも戦争は小さいものを黙らせてから正体を見せるのさ。そしてもっと大きな問題に目を向けてくれ、総合的な事を、全体を、一言で語れ、定義について語れ、この非常時に、とウソつき連中から私は要求されていて、その一方なぜか今後私の本は読まないとも向こう様は宣言しているのである。だったら例えばこの作中で定義に就いて語ったって、派兵の小説を書いていたって、何も語らなくたって相手には届かない。そしてもちろん、私はただただ、この非常時にっ、国家のお役にも立たない、つまりはそこから、戦争の芽吹いてくる「小さい」問題にこだわり続けるだけだ。

ある時、戦後からずっと政治問題について驚く程に、戦慄する程に、言論の自由があった某文芸誌が、この「他国の非常時に文学はっ」先生が現れてから、大言壮語する当の相手の、足場も問えない程に不自由な所になった。その雑誌だけがまったく「軍国体制下」になってしまったのだ。文学が文学でなくなるとは、私にとってはそういう事だった。

どんな大問題も誰が言っているか、何のために言っているか、どういう状況で目線で言っているかをこの「私小説バカ女」は妙に気にするのである。例えば憲法の改正にいちいち本質論を持ち出さない。なぜなら改正を手掛けようとして、本質を問う政治家が信用出来ないから、物事の本質など利権側のご都合の前に押しつぶされてしまうと判っている状況では、どんな本質論も不毛だから。そして文学の定義を問うものに回答は要らない。なぜなら生きた文学がその答えでありそれは多様だから、もし統一定義を求めているならそれは頽廃芸術を指弾したヒトラーのような、ファシズムの仮面に過ぎないから。というより、世界の本質が隠された今の時代、ただ市場原理だけが動いている時に、本質を求めるものは市場原理を正当化したいだけである場合があるから。何よりも当人の死後までも残る独自な仕事の手を止めさせてまで、読みもしないバカ共に答える必要のない事だからだ。というか。

　そんな大層な大問題をお偉いのに興味もない癖に女衒面《ぜげんづら》してわざわざ心配しに来ているのは、どういうお方なのか。何をして来たのか。私は視野の広くない事しか考えない。でも一般論で言う。

　人間の生身の子供をモデルに使った写真で性商売をした人間にも人権はある。しかし彼らが文学に事寄せて、それで児童文学や児童教育に関与して来て、そのために言論弾圧までかけて来るのなら私は抵抗する。無論、反国家の印にでもお耽美の耽溺にでも、どんな卑劣な空想スケベ小説を書いてもそれは芸のうちだ。中にはきっと百年残るものだってある事であろう。だけれども、それとこれとは違う。

　ドストエフスキーの登場人物は確かこのような事を言っていた。もし、ひとりの子供の悲しみ、涙の上に完全な天国のような世界がうちたてられたとしても、自分はそんなところには住みたくないと、少女を殺したとまで疑われている、ドストエフスキー本人の書いた人物が。私は想像する。子供の涙で飯を食った人間が子供の教育問題に関与する近未来、そこで文学は「もっと社会に奉仕しろ」と命令されるのだ。そして「生命とは何か、ひとことで言ってみろ」と命令されて答えられなかったら、現に生きている生命でももう

「ない」事にされて殺されるのだ。本質論がそうやって使われる世界。戦後カストリ雑誌を作っていた吉行淳之介は国家の命令なんか嫌いだったろう。「ぼくらの」煽り屋の命令を聞かない事も私の文学だ。理屈屋の煽りは、多くの運動から善人を遠ざける。

一方、ドストエフスキーの登場人物はこうも言っているのだ、自分が一杯のお茶を飲むためなら世界なんか滅んでもいいと。あらゆる基準で、世界は動いている。

ひとり、個人から語るとはそういう事だ。どんな大義でも国家の側からは語らない。それこそが憲法と文学だ。自分で考える人間にしかそんな文学は使用出来ない。

というその一方、この文章なんて結構有効だ。というのも、もしも今が第二次大戦下なら、「この非常時に文学はっ」とさぞかし叫びながら少国民のご賛同を得ているような、そんなカリスマ様の仮面を引っぱがして、絶叫する「軍国体制下」とやらの正しい若者に冷や水を浴びせる程度の事はこうして、出来るからだ。足元から語る事は卑小で「不毛」で、何もかも「台無し」にしてしまうものだから。

そして同時にそれが独自の言語芸術になってくれるのなら、まったく効率のいい事でもある。どんなに罵られても、嫌がられても、「それを言う」、自我の足場を問いつづけ、あげつらう事、これが私のサイドストーリー、というか、主要テーマのスープと付け合わせになって行くだろう。

この三月に五十歳になったせいで、やっと十代の時に自分がプロポーズされた事があるという不可解な体験を文字にすることが出来た。新刊の後書きに二行だけ書いた。五十にならなければとても書けなかっただろう。相手は二十代前半、人中で二回ちらりと会っただけの、内気な理系男性、というか私は中一からハムをやっていたので。別にロリコンという程のものでもない、まさに気の弱い兄ちゃんの青田刈りであろうし「ご依頼」も電波に乗せたものだったから。

最初は冗談だと思っていた。家事をしなくてもいいし、実家に入り浸って一週間に二日とか「おうちに帰っててもぜんぜん平気だから」などと言うけれども、こちらはまだ十五、六。「おとな」から下手に出られたのだから冗談だって大得意で全否定するわ、高笑いするわ、しかしついに相手が怒ったので仰天した。

うわっ冗談じゃなかったのだと悟ったのだ。それからはおとなが怖くなってしまった。親にもいわなかった、というかなかった事にした。だって接触もないし、一緒にご飯を食べた事もないし。私はオレ的将来として「宇宙に行く」事になっていたし。まあその宇宙というのはナサとかそんな感じでなくもっと夢の中で。子供の頭の中には議事堂はなくて、宇宙があった。

それはずっとうまく思い出す事も出来ない微妙な問題であった。でも今、その状況というか当時の私の置かれた場所というものがやっと判るような気がしたのだった。要するにいい一国民」。

私は資材だったのだ。使用出来る資材。丈夫そうな、「どれでもいいけどこれもなかなか

……少しずつ私はパソコンから離れていく。なんと言っても目が悪くなってきたから、そして、モイラの死も少しずつ「判って」きたから。まあだからと言って、彼女のいない世界に慣れたという事ではない。ただ、モイラがいないという事を「直視」してるのだ。でも、そう、直視にはカッコがついている。つまり、科学的に生物学的に死んだと割り切って、すっぱりと直視するという事は結局出来ないから。いろいろ考えて、ないはずの死後の世界とか自分が死ぬとしたらという事も含め、夢とか記憶も自分の人生の一部に含め、歳月を毎日繰り返して、少しずつ前に進んでやっと判ってきたのだ。揺り戻しもあったし、混乱もあったし、疲れで根本的に虚《むな》しくなる事もあったけれど、自分の中で生と死の位置が少しずつ定まってきた。猫さえ看取って無事に全員の天寿をまっとうさせれば、後は死んでも構わないとモイラに死なれるまではよく、平気で思っていた。でも今は猫を全員送ってから、命があるのならちゃんと使い切って生きようと思っている（まあ、それも揺れているけど）。

どの猫が死んでもまたもう一度苦しむのだろうと思っている。それどころか自分だって死ぬかもしれないのに。平気で未来を考える。しかしどうせそんなもの、さして、ないの

だ。

　私の思考が乗っているのは小さい乗物だ。でも別に小乗仏教みたいに頭の程度の高いやつではない。小さい納得を乗せて少し進む。その納得を取り落としてまた拾って進む。肉体、欲望、迷いの混乱も全部引きずっていく。憤怒しながら。本当は私の好きな権現信仰だって、宗教史で言えばもっと大きな乗物、大乗仏教の側なんだけれど。でも私はそれも個人の狭い世界に閉じ込めてしまう。

　モイラが死んでから二年半が経つ。そしていつまた、こう書いている次の日、他の家族に死なれてしまうかもしれないのだと判っている。だけれども私は今では思わず平気で「明日をも知れない」この家族たちに叫んでいる。

「これっ、ドーラ、網戸に爪引っかけるな！　ギドウは、ルウルウを苛めるな！　ルウルウ今忙しいのっ！　待ってて っ！」などと、猫にぽんぽんと。そして網戸を全部外し、ギドウの尻をふき（庭に出ていたので毛になめくじがついている）、ルウルウの持ち込んだトカゲを網で捕まえ、庭のラティスに絡めたジャスミンの叢《くさむら》の中に放り込む。そんな時はもう生きている自分を疑いもしない。景色や風や、そんなものまで生きていると思う。

　夏のジャスミンの葉の色は濃い、ほそい蔓まで鉱物のように強靱に見える。小さい竜のような精巧なトカゲ達が、なぜそこを気に入っているのかはよく判らない。朝起きるといる。とても軽いはずの、植物に乗って半身を出している。前足を曲げ、柔らかい喉首を伸ばしている。あまり逃げないのもいる。同じトカゲではないと思う。始終殺されるから。
ジャスミンの株はモイラが死んだ時にいただいたお供えの寄せ植えの中にあった。その時は小さくて掌に載った。他にも綺麗な花が沢山入っていたのに残せたのはこれだけだ。貰った時、それには、白の中に濃い紅色のある花が咲いていた。

何もかも放棄していた時で寄せ植えに水をやる気力を失っていた。それでもそのジャスミンだけなぜか生き延びた。猫には良くない植物、それ故にフェンス外の小さい鉢にまず植え替えた。年を越えてもそれは育ち続けた。野菜や果物をそこに活《い》けて何回か大きい鉢に替えた。一度ついに枯らしたと思ったらまた蘇ってきた。あらゆるところに絡んだ。煉瓦の上にも、放置した空の鉢の下からも蔓の先が出てくる。二年半でそれは巨大になり、今では時々、株全体が、内側からわさわさと動いているような気がする事さえある。朝露を宿し、時に風に吹き千切られるその茂みの中からは、いくらでも、トカゲが湧いてきた。

トカゲは猫フェンスを越えて庭に入ってきて、まずルウルウに尻尾を切られ、部屋に持ち込まれる。尾の切れた状態でショックのせいなのかじっとして逃げないのもいるし、私が捕まえそこねても朝を迎えて、猫トイレの隙間からさっと逃げるのもいる。

捕らえて、一旦放してもまた来て、カーペットの脇で死んでいるのもいる。ひとつの鉢が好きでそこから動かないのもいる。

朝と夜、猫の毛に包まれたトカゲの尾が落ちているのを拾う。細く、ぽろりとして、猫糞のかけらと見間違えそうだが、やはり肉質の強《こわ》さやいきおいでそれと判る。赤い汁が付いている。直接触れない。昔小学生の男の子が錐の鞘になるぞと言っていたその尾の裏側には、自分の歯の付け根からニボシのウロコでもぞぞっと湧いて来そうな程に、細かい黄色い鱗が固まっている。死んでも一枚も剝がれないのかと思う。

モイラの死後一年程してからまた定期的に夢日記を付ける努力をしはじめた。それでも何かある度に途切れてしまう。神社や水晶の夢を見た時だけはなんとか付ける。復活してきているけれど完全には元に戻らない。ここのところ少し気になったのは、普段使っている鍋の中で、「水晶の水の上から水晶の火が燃えはじめた」夢。

日記の復活はモイラが夢に出てきてからだった。だが、最初に出てきた日の日にちは記録にない。モイラが、何度か夢に出て、いくつものモイラの夢が溜まり、それでやっと付けようという気になったのだ。でも、小説と違って、日常の記録をいくら付けても、その中にモイラが宿るわけではない。私はただ夢を見ただけなのだから。

最初、モイラは夢の中をさっと通り過ぎるだけであった。ただ覚め際に台所の床からこっちに走ってきたり、もっと本当の覚め際に顔だけ見えたりした。やがて猫は場面の中に出てくるようになった。でもその時はなぜか生きていた時よりも大きくなって、人なつこい猫になってしまっていた。「立派になって」と私は（救われて）言った。

モイラの骨は、ペットキャリーの中に骨壺を入れたままにした。墓は作らない。一緒に暮らすのだ。猫の要るものも全部そこに入れて、朝晩他の子の食べるものを分けて供え、まだ供養している。

夢を見た後モイラに会ったという感触は日常に残った。お供養の方では、モイラのためにお供え物や新しい玩具を買う事で、生きているようにふと錯覚出来た。でもそれでも結局辛いのは続いた。

一番古い猫のドーラは基本、私と一緒に寝る気のないやつなのだけれど、モイラの死後、私が参っている時はちゃんと側に来た。

その後、モイラの骨壺の入ったキャリーに、光る星梅鉢の紋が転がって入っていく夢を見た時、辛いのが救われるだろうかという、根拠のない希望が湧いて出たのだった。

今でも夢の中に、日常モイラに供えているものやキャリーが出てくると、それがただの夢ではないとつい考えてしまう。単なる心理的なものだと判っていても、自分ひとりの生活の中で、夢と現を結び付けて私は生きている。夢の中のモイラの様子を見て、生魚のお供えはもういらないのだと判って止めてみたりして。

モイラの魂が少しずつ「神様」のようになって行くと思う。キリスト教だったらそんな事は絶対に考えないだろう。でも宗教史の本から自覚したのは、自分の死生観ではどんな魂も動物も仏に至る進化の道だという事なのである。私は肉食しているし、すぐに怒るし、論争など仏教から見れば我執である。それなのにそう思う。人から神に、神から仏に至る道がある。それが権現の道なのだと勝手に思っている。神仏習合の理論自体とも違うところが多いに決まっているけれど。ともかく、啓示宗教と違う心を、私は持っている。

モイラがもう「権現様」になったかとも思い、猫缶の代わりに干し海老や鰹節を供えた時、むしろ普段の猫缶だけ沢山欲しがっている、必要だという夢を見たりするのだった。骨の入ったキャリーをもうどこかにしまおうかと思った日には、トイレのない部屋で、庭に下りたそうにしているモイラを見た。お供えに足りなかったものに気づいていた。それからはキャリーの下にペットシーツを敷いて毎日取り替えた。死んでからおしっこをしていなかったのだ。謝った。そういう事があってまだ骨壺は本棚の上にある。そう言えば最近、モイラが出てこない、でもモイラの夢だ、と思える夢を見た。

……様々な神秘的な自然現象の中を抜けて、夢の中の私は知らない街をさ迷っていた。道がいり組んでいるわけでもない平面、ただそこには様々な天候が一度にあった。また夜も昼も朝も夕も入り交じっていた。すべてひとつの平面の中にあった。

私はその中を潜《くぐ》り抜けて家に帰っていた。それは昔の家、というだけで心地よいという事しか判らなかった。

抽象的な設定が直接肌に触れて来るような、いり混じっているものが混濁しないで共存しているような、そうとしか形容出来ない夢であった。いつしか、昔の家の広い部屋にいた。

そこは明るくて静かで大きな部屋、何か大きな物体が宙に浮いていた。

それは鍵穴の形をした巨大な真鍮《しんちゅう》の鍵、醒めた金色に鈍く光りながら、ぐらり、と動きまた、ぐらり、と動き。しかも、――。

パイプオルガンの音が響き渡っていた。この鍵はでも、ドアを開けるための鍵ではない、舞台の代わりに使う。だって厚さは二十センチ以上、直径は一・五メートル以上、厚みのところに稚拙な、何か型抜きしたような唐草と籠目の模様の彫刻があるし、――。

やがて判った。私が潜り抜けて来た街の中に、誰かが始終やって来て自分の連れ合いを探しているのである。その誰かの姿がふっと見えた。年配のあたまの真っ白な男だった。

男はそこで御者の恰好をしながら馬車を待っていた。馬車が来たけれどそれには馬がなかった。彼はしかし、穏やかな納得した顔でこのように言った。

「この街に、妻がいる」、と。

自分は妻を探しにこの街に来る。会えないけど、いる。この街に妻がいる。起きた時確かに信じられた。死んだ猫がモイラが近くにいる事を。ごく近いのだ。私が抜けてきた街もモイラのいる街だった。そしてその街は目が覚めた私のいる街でもあった。だけれどもそれは私が死に向かっているという事ではない。いつだってモイラはいる。ただ二本の筒のように、違う時間の流れの中にもういるのである。私とモイラの時間の筒はもう繋がらない。だけれどもモイラはいる。いつかは私もあの街に迷い込むけれど、それでもモイラがいるという事だけは今でも、生きていても、会えなくても、こっちにいても、感じられる。というかこれで私のいるところと「街」は繋がったのだ。

でも、その時にはっとした、妻を失った知り合いや身内の男性を思い出して。それ故日付と共にその夢を記した。しかしそれからまた夢日記を付けなくなった。ずっと日は過ぎた。それに不吉な感じの夢を見てももう驚かなかった。自分が死ぬというような夢なら始終見るから。

六月の五日、新聞をまた読まずにいて、夢の二日後に三枝和子氏の仏教の師であり、配偶者である、（言うまでもなく評論家の）森川達也氏がなくなられていた事を教えられた。記事が出たのもずっと後であった。以前、私は三枝氏の告別式で、森川氏のお考えに従って弔辞を捧げていた。無論、その事と夢は関係ない。お通夜は身内の方々でなさった後であり、告別式は兵庫、ご夫妻には子供がなかったので喪主はお寺の跡を継いだ和尚さんになっていた。お寺に電話してお花をお供えしようと思ったら、場所がもう一杯という事だったので電報だけお送りした。ただ森川氏に頂いた評論集、『いのちと〈永遠〉』を手にとって見た。そして気がついた。

三枝氏が「仏教」について生前語られていた時、私はまるっきり興味がなかった。それなのに今、近代の相対化とか宗教の問題とか、言っているのである。森川氏が大乗起信論の講義をされた時のエピソードやその難解な書物から抜粋して一般向きに解説なさった、一連のエッセイをまた読んでみた。やはり判らないところが多かったのだ。というか、私は憤怒しながら現世を生きていて土俗のお供養みたいなものと唯物史観的な宗教史から自分のあり方を把握しているのだ。しかし氏は本物の仏教の師であり、というか私の敬愛した人の師匠であり、名刹の僧侶である。

大乗起信論とは「末世」に危機感を抱いた馬鳴《めみよう》菩薩が二世紀に衆生の事を考えて書いたとも言われている。非常に難解だが古今の多くの思想家が引かれずにはいられなかった。それを氏は平易な言葉で解きあかしておられ、一般の人々が興味を持つようになのか、時事問題に事寄せて説教しておられた。大きな乗物のようなその世界は私のような視野の狭い人間には一見付いていけないように見えた。しかし今自分が生きている事も相対化しながら、ひとつの意識の到達点として見れば、大慈、大悲も、見えるような気がした。森川氏によれば、それは普通に、現代人の心の中にも現れるという。

とはいえ仏教的自我と称して私が設定した自我というのは、仏教の核心にある難解なものではなく、仏教国であった歴史からのものだ。人間の経済原理の発展段階と自我の発展段階を呼応させたものだ。目の前の乱世では大慈は市場原理に覆われているし、もし今私が大きなものに身をゆだねると称して怒るのを止めたら、それはただの甘えだ。だけれども、運命があらゆる間隙をぬってするひどい事も、最終的にはバランスが取れるというイメージだけは、自分も一生取り出せない心の底にならば、持っているような気がしてきた。そこには議事堂ではなくてただ「宇宙」があった。

私が一番優しい顔付きをしている時はカメラマンに言わせれば猫の話をした時。だけれども、たまに会う年上の評論家に「今日は優しい顔してるね」と言われた日は、一番過激な方法で論争をしかけようとしていた時なのである。不幸の中で「宇宙」は自分の顔の中に、浮かんでくるものかもしれなかった。小我の中で「つとめ」ている本人から一番遠いところで。

氏のエッセイには三枝和子さんの、仏教にはさむ疑問が何度も現れる。動物を愛していた三枝さんが、現存の仏教の女性差別に怒り、仏教の衆生に犬猫は入るかと尋ね、生き物の不幸に声を上げて泣くというエピソードがある。ずれているのは判っているけれども、私は権現という単語をつい連想した。仏教に三枝和子氏という権現が乱入して、それで難解な論に生命が宿る。

男と、私の抜けてきた「妻のいる街」、妻のいる、モイラのいる街を私がさらに夢に見るという事はもう、二度とないだろう。だけれどもあの街があってそこにモイラがいたという感触は未だに残っている。そうして、私はただ呪文のように繰り返してみる。

この街に、妻がいる。この街に、妻がいる。この街に、――。

後書き　家路、――それは猫へ続く道

気に入った建て売りも十七年目に入る。少しぼろっとしてきた。今の気分には合う。ローンは一度繰り上げ返済した。しかしまだまだ続く、但し私が死ねば生命保険により清算されるそうだ。それでも家は遺産として残るらしい。確かマイケル・ムーアが非難していた方法である。ならば、阿漕《あこぎ》なのか？　そうかもしれない。でもそれだと、もし猫が後に残っても、なんとかしてここに住みつづける事が出来るかもしれないから、まあどっちにしろ。

猫は私を仮住まいさせなかった。私よりずっと短命なくせに彼らは……。一匹、また一匹仲間を失うたびに、私は自虐的逃走を試みた。キャトを失ったときは、仕事に逃げた、モイラを失った時は、編集者に助けられた、ルウルウ（八歳）の時は現代思想の特集等に出て、哲学という困難なものに身を晒して耐えた。――ルウルウが先天性多発性嚢胞《のうほう》腎という千匹に一匹の病と知ったのは、つい最近である。当時は大病院なのに、また透析までしたのに、病名が付かなかった。腎臓がなおったのに急に心臓が止まって、死んでしまったのだ。二匹の名前をいまも呼ぶし毎日お供えする。命日は良い花を買って御馳走をして、お経を読む。

　ドーラは十七歳八ヵ月で天に帰った。癲癇《てんかん》も痴呆も乗り越えて穏やかな日々だった。しかし猛暑の年、特発性乳糜《にゅうび》胸で、あっという間だった。とはいえ、苦しまぬ最後、私の、膝の上で去った。前夜まで好物を口にし、最後まで自分でトイレに立っていた。私は昼間が耐えきれず大学の特任教授になった。学生と喋っていると気がまぎれた。またむしろ自分が大変勉強になり、労働小説も書けるようになった。

　当時のギドウはまだ若く台所の孤独を好んでいて二十四時間の介護なども必要なかった。創作文芸を五年教えた。するとその間に、ギドウはいつしか年をとり、左膝関節の炎症のため不断の看病が必要となった。今は私を頼る。よたよた歩けるけど、昇降は抱っこ移動、つまり飼い主と一体化した伴侶猫である。ドーラは十五歳で病になったけれど、ギドウの場合は十一歳から甲状腺機能亢進《こうしん》症とも判明している。しかしそれは今は薬だけでうまく治っていて、この正月十八歳になった。この病の、発症から通常想定される余命よりも、はるかに長く生きている。というか希望のある病だと私は信じている。

「猫のお蔭で手に入れた」田舎の広いお風呂、「ギドウさんがいて、良かった」といいながら風呂場のドアを開けると、たまに洗面所でちんまりと見上げている。

　さすがに年なので、普段はソファの奥などで過ごす事が増えている。しかしトイレの後は老いてはいるものの見事にダッシュする。裏庭とか前庭とかいうには狭すぎるが、どちらの見張りもかつてのボスの役目、猫小屋で爪も研ぐ。しかし薬とサプリは六種類。投薬は四回にわけて吐かぬように与えている。おやつでくるむのだが、この投薬法の良いところとは、本人が時間をけして忘れぬところ。飼い主が何かしていても律儀にソファの前面に出てきて右手で真面目に「来んかい」をする。おかあさん、時間よ。

　それでは何の問題もないよい日々なのか。とんでもない、今のところはともかく、戦争が来るのなら止めなければならぬ。ただし「文学は一体何の役に立つの」と言っている変な人々に、別に私の本を読めなどとは言わない。どうせ戦争はそいつらが起こすのだ。ただ日本を貧乏にしたくなくて、戦争も汚染も嫌な方々のためにと、「植民人喰い条約――ひょうすべの国」という本を私は出した。

　文学で戦争が止まるかどうか？　読みもせずに文句だけ言い、自分では止めようともしないやつが戦犯なのだと言いたい。

　TPP流れても、今交渉中のRCEP、それとももし日米FTA来たら、それどっちも凄い危険だから、とここでまた忠告するよ、今は戦前、止めようで、なんとかして。

２０１７年2月7日

縄張りでくつろぐ、この石がお気に入り

隣の偉人

解説　平田俊子

　隣というのはどれぐらいまでをいうのだろう。窓を開ければ家の壁に手が届くようならどこから見ても隣だが、家と家の間に畑などあって窓から手を出そうと足を出そうと届かない、そんな距離でも、間に建物がなければ隣と呼んでいいのだろうか。畑どころか牧場などあり、隣の家が見えないほど遠くにあっても隣と呼べるのだろうか。家々が密集した都市部なら、心理的なものはさておき、物理的には隣は近い。人家の少ない地域では、隣の家まで数百メートルということもある。

　家と家の間に犬小屋や馬小屋がはさまっている場合もあるだろう。生き物の住まいでも、犬小屋や馬小屋を隣とは呼びにくい。人類にとっての隣は、やはり人類が住む家をいうのではないだろうか。

　笙野さんはわたしより一年あとの生まれだが、早生まれだから学年は同じだ。京都の、丸太町通りと河原町通りがぶつかる交差点を北上したところに嘗てあった大学に笙野さんもわたしも入学した。笙野さんの入学は一九七六年、わたしは七四年。笙野さんは法学部、わたしは文学部。広小路を名乗るわりにさして広くないそのキャンパスは法学部と文学部のためのもので、主に法学部が使う建物と文学部が使う建物は隣り合っていた。

　キャンパスを歩く笙野さんを見かけたことが何度かある。笙野さんはいつも一人で、硬い表情で足早に歩いていた。重たげな色の鎧のようなスーツを身にまとい、頭蓋骨が二つ三つ入りそうな大きなバッグを肩にかけていた。笙野さんの全身から黒々としたものが煮立ってふきこぼれ、地面を熱く濡らした。周囲の学生たちは畏れおののき、ある者は逃げ去り、ある者はその場にひれ伏した。笙野さんが笙野頼子になる以前の話だ。

　その頃、笙野さんのことを知っていたわけではない。しかし見かけるたびに気になったあの人こそ、笙野頼子だったと確信している。深刻な顔でアジビラを配るか、無意味なおしゃべりにうつつを抜かすかする学生があふれるキャンパスで、あの人のまわりだけ特別な空気が流れていた。口をきいたことはなく、たまに見かけるぐらいだったが、大地を踏みしめて歩くあの人の姿は忘れられない。

　冬は底冷え。夏は灼熱。意地悪く、住みにくい京都の「築三十五年の、庭に築山と枝垂れ桜のある」「ボロッちい六畳間」で、笙野さんは森茉莉を読んだ。最初に読んだのは『贅沢貧乏』。「何がきっかけで読みはじめたのか。人に勧められた覚えはない」。でも出会うべくして出会ってしまった。森茉莉への傾倒は続き、およそ三十年後、『幽界森娘異聞』に結実した。(引用は『幽界森娘異聞』より)

わたしも京都にいるとき、男子禁制、ストーブたばこ蚊取り線香禁止、トイレと台所共同の学生アパートで森茉莉を読んだ。最初に読んだのは『恋人たちの森』で、次が『枯葉の寝床』だった。森茉莉の名前は白石かずこの本で知った。『恋人たちの森』を選んだのは、その頃、京一会館で、桃井かおり・加納典明・石橋蓮司主演の「あらかじめ失われた恋人たちよ」という映画を見たせいかもしれない。お金やセンスや美意識、自意識を持て余している都会の男同士の恋愛は、田舎者のわたしには遠かった。のちに森茉莉のエッセイを読んだらそっちのほうがずっと面白かった。おっと、とんだ自分語りお許しください。

京都での学生時代に、笙野さんは本格的に小説を書き始める。卒業後も京都で創作を続け、「極楽」で群像新人賞を受賞する。「冬眠」は京都で書かれた短編だ。かすかにSFのにおいを漂わせつつも純文学の王道をいく新鮮な作風だ。おっと、えらそうな物言いお許しください。「学生時代から数えると」「古都」に九年住んでいる語り手のYは、「死なぬように死なぬようにとアルコールを使って眠り暮らし」ている。独りきりで酒という水分を注入し、涙という水分を放出するY。Yには「世界は」「恐ろしい災害」で、「生きるのも死ぬのもどちらも恐ろしい」ことだった。

この時期、作者の近辺に猫はまだおらず、文学上の仇敵もいない。TVも新聞もないまま十年過ごしたYは、ついに深夜のラジオまで聞かなくなる。自分の背中を見てしまうような、自分だけの、自分しかいない世界。重苦しい時間が流れると見えて、流れきれずに蓄積される。それがのちに笙野頼子を突き動かす起爆剤になるのかもしれない。

「冬眠」を『群像』に発表した一九八五年に笙野頼子は上京し、八王子のオートロック付きのマンションで暮らし始める。今でこそ一般的になったオートロックだが、当時はまだ珍しかった。九〇年末、家主の都合で立ち退きを求められ、というかはっきり理由がわからないままじわじわと追い出されてしまう。「私は悪く、汚く、それ故に住み慣れた清潔な場所を出される罪深い存在」という強迫観念を抱きつつ、「私」はオートロックの部屋を求めて不動産屋を次々にまわる。

こう書きながらモヤモヤしている。わたしは「居場所もなかった」（一九九二年）と、『幽界森娘異聞』文庫巻末の笙野さんの年譜を読みながら前の段落を書いたのだが、笙野頼子と、小説のなかの「私」は当然ながら同じではない。といってまったくの他人でもなく、境い目が他人にはわからない。混同しているかもしれないと思いつつ、先のように書いた。

「居場所もなかった」は時間の流れがわかりにくい。八王子の次に住んだ小平の話から始まったかと思うと八王子の話に戻り、さらに京都にいた頃の話になる。そしてまた八王子で次の部屋を探す話になり、小平に転居後に書いた部屋探しをめぐる小説を編集者に見せる話になり、そしてまた部屋を探す話になり、小平に引っ越したあと騒音に耐えかねて次の部屋を探す話になり、間に「私」の想像世界がはさまり……。ああああ、ややこしい。今、「私」が部屋を探しているのは小平の前なのか、あとなのかわからなくなる。そんなことは大事ではないのかもしれない。とにかく「私」はいつまでも部屋を探している。そしてなかなか見つからない。それだけが確かなことだ。

「私」が途中まで書いた部屋探しの小説を読んで、なぜこんなに部屋が見つからないのかわからないと担当編集者はいう。住む場所が見つからないのに出ていかねばならない「私」のいら立ちも腹立ちも心細さも不安も、大手出版社勤務の男性編集者には伝わらない。不動産屋の態度が、大手出版社勤務の男に対する場合と、自営業の女に対する場合では違うことも編集者は知らないのだろう。一度会社を辞めてみるといい。

八王子でオートロックを知った「私」は、次の部屋にもオートロックを求める。防犯のためばかりではなく、外界を遮断し、自分の世界に閉じこもるためだ。「私」が小平に引っ越した九一年頃もオートロックはまだ普及しておらず、オートロックにこだわることがますます部屋を見つけにくくした。

あの頃ネットがあればと思わずにはいられない。そしたらいくらでもタダで検索できて、「私」はこまめに住宅情報誌を買うことなく、ラクに情報を得られた。しかし部屋を借りるときに印鑑証明だの保証人だのが必要なことは今も変わっていないどころか、最近のほうが審査は厳しいかもしれない。

終わりのない悪夢のように繰り返される部屋探し。永遠に続くのではと不安になるが、ようやく光がさして「私」は小平から脱出できる。新しい住まいは、西武新宿線・都立家政のプール付きオートロックのマンション。小平から都立家政への引っ越しはちょっと突飛に思えるが、条件にあう部屋を探しあぐねた結果だろう。

と書いて、また笙野さんと「私」をごっちゃにしていることに気がついた。「居場所もなかった」には、「私」は中野の、一階にプールのある建物に転居したことしか書かれていない。そこが都立家政であることは年譜にもない。ということは「増殖商店街」で知ったのだったか。

笙野さんが、あるいは「私」が都立家政のプール付きのマンションに住んでいることを知ったとき、あの建物だとピンときた。

九三年から四年間、わたしは都立家政の隣の鷺ノ宮で暮らした(オートロックの部屋にあらず)。プール付きマンションのあたりも自転車でよく走っていた。一階にプールのあるマンションはオートロック以上に珍しいから、その前を通るたびに気になった。笙野さんが住んでいると知ってからは自転車で走るたびに笙野さんを探したが、それらしき人はいなかった。

猫はいつからいるのだろう。「居場所もなかった」で、八王子のマンションの大家に部屋を出ることを打診されたとき、「私」は「そろそろ猫の飼えるところに越したいので」と大家にいっている。まだこのときは「私」の部屋に猫の気配はなかったように思う。

中野に転居した九二年に書かれた「増殖商店街」には、「大家に内緒で飼っている猫一匹」という記述。その猫、「キャトと知り合ったのは今年三月半ば」だと。三月には笙野さんはまだ小平にいた。前述の年譜には、同年七月に「捨て猫・キャトを飼う」とある。うーん、猫は小平出身？　中野出身？

年譜を見ると九四年一月に「捨て猫・ドーラを飼い始める」とあり、同年十月「こんな仕事はこれで終りにする」が発表される。同書を読むと、前の「猫に出会ってから一年三ヵ月たった一九九三年十月のなかば」とあるから、キャトと出会ったのは年譜にあるように九二年七月の中野なのか。

猫がいなくなり、「私」は悲嘆に明け暮れる。猫を探しにいった公園で出会った猫を拾い、一緒に暮らし始めるが、前の猫がいなくなった悲しみは癒えない。「こんな仕事はこれで終りにする」は内田百閒の『ノラや』をいやでも思い出させる。「生きているのかででのでんでん虫よ」を読むと、前の猫キャトを探しにいった公園で出会い、飼うことにしたのがドーラ、愛称ドラだとわかる。名前があるとわかりやすい。

このあたりまでくると笙野さんの作品は片手にブンガク、片手に猫というより、両手両足に猫とブンガクをがっしり抱え込んだような迫力を見せる。笙野さんが猫を守っているのか、猫が笙野さんの守護神なのかわからない。笙野頼子自身、猫の親玉または化身という気さえする。内田百閒には思いもよらなかった全身全霊の猫ブンガクだ。

笙野さんの小説には芸能人の名前が時々現れる。「居場所もなかった」には泉ピン子やダンプ松本が、「増殖商店街」には南果歩が。「生きているのかでででのでんでん虫よ」にはリンド・アンド・リンダーズやアンドレ・カンドレも出てくる。笙野さんと同世代のわたしはどちらも知っているが（アンドレ・カンドレが井上陽水であることも）、かなりマイナーな名前だろう。芸能人の名前を出すのを躊躇しないのは、森茉莉の影響だろうか。仇敵の名前を出すときは捩るのも、たとえば柴田錬三郎を「牙田剣三郎」とした森茉莉に倣ったのか。人の顔色を窺うことなく、書きたいことを堂々と書く笙野さんの大胆不敵さにも森茉莉に通じるものを感じる。

どの作品だったか、笙野さんの小説に稲葉真弓さんの名前を見つけてはっとした。稲葉さんが亡くなる数年前、わたしは少し交流があった。稲葉さんの飼い猫の名前がボニーであること、笙野さんから譲られた猫であることを稲葉さんから聞いて知っていた。なのに笙野さんの本で稲葉さんの名前を見つけて驚いた。作風も性格も生き方も違う二人なのに、猫はそういう違いを軽々と飛び越えさせる。

中野の次に住んだ雑司が谷で森茉莉を見かけたところから『幽界森娘異聞』は始まる

が、わたしは去年うち（中野）の近所で稲葉さんを見かけた。相変わらずスリムで、切れ長の目で、でもちょっと背が小さくなっていた。ウォーキングというのか、スポーツ用の服にスニーカーで、曲げた両腕をかくかくとふりながら早足で歩いていた。「あ、稲葉さん」と声をかけそうになったが、いや、稲葉さんはもう……と気がついた。でもあれはやっぱり稲葉さんだったと今にして思う。

隣ということに無理やりからめて、笙野さんへの一方的な思いやささやかな関係を得意げに書いてきた。実はもう一つ隣がある。

笙野さんは、二〇一一年四月から五年間、池袋にある大学に特任教授として勤めていた。同じ大学にわたしも五年間の特任として笙野さんより一年遅れて勤務し始めた。五階に用意されたわたしの研究室の隣が、笙野さんの研究室だった。お目にかかることはほとんどなかった。授業のある曜日が違っていたし、年に一度開かれる文学部の教員たちの懇親会に笙野さんは出席されたかもしれないが、わたしはそういう場所が苦手で敬遠していた。

授業のない日に他の用事で大学にいくと、笙野さんの部屋に明かりがついていることがあった。ドアの向こうに笙野さんがいると思うと心が騒いだ。ノックすることは憚られた。自分の部屋に入り、この壁の向こうに笙野さんが今いることの僥倖を味わった。笙野さんの部屋に明かりがついていない日も、壁越しやドア越しに不思議な熱気が伝わってきた。

一六年三月、笙野さんは任期を終えて大学を去った。そろそろ研究室を引き払う頃だと思われた二月末、わたしはドアの横にある笙野さんのネームプレートを写真に撮った。そして「ありがとうございました」と一礼した。そうしないではいられない気分だった。翌週見ると、ネームプレートはもうはずされていた。はずしたのは事務の人だろう。わたしがはずしてこっそり持ち帰ればよかった。

冒頭に書いたように、隣といってもさまざまだ。隣町に住んでいたり研究室が隣だったりしたからといって、近い存在だとは限らない。わたしにとって笙野さんは、敬意を払いつつ親近感を抱かずにはいられない作家だ。年齢が近いこと、わたしも単身者であることなどはどうでもよくて、もっと根っこの部分で近しいものを感じている。笙野さんの小説を読むと愉快になる。わたしのかわりに笙野さんが存分に暴れたりもがいたりしてくれているような気がする。凡人にできないことをやり、書けないものを書き続ける、それが笙野頼子というたくましい作家だ。

【平田註】平田はこの解説を書くにあたり本書のゲラと『増殖商店街』（講談社・一九九五年刊）を読み、「キャトと知り合ったのは今年三月半ば」という箇所を引用しました（本書三五二頁）。

その後、笙野さんは本書のゲラで「三月半ば」を「六月半ば」と改められましたが（二四二頁）、編集部の手違いにより、この変更は平田には伝えられませんでした。そのため解説の、キャトと出会った時期に関する推測に矛盾が生じてしまいました。重版に際し、この点お詫びしてご報告申し上げます。（二〇一七・四・三）

年譜

笙野頼子

一九五六年（昭和三一年）
三月一六日、三重県伊勢市で真珠商を営む父・淳、母・陽子の長女として生まれる。本名・市川頼子。二歳下に弟（心臓外科医）がいる。母方の祖母で四日市市に住む山口誓子門下の俳人・岩本彰子に溺愛されて幼少期を送る。家では長男のように育てられた。

一九六三年（昭和三八年）　七歳
四月、伊勢市立修道小学校に入学。大人に向かって理屈を言ったり、昆虫図鑑を見るのが好きな子だった。自分はやがて男の子になるのだと信じていた。楳図かずおのホラー漫画にはまり級友たちと怪談噺を作る。

一九六九年（昭和四四年）　一三歳
四月、伊勢市立五十鈴中学校に入学。自分はどうやら完全に女であると気づく。一年生の時にアマチュア無線の免許を取得。部屋でたくさんの蛞蝓と蝸牛を飼っていた。祖母の家や図書館で西鶴、谷崎潤一郎、三島由紀夫、高見順、サルトルなどを愛読する。この頃、祖母から俳句を作る際の言葉を突き詰める厳しさを教え込まれる。

一九七一年（昭和四六年）　一五歳
四月、三重県立伊勢高校入学。殆ど人と交わらず登校拒否気味の生徒だった。夢や空想にふけり、断片的に夢日記をつけるようになる。
一九七四年（昭和四九年）　一八歳
親の勧めで医学部進学を目指すが、解剖写真を見て不眠に陥るようなタイプだったために理学部に変更するも不合格。名古屋の予備校に入り、寮生活を始める。鍵の掛かる寮の個室で二年間、受験勉強と読書に明け暮れ、創作をノートに書き込むようになる。
一九七六年（昭和五一年）　二〇歳
四月、立命館大学法学部に進学。社会科学の書物やSFを読み、京都の下宿でSFとも純文学とも名づけようもない作品を書き始める。
一九七七年（昭和五二年）　二一歳
大学に通うよりも自室で小説を書く時間の方が多くなり、文芸誌の新人賞に投稿し始める。
一九八〇年（昭和五五年）　二四歳
三月、立命館大学卒業。卒業後は就職せずに他大学受験の名の下に京都の予備校に通いながら小説を書く。
一九八一年（昭和五六年）　二五歳
四月、「極楽」（『群像』六月号）で群像新人賞受賞。選考委員であった藤枝静男が激賞。京都の四畳半の部屋で創作活動に専念する。一〇月、「大祭」（『群像』一一月号）発表。
一九八四年（昭和五九年）　二八歳
三月、「皇帝」（『群像』四月号）、七月、「海獣」（『群像』八月号）発表。時評で取り上げられて評価を受けながらも、単行本刊行には至らなかった。
一九八五年（昭和六〇年）　二九歳
三月、「冬眠」（『群像』四月号）発表。四月、出版社に原稿を持ち込む利便性と文学的環境の好転を求めて上京。八王子の女性限定オートロックマンションに住む。夢日記を本格的につけ始める。
一九八八年（昭和六三年）　三二歳

祖母が肺癌になり看病に加わる。四月、祖母死去。七月、「柘榴の底」(『海燕』八月号)発表。

一九八九年(昭和六四年・平成元年) 三三歳

四月、「呼ぶ植物」(『群像』五月号)発表。後の「太陽の巫女」の原型になる長編四〇〇枚を執筆するが、ボツになる。

一九九〇年(平成二年) 三四歳

一月、「虚空人魚」(『群像』二月号)発表。四月、「インタビュー 新人作家33人の現在」(『文學界』五月号)。五月、「夢の死体」(『群像』六月号)発表。一二月、八王子のマンションが学生専用になるため、立ち退きを求められる。

一九九一年(平成三年) 三五歳

一月、「イセ市、ハルチ」(『海燕』二月号)発表。三月、小平市に転居。小説の原稿収入で自活できるようになる。四月、「なにもしてない」(『群像』五月号)発表。八月、「アクアビデオ—夢の装置」(『すばる』九月号)発表。九月、「作品が全て」(『海燕』一〇月号)、「十年目の本」(『本』一〇月号)、第一小説集『なにもしてない』を講談社から刊行。同書で野間文芸新人賞受賞。デビュー一〇年目にして、注目される。「背中の穴」(『群像』一〇月号)発表。一二月、「今している事」(『毎日新聞』一二・六夕刊)、「レストレス・ドリーム」(『すばる』九二年一月号)発表。グラビア「笙野頼子—十年ぶり二度目の新人賞」(『現代』九二年一月号)。

一九九二年(平成四年) 三六歳

一月、「賞と幻想」(『群像』二月号)、「引っ越しの時間」(『海燕』二月号)、「短針が動く」(『新刊ニュース』二月号)。四月、「ヌイグルミといる」(『文藝』夏号)発表。部屋が街道の交差点付近にあったため騒音に悩まされ、五月、中野のプール付きオートロックマンションに転居。六月、この時のエピソードを基にして三〇代独身の自営業の女性が部屋探しに四苦八苦する顚末を描いた「居場所もなかった」（『群像』七月号）、「大地の黴」（『海燕』七月号）発表、「夢の中の恐怖」（『ミス家庭画報』七月号）。七月、捨て猫・キャトを飼う。九月、「レストレス・ゲーム」（『すばる』一〇月号）発表。一〇月、「硝子生命論」（『文藝』冬号）発表。一二月、「ふるえるふるさと」（『海燕』九三年一月号）、「増殖商店街」（『群像』九三年一月号）発表。

一九九三年（平成五年）　三七歳

一月、『居場所もなかった』を講談社から刊行。二月、「レストレス・ワールド」（『すばる』三月号）発表。三月、「無名作家の雑文」（『太陽』四月号）、「幻視建国序説」（『ブックTHE文藝1』）発表。四月、「脳内フランス」（『太陽』五月号）。五月、「オートロックの怪」（『太陽』六月号）。六月、「言葉の冒険、脳内の戦い、体当たりの実験」（『新刊展望』七月号）、「会いに行った—藤枝静男」（『群像』七月号）。七月、「トレンド貧乏」（『読売新聞』七・一夕刊）、『硝子生命論』を河出書房新社から刊行。八月、「インタビュー　現実と幻想を見極めたい」（『サンデー毎日』九・五号）。九月、「歌わせる何か—ドリー・ベーカー」（『群像』一〇月号）。一〇月、キャトが家出、ポスターを四〇〇枚貼って行方を探すが不明。同時期に担当編集者とのトラブルもあって精神的に追いつめられる。「夢の中の体—松浦理英子『親指Pの修業時代』」（『文藝』冬号）、「一身上の感性—小山彰太」（『群像』一一月号）、「水に囲まれている」（『アクアス』一一月号）、「現代美術入門講座　境界線上のアート」（『太陽』一一月号）。一一月、「二百回忌」（『新潮』一二月号）発表、芥川賞候補となる。「ガラスの内の葛藤」（『東京新聞』一一・六）、「狂熱の幻

視王国—渋さ知らズ」(『群像』一二月号)、「水晶の交響」(『東京新聞』一一・一三)、「人形恋愛」(『山陽新聞』一一・一八)、「透明製造人間」(『東京新聞』一一・二〇)、「猫と透明」(『東京新聞』一一・二七)。一二月、「下落合の向こう」(『海燕』九四年一月号)発表。

一九九四年(平成六年) 三八歳

一月、「レストレス・エンド」(『文藝』春号)発表。一月七日に捨て猫・ドーラを飼い始める。二月、『レストレス・ドリーム』を河出書房新社から刊行。三月、「母の縮小」(『海燕』四月号)発表、「テレビゲームと観念小説」(『すばる』四月号)、「背表紙の十二単衣」(『波』四月号)。四月、「松浦理英子/笙野頼子対談 書想倶楽部〝男根主義〟を超えて!」(『SAPIO』四・二八号)、「松浦理英子/笙野頼子対談 もの言う太鼓(トーキング・ドラム)のように」(『文藝』夏号)、「アケボノノ帯」(『新潮』五月号)発表。五月、「タイムスリップ・コンビナート」(『文學界』六月号)発表、『二百回忌』を新潮社から刊行。六月、「死者も生者も来て踊る—『二百回忌』」(『朝日新聞』六・七夕刊)、「二百回忌」で三島由紀夫賞受賞、「本の中の真空」、「インタビュー 不思議だが本当だ」(ともに『新潮』七月号)、「三島賞受賞インタビュー 装置としての差異」(『すばる』七月号)。七月、「タイムスリップ・コンビナート」で芥川賞受賞。「フルサトマトメテ忘却ヲ誓フ」(『東京新聞』七・一八)、「『祭り』の前、後も書くだけ」(『読売新聞』七・二〇夕刊)、「東京グラデーション」(『共同通信』配信七・一九)、「六時間のメモ—『タイムスリップ・コンビナート』」(『共同通信』配信七・二四)、ダブル受賞騒ぎで生活が激変し、疲労が重なり耳鳴りに悩まされる。八月、グラビア「野間新人賞・三島賞・芥川賞・作家・笙野頼子」（『週刊文春』八・四号）、「シビレル夢ノ水」（『文學界』九月号）発表、「なぜか今も、ヌイグルミ掬い」（『毎日新聞』八・一八夕刊）、「インタビュー 私への評価は初めての受賞以来まっぷたつ」（『週刊現代』八・二七号）、松浦理英子との対談集『おカルトお毒味定食』を河出書房新社から刊行。九月、「インタビュー 最近面白い本読みましたか」（『クロワッサン』一〇月一〇日号）、「インタビュー 芥川賞の使い道?」（『エフ』一〇月号）、「新芥川賞作家対談 笙野頼子／室井光弘／辻原登 居場所は見つかったか」（『文學界』一〇月号）、『タイムスリップ・コンビナート』を文藝春秋から刊行。一〇月、「こんな仕事はこれで終りにする」（『群像』一一月号）発表、「コップの中の嵐、の中」（『中央公論』一一月号）、「人形の王国―『硝子生命論』」（『太陽』一一月号）。一一月、「九〇年代の半ば」（『東京新聞』一一・二六）、『極楽 笙野頼子初期作品集〔Ⅰ〕』『夢の死体 笙野頼子初期作品集〔Ⅱ〕』ともに河出書房新社から刊行。一二月、「虎の襖を、ってはならなに」（『海燕』九五年一月号）発表、「走っている、曲がっていく、刻む、スピードとテンポ、激しい愛」（『新潮』九五年一月号）。

一九九五年（平成七年）　三九歳

一月、『読売新聞』の書評欄執筆を担当（〜九六年一二月まで）、「水源の力―マックス・ローチ」（『文學界』二月号）、「インタビュー 笙野頼子イズム」（『鳩よ!』二月号）、「走る足下から京の時間が溶けてくる」（『京都新聞』一・一五）。二月、川村湊との対談「言葉が言葉を生み出して……」（『新刊展望』三月号）、「一年分のイメージ」（『へるめす』三月号）。三月、「特集・女の言葉 現実と戦うために夢のかたちを借りる」（『広告批評』四月号）、エッセイ「珍しくもないっ」を『太陽』四月号から一年間連載。五月、豊島区雑司が谷に転居。六月、「生きているのかででのでんでん虫よ」（『群像』七月号）発表、「純文学ではない〝オウム〟」（『共同通信』配信六月）。七月、エッセイ集『言葉の冒険、脳内の戦い』を日本文芸社から刊行、「母の発達」（『文藝』秋号）発表。八月、「インタビュー　夢でわかる自分　作家と夢」（『鳩よ！』九月号）、「なぜ新聞は文学作品に半年ごとの勝敗をつけるのか」（『週刊現代』八・一九、二六合併号）。九月、「太陽の巫女」（『文學界』一〇月号）発表。一〇月、「黄色い戦争」（『日本経済新聞』一〇・一朝刊）、「人形の正座」（『群像』一一月号）発表、「野方、夢の迷路」（『本』一一月号）、「これを書いた」（『IN★POCKET』一一月号）、『増殖商店街』を講談社から刊行。一一月、「日帰りの伊勢」（『中日新聞』一一・二九）。一二月、「パラダイス・フラッツ」を『波』九六年一月号に連載開始（〜九七年一月号）。この年、純文学叩きに抗して論駁の声を上げ始めたところ、事実無根の醜聞が流れ、中傷記事の掲載誌に抗議した結果、一ページの謝罪文が載る。

一九九六年（平成八年）　四〇歳

一月、「渋谷内浅川」（『新潮』二月号）発表、「眼球の奴隷」（『HYPERVOICES』ジャストシステム刊所収）、「母の大回転音頭」（『文藝』春号）発表。二月、『レストレス・ドリーム』（河出文庫文藝コレクション）刊行。三月、「忘れていた」（『日本近代文学館ニュース』三・一五号）、『母の発達』を河出書房新社から刊行。四月、「東京すらりぴょん」（『毎日新聞』日曜版、四・七〜毎週日曜日六・二三まで連載）、「一九九六、段差のある一日」（『三田文學』夏季号）発表。五月、母が腺癌のため入院。帰郷して昼間看病し、夜に執筆する生活で一〇キロ近く痩せる。八月、「越乃寒梅泥棒」(『新潮』九月号)発表。九月、母死去。「箱のような道」(『群像』一〇月号)発表。一二月、「使い魔の日記」(『群像』九七年一月号)、「壊れるところを見ていた」(『文學界』九七年一月号)発表、「マンガ名作講義」(『朝日新聞』一二・一四夕刊)。

一九九七年(平成九年)四一歳
二月、「夜のグローブ座」(『一冊の本』三月号)発表。三月、「魚の光」(『新潮』四月号)発表、「言葉を得た犯罪性」(『朝日新聞』三・一九夕刊)、「ひとり言お断り」(『読売新聞』三・二八夕刊)。四月、「単身妖怪・ヨソメ」(『へるめす』五月号)発表。五月、「私が出会った本」(『神戸新聞』五・四)、「風邪とゲラの間で」(『新潮』六月号)。六月、「『素足』で踏み込む」(『毎日新聞』六・一一)、『波』に連載していた『パラダイス・フラッツ』を新潮社から刊行、「触感妖怪・スリコ」(『へるめす』七月号)発表、「全てを疑う、脅かしの町」(『東京新聞』六・二八)。七月、「極楽からパラダイスへ」(『新刊ニュース』八月号)。八月、『三百回忌』(新潮文庫)刊行。一〇月、「竜女の葬送」(『文學界』一一月号)、「説教師カニバット」(『文藝』冬号)発表。一二月、「団塊妖怪・空母幻」(『世界』九八年一月号)、「蓮の下の亀」(『すばる』九八年一月号)、「全ての遠足」(『群像』九八年一月号)、「無国籍紫」(『新潮』九八年一月号)発表、『太陽の巫女』を文藝春秋から刊行。年末、父が手術。

一九九八年(平成一〇年)四二歳
一月、「抱擁妖怪・さとる」(『世界』二月号)発表。二月、「女流妖怪・裏真杉」(『世界』三月号)発表、『タイムスリップ・コンビナート』(文春文庫)刊行。三月、「首都圏妖怪・エデ鬼」(『世界』四月号)発表。父親、再手術。伊勢と大阪に度々通う。五月、

『東京妖怪浮遊』を岩波書店から刊行。純文学叩きに本格的に論駁。六月、「てんたまおや知らズどっぺるげんげる」発表、「三重県人が怒るとき」（ともに『群像』七月号）、「神話の後で妖怪を」（『新刊展望』七月号）。七月、「ほらまた始まった馬鹿が純文学は駄目だってさ」（『毎日新聞』七・七夕刊）、文藝新人賞選考委員を九九年までの二年間担当。八月、「魂の向くまま幻想を紡ぐ」（『AMUSE』八・一二号）。九月、「サルにも判るか芥川賞」（『文學界』一〇月号）、「大きな本屋の片隅で」（『本の旅人』一〇月号）。一〇月、「時ノアゲアシ取リ」（『一冊の本』一一月号）、「百人の危ない美女」（『文藝』冬号）発表。一一月、「文士の森からいちいち言う。」（『東京人』一二月号）、『居場所もなかった』（講談社文庫）刊行。一二月、「文士の森だよ、実況中継」（『群像』九九年一月号）、「西麻布黄色行」（『新潮』九九年一月号）発表、「森を守るために」（『毎日新聞』一二・二一夕刊）。

一九九九年（平成一一年）四三歳

一月、『説教師カニバットと百人の危ない美女』を河出書房新社から刊行、「インタビュー　インディーズで哲学　魂は自分で守らなければならない」（『文藝』春号）。二月、「アヴァンポップ」（『共同通信』配信二月）、「ジャズ・書く・生きる」（『一冊の本』三月号）、『笙野頼子窯変小説集　時ノアゲアシ取リ』を朝日新聞社から刊行。三月、「インタビュー　CLICK&CLIP　BOOK　笙野頼子さん」（『ラ・セーヌ』四月号）、「論告・論争終結」（『文學界』四月号）、「インタビュー　笙野頼子さん『説教師カニバットと百人の危ない美女』」（『女性セブン』三・一八号）、「BOOK　著者インタビュー　結婚願望のある女ゾンビにイジメられる独身女性の顛末を描く抱腹絶倒の純文学」（『an・a n』三・二六号)。四月、「対談　笙野頼子／赤坂真理　そして純文学は復活するか」(『群像』五月号)。五月、『母の発達』(河出文庫文藝コレクション)刊行。六月、「『逆髪』解説」(『富岡多恵子集』月報)、「ここ難解過ぎ軽く流してねブスの諍い女よ」(『群像』七月号)、「墓地脇の『通り悪魔』」(『東京新聞』六・二六夕刊)発表。一一月、「マスコミイエローと純文学」(『本』一二月号)、純文学叩きに論駁した過程と二年間担当した『読売新聞』書評を掲載した『ドン・キホーテの「論争」』を講談社から刊行。一二月、「リベンジ・オブ・ザ・キラー芥川」(『群像』二〇〇〇年一月号)発表、「ドン・キホーテの御機嫌伺い」(『文學界』二〇〇〇年一月号)。

二〇〇〇年(平成一二年)　四四歳

二月、「私の事なら放っておいて」(『婦人公論』二・二二号)、「ドン・キホーテの『論争』その後」(『i　feel』春号、紀伊國屋書店)、「好きな本にかこまれて」(『本とコンピュータ』春号)、「中目黒前衛聖誕」(『新潮』三月号)発表、「幽界森娘異聞」(『群像』三月号〜一〇月号)連載。四月、「笙野頼子／平田俊子　対談エッセイ、生活と意見」(『現代詩手帖』五月号)、『てんたまおや知らズどっぺるげんげる』を講談社から刊行。五月、「豊島村本末転倒ワールド」(『現代』六月号)、「作家と猫　偏愛的猫屋敷」(『文藝別冊』六月号)、群像新人賞の選考委員となる。六月、「文士の森を立ち去る日」(『紅通信』六月、紅書房)、「ドン・キホーテの梅雨お見舞い」(『新潮』七月号)、「論争貧乏、猫貧乏」(『一冊の本』七月号)、「インタビュー　笙野頼子　著者とその〝分身〟の視点が錯綜する、純文学をおびやかす〝妖怪〟たちとの論争小説」(『ダ・ヴィンチ』七月号)、「三重高農と蔵前」(『あま味』夏・三二号、永久堂)。七月、雑司が谷のマンションのゴミ置き場で捨て猫・ギドウ、モイラ、ルウルウを保護。愛猫たちを安心して飼える環境を求めて千葉県佐倉市に転居。野間文芸新人賞選考委員となる。八月、「津島佑子様へ『感想の感想』」(『一冊の本』九月号)、「猫をめぐる闘いの日々」(『朝日新聞』八・一一夕刊)、「ドン・キホーテの御礼参上」(『リトルモア』秋号、vol.14)。九月、「愛別外猫雑記(前編)」(『文藝』冬号)発表。一二月、「宇田川桃色邸宅」(『新潮』二〇〇一年一月号)、「神様のくれる鮨」(『群像』二〇〇一年一月号)発表。

二〇〇一年(平成一三年) 四五歳

一月、「愛別外猫雑記(後編)」(『文藝』春号)発表。二月、「S倉迷妄通信」(『すばる』三月号)発表。三月、「私の好きな…どこにもない夢の都」(『波』四月号)、『愛別外猫雑記』を河出書房新社から刊行、『渋谷色浅川』を新潮社から刊行、『極楽/大祭/皇帝　笙野頼子初期作品集』(講談社文芸文庫)刊行。四月、「著者との60分　『渋谷色浅川』『愛別外猫雑記』の笙野頼子さん」(『新刊ニュース』五月号)。五月、「インタビュー BOOKS INTERVIEW　笙野頼子『愛別外猫雑記』、『渋谷色浅川』」(『an・an』五・二五号)、「インタビュー　コレを読まなきゃ!　笙野頼子『渋谷色浅川』　結果的に、この本は東京とのお別れの一冊になりました」(『女性自身』五・二九号)。六月、「ドン・キホーテの引用三昧」(『新潮』七月号)、「創作合評(307回)」(『群像』七月号)。七月、「森茉莉の捨てた猫」(『本』八月号)、「創作合評(308回)」(『群像』八月号)、『幽界森娘異聞』を講談社から刊行。八月、「対談　言葉の根源へ　笙野頼子/町田康」、「創作合評(309回)」(ともに『群像』九月号)。一〇月、「S倉妄神参道」(『すばる』一一月号)発表。一〇日、『幽界森娘異聞』で泉鏡花文学賞受賞。一一月一三日、金沢市アートホールで授賞式に出席。一二月、「女性作家による日本の文学史8回　怪談の近代」（『本の窓』二〇〇二年一月号）、「素数長歌と空」（『群像』二〇〇二年一月号）発表。

二〇〇二年（平成一四年）四六歳

一月、「クリエイターズ・ファイル2002　笙野頼子　中島教秀インタビュー」（『文藝』春号）。二月、「S倉極楽図書館」（『図書館の学校』三月号）発表。三月、「S倉迷宮完結」（『すばる』四月号）発表。四月、「ドン・キホーテの侃侃諤諤」（『群像』五月号）。七月、「胸の上の前世」（『Vogue　日本』八月号）発表、「お出口はそちらですよ、大塚英志先生　ドン・キホーテの打ち上げ祝杯」（『新潮』八月号）。八月、「『愛別外猫雑記』その後　―というわけでもないが…夏は34度、冬はマイナス5度、ボケてはいられぬ一軒家暮らし」（『青春と読書』九月号）。九月、「インタビュー　今月のひと　笙野頼子」（『すばる』一〇月号）、『S倉迷妄通信』を集英社から刊行。一一月、「対談　長野まゆみ　三日月少年の作り方　DIALOGUE　長野まゆみ・笙野頼子　小鳥の唄、言葉の身ぶり」（『文藝別冊』一二・一五号）。

二〇〇三年（平成一五年）四七歳

一月、「女の作家に位なし⁉　ドン・キホーテの寒中お見舞い」（『群像』二月号）、「森茉莉　天使の贅沢貧乏　対談　森茉莉はいつも新しい　笙野頼子・早川暢子」（『文藝別冊』二・二八号）。二月、「水晶内制度」（『新潮』三月号）発表。三月、愛猫モイラを亡くす。四月、「私の純文学闘争十二年史」（『新潮45』五月号）、「成田参拝」（『すばる』五月号）発表。六月、「追悼・三枝和子　穏やかな先駆者」（『新潮』七月号）。七月、『水晶内制度』を新潮社から刊行。八月、「五十円食堂と黒い翼」（『大阪芸術大学　河南文藝文学篇』夏号）発表、同誌同号に小川国夫と共に「河南文藝・作家インタビュー（＋座談会）」に参加。タイトルは「純文学・SF・サブカルチャー　幻想の今日の質をもとめて」。一〇月、「アンケート　書き手にとって『雑誌』とは？　回答38　ドン・キホーテの返信爆弾」（『早稲田文学』一一月号）。

二〇〇四年（平成一六年）　四八歳

一月、「猫々妄者と怪」（『文藝』春号）発表。三月、「金毘羅」（『すばる』四月号）発表。四月、「女、SF、神話、純文学―新しい女性文学を戦い取るために」（『三田文學』春季号）、「アンケート　ブンガクシャは派兵と改憲についてどう考えるのか」（『早稲田文学』五月号）。五月、「姫と戦争と『庭の雀』」（『新潮』六月号）発表、「猫と私と戦いと」（『東京新聞』五・二九）。六月、『片付けない作家と西の天狗』を河出書房新社から刊行、「怪談の近代——怪訳『雨月物語』その他」（『テーマで読み解く日本の文学（上）——現代女性作家の試み』小学館）、「夫婦主従関係のリアリズム　狂言への狂言《たわごと》——時代を超える混沌発狂空間」（『テーマで読み解く日本の文学（下）——現代女性作家の試み』小学館）。八月、「文学の、終り＝目的　RE・文学　死んだよね？　ハァ？　喪前（おたく）が死んでんだよ、アーメン　ドン・キホーテの執行完了」（『早稲田文学』九月号）、『水晶内制度』で二〇〇三年度センス・オブ・ジェンダー賞大賞受賞。一〇月、『金毘羅』を集英社から刊行。一一月、「対談　加賀乙彦／笙野頼子　森の祈り、太陽の祈り」（『すばる』一二月号）。一二月、「一、二、三、死、今日を生きよう！」（『すばる』二〇〇五年一月号）発表、「反逆する永遠の権現魂　金毘羅文学『序説』」「実名コラム　キャラクターだけ評論家の作り方、ツブし方。」（ともに『早稲田文学』二〇〇五年一月号）。

二〇〇五年（平成一七年）四九歳

一月、「絶叫師タコグルメ）」（『文藝』春号）発表。四月、「百人の『普通』の男」（『文藝』夏号）発表。五月、「語、録、七、八、苦を越えて行こう」（『すばる』六月号）発表。六月、「第一八回三島由紀夫賞受賞記念対談 〝聖なる愚か者〟を探して 鹿島田真希との対談」（『新潮』七月号）。『金毘羅』で伊藤整文学賞受賞。一七日、小樽グランドホテルで授賞式に出席する。『徹底抗戦！ 文士の森 実録純文学闘争十四年史』を河出書房新社から刊行。一二月、「だいにっほん、おんたこめいわく史」（『群像』二〇〇六年一月号）発表、『愛別外猫雑記』（河出文庫）刊行。

二〇〇六年（平成一八年）五〇歳

三月、「羽田発小樽着、苦の内の自由」（『すばる』四月号）発表。四月、『絶叫師タコグルメと百人の「普通」の男』を河出書房新社から刊行。五月、「おはよう、水晶——おやすみ、水晶 1回 おはよう、水晶」（『ちくま』六月号〜二〇〇八年六月号連載）。六月、「おはよう、水晶 おやすみ、水晶 2回 ふたつの贈り物」（『ちくま』七月号）。七月、「だいにっほん、ろんちくおげれつ記」（『群像』八月号）発表、「おはよう、水晶 おやすみ、水晶 3回 失われた記憶」（『ちくま』八月号）。八月、「おはよう、水晶 おやすみ、水晶 4回 夏王子の翼」（『ちくま』九月号）、『だいにっほん、おんたこめいわく史』を講談社から刊行。九月、「この街に、妻がいる」（『群像』一〇月号）発表、「おはよう、水晶 おやすみ、水晶 5回 記憶の埋め水晶」（『ちくま』一〇月号）。一〇月、「おはよう、水晶 おやすみ、水晶 6回 ヴァーチャル・ドクター」（『ちくま』

一一月号)、『一、二、三、死、今日を生きよう! 成田参拝』を集英社から刊行。一一月、「竜の箪笥を、詩になさ・いなくに」(『新潮』一二月号)発表、「おはよう、水晶 おやすみ、水晶 7回 ヴァーチャル・ナイト」(『ちくま』一二月号)。一二月、「おはよう、水晶 おやすみ、水晶 8回 日記の霧、削除の虹」(『ちくま』二〇〇七年一月号)。一二月、『幽界森娘異聞』(講談社文庫)刊行、「2006 私の3冊」(『東京新聞』一二・二四)。

二〇〇七年(平成一九年) 五一歳

一月、「おはよう、水晶 おやすみ、水晶 9回 シンギング・レーザー」(『ちくま』二月号)、『笙野頼子三冠小説集』(河出文庫)刊行。二月、「特集=笙野頼子――ネオリベラリズムを越える想像力」と銘打って、『現代思想』三月号にて特集が組まれる。同号にエッセイ「夜の河をけして越えぬために―『友達』と一緒に生きて伝えるための、全人的報告」、座談会「ネオリベ迷惑を考えるお茶会—極私と無政府@だいにっほん」、安藤礼二との対談「極私と宗教—自己に内在する唯一絶対の他者VS.『二』の多様性と可能性について」掲載。「たいせつな本・上 藤枝静男『田紳有楽』」(『朝日新聞』二・二五朝刊)。三月、「おはよう、水晶 おやすみ、水晶 10回 生命のない宇宙」(『ちくま』四月号)、「たいせつな本・下 森茉莉『贅沢貧乏』」(『朝日新聞』三・四朝刊)。四月、「おはよう、水晶 おやすみ、水晶 11回 不死の国の書物」(『ちくま』五月号)。五月、「おはよう、水晶 おやすみ、水晶 12回 悲しみの発見」(『ちくま』六月号)。六月、「おはよう、水晶 おやすみ、水晶 13回 過去を生きる力」(『ちくま』七月号)。七月、「おはよう、水晶 おやすみ、水晶 14回 雨上がりの再会」(『ちくま』八月号)。「創作合評

（第377回）」（『群像』八月号）。八月、「萌神分魂譜」（『すばる』九月号）発表、「おはよう、水晶　おやすみ、水晶　15回　夢からの侵攻」（『ちくま』九月号）。「創作合評（378回）」（『群像』九月号）。九月、「対談　笙野頼子／ラリイ・マキャフリー／巽孝之　我は金毘羅、ハイブリッド神にしてアヴァンポップ！」（『すばる』一〇月号）、「おはよう、水晶　おやすみ、水晶　16回　水底からの落下」（『ちくま』一〇月号）。一〇月、『文藝』冬号で「特集　笙野頼子」組まれる。「にごりのてんまつ　『母の発達』濁音編」発表、「笙野頼子連続インタヴュー×安藤礼二『解説』――本当に怖い〝絶叫！　笙野流民俗学〟」、「笙野頼子連続インタヴュー×野崎歓『翻訳』三倍笑える〝笙野的水晶内ツアー〟」「自筆年譜&アルバム」、「笙野頼子　Q&A　青木淳悟・金原ひとみ・中原昌也・山田詠美からの40の質問」、「近況という名の、真っ黒なファイル」（いずれも『文藝』冬号）が掲載される。「おはよう、水晶　おやすみ、水晶　17回　合わせ鏡の行方」（『ちくま』一一月号）、「さあ三部作完結だ！　二次元評論またいで進めっ！　@SFWJ2007」（『群像』一一月号）、『だいにっほん、ろんちくおげれつ記』を講談社から刊行。一一月、「だいにっほん、ろりりべしんでけ録」（『群像』一二月号）発表、「おはよう、水晶　おやすみ、水晶　18回　泥まみれの翼」（『ちくま』一二月号）。一二月、「今月のエッセイ　魂に響かせて歌え　萌神分魂譜」（『青春と読書』二〇〇八年一月号）、「おはよう、水晶　おやすみ、水晶　19回　セルフヒールド水晶」（『ちくま』二〇〇八年一月号）。

二〇〇八年（平成二〇年）五二歳

一月、「おはよう、水晶　おやすみ、水晶　20回　秋の庭結晶体」（『ちくま』二月号）、『萌神分魂譜』を集英社から刊行。二月、「三部作を終えて――近況という名の不透明ファイル」(『群像』三月号)、「おはよう、水晶　おやすみ、水晶　21回　タントリック・ツイン」(『ちくま』三月号)。三月、「おはよう、水晶　おやすみ、水晶　22回　宇宙猫の幸福」(『ちくま』四月号)。四月、「三部作と三特集　近況という名の爆裂するファイル」(『新潮』五月号)、「おはよう、水晶　おやすみ、水晶　23回カテドラル・ライブラリー」(『ちくま』五月号)、「田中和生『笙野頼子氏に尋ねる』を読んで徹底検証!」(『三田文學』春季号)、『だいにっほん、ろりりべしんでけ録』を講談社から刊行。五月、「おはよう、水晶　おやすみ、水晶　最終回　おやすみ水晶」(『ちくま』六月号)、「特集・笙野頼子　九条越え前夜と火星人少女遊郭の誕生」、「特集・笙野頼子　インタビュー　極私から大きく振り返って読む『だいにっほん』三部作」、「特集・笙野頼子　三里塚、チベット、ネグリ、ドゥルーズ――虚構と想像とS・Y・U・J・M(小説・読めないで・嘘つき・状況論・見苦しいよ)」(いずれも『論座』六月号)、「追悼　小川国夫　唯一絶対の内面から萌す光」(『群像』六月号)、「インタビュー　ESKY　BOOKS　作家が語る新作・旧作　笙野頼子『だいにっほん、ろりりべしんでけ録』『笙野頼子三冠小説集』作家として今のすべてを残そうとした」(『エスクァイア日本版』六月号)。七月、「エッセイ　距離と結晶　長野まゆみ　少年アリスをさがしに」(『文藝』秋号)。九月、「海底八幡宮」(『すばる』一〇月号)発表。一二月、『おはよう、水晶――おやすみ、水晶』を筑摩書房から刊行、「帰りたい:私だけのふるさと　三重県伊勢市」(『毎日新聞』一二・一一夕刊)。

二〇〇九年(平成二一年)　五三歳

一月、「人の道　御三神――人の道御三神といろはにブロガーズ前篇」(『文藝』春号)発表。四月、「人の道　御三神——人の道御三神といろはにブロガーズ後篇」(『文藝』夏号)発表、九月、『海底八幡宮』を河出書房新社から刊行。一一月、「今週の本棚・本と人：終わりにして始まりの物語」(『毎日新聞』一一・二九朝刊)。母方の家が絶え、相続問題等で疲弊し、体調を崩す。

二〇一〇年(平成二二年)五四歳

一月、「島本理生　作家による作品解説エッセイ　笙野頼子『リトル・バイ・リトル』」(『文藝』春号)。二月、「小説家52人の2009年日記リレー　笙野頼子　2009年12月3日〜12月9日」(『新潮』三月号)。七月、「小説神変理層夢経・序　便所神受難品　その前篇　猫トイレット荒神」(『文藝』秋号)発表。八月、「小説神変理層夢経　猫未来託宣本　猫ダンジョン荒神(前篇)」(『すばる』九月号)発表。九月、「新作予定おんたこ今後猫未来未定」(『群像』一〇月号)、「小説神変理層夢経　猫未来託宣本　猫ダンジョン荒神(後篇)」(『すばる』一〇月号)発表、『金毘羅』(河出文庫)刊行。一六年間飼った愛猫ドーラを亡くす。一〇月、「小説神変理層夢経・序　便所神受難品その中篇　割り込み宣託小説　地神ちゃんクイズ」(『文藝』冬号)発表。雑司が谷居住時代から飼い始めた雄猫ギドウは老年性甲状腺機能亢進症を発病。看病に追われる。

二〇一一年(平成二三年)五五歳

一月、「小説神変理層夢経・序　便所神受難品　完結篇　一番美しい女神の部屋」(『文藝』春号)発表、「文科『版元を聞けば……』」(『季刊文科』第51号、二・一三)。二月より、「『現代文学論争』をめぐって」を『WEBちくま』に三回にわたりアップする。三月、『人の道御三神といろはにブロガーズ』を河出書房新社から刊行。四月、ドーラを亡くした悲しみから立ち直れず、穴を埋めるように千石英世から誘われた立教大学大学院文学研究科の特任教授就任。東日本大震災の影響で開講が遅れながらも比較文明学専攻の大学院生を対象に教鞭を執る。「言語多文化学特殊研究」、「言語多文化学演習」を担当。「物語創作」、「インターネット文学」、「詩と歌」、「文芸社会論・マスコミ文芸」、「文芸創作実習」の各主題を中心に指導する。七月、「火事場泥棒地震詐欺、その他」（『新潮』八月号）発表。「この人・この3冊　森茉莉」（『毎日新聞』七・三一朝刊）。八月、『コレクション　戦争と文学4　9・11変容する文学』（集英社）にこれまで単行本に未収録だった「姫と戦争と『庭の雀』」（『新潮』二〇〇四年六月号）が収録される。

二〇一二年（平成二四年）　五六歳

二月、「小説神変理層夢経3　猫文学機械品猫キャンパス荒神（前篇）」（『すばる』三月号）発表、「変わり果てた世間でまだひとつのことを」を『立教比較文明学紀要　境界を越えて――比較文明学の現在』第12号に寄稿。三月、「小説神変理層夢経3　猫文学機械品猫キャンパス荒神（後篇）」（『すばる』四月号）発表。七月、「母のぴぴぷぺぽぽ　『母の発達』半濁音編」（『文藝』秋号）発表、「ださだだだだだだだだだ」（町田康『宿屋めぐり』講談社文庫、巻末解説）。九月、『猫ダンジョン荒神　小説神変理層夢経猫未来託宣本』を講談社から刊行。一〇月、鹿島田真希との対談「【芥川賞記念対談】鹿島田真希×笙野頼子3冠対談　幸福も理不尽にやってくる」、「ひょうすべの嫁」（ともに『文藝』冬号）発表。

二〇一三年（平成二五年）　五七歳

一月、「ひょうすべの菓子」（『文藝』春号）発表。二月、『母の発達、永遠に／猫トイレット荒神』を河出書房新社から刊行。長年の名状しがたい体調不良が膠原病の自己免疫疾患「混合性結合組織病」と診断される。四月、「日日漠弾トンコトン子」（『新潮』五月号）発表。一二月、「三十二年後生きてぃる！」（『江古田文学』84号、「処女作再掲『極楽』」併録）、『幽界森娘異聞』（講談社文芸文庫）刊行。

二〇一四年（平成二六年）　五八歳

三月、「未闘病記——膠原病、『混合性結合組織病』の」前篇（『群像』四月号）発表。四月、「未闘病記——膠原病、『混合性結合組織病』の」後篇（『群像』五月号）発表。七月、『未闘病記——膠原病、「混合性結合組織病」の』を講談社から刊行。八月、「追悼・岩橋邦枝　棘を秘めた真紅の薔薇」、インタビュー（聞き手：千石英世）「『未闘病記』——難病と知らずに書いてきた」（ともに『群像』九月号）、九月、「今週の本棚・本と人：生き難さこそを創作の源に」（『毎日新聞』九・七朝刊）、「言葉は自分自身を救う」（『朝日新聞』九・三〇夕刊）。一〇月、「追悼・稲葉真弓　猫の戦友」（『群像』一一月号）、「悼む：稲葉真弓さん　運命にたじろがず」（『毎日新聞』一〇・一三朝刊）。一一月、『未闘病記——膠原病、「混合性結合組織病」の』で野間文芸賞受賞。「受賞のことば　メイキング笙野頼子全作品」、野間文芸賞受賞記念インタビュー（聞き手：清水良典）「メイキング・オブ・笙野頼子」（ともに『群像』一五年一月号）。「受賞の言葉」（立教大学ニュースWEB版、一一・二六）。一二月、『小説神変理層夢経2　猫文学機械品　猫キャンパス荒神』を河出書房新社から刊行、野間文芸賞贈呈式出席（一七日）。

二〇一五年（平成二七年）　五九歳

七月、「緊急企画　安全保障関連法案とその採決についてのアンケート」（『早稲田文学』秋号、八月）に回答。八月、「安全保障関連法案に反対する立教人の会」に賛同メッセージ、「碧志摩メグ」志摩市公認撤回署名活動に賛同メッセージ。一〇月、「すべての隙間にあり、隙間そのものであり、境界をも晦ます、千の内在」(『ドゥルーズ――没後20年新たなる転回』河出書房新社)。

二〇一六年(平成二八年)　六〇歳

三月、立教大学大学院文学研究科の特任教授任期満了(三一日)。四月、「ひょうすべの約束」(『文藝』夏号)発表。五月、会員通信「沖縄の学生、沖縄戦後『ゼロ』年」(『文藝家協会ニュース』762号、四・五月合併号)。七月、「おばあちゃんのシラバス」(『文藝』秋号)発表。八月、「解説　読んでくれてありがとう／書いてくれてありがとう」(小山田浩子『穴』新潮文庫、巻末解説)。一〇月、「人喰いの国」(『文藝』冬号)発表。十一月、『植民人喰い条約　ひょうすべの国』を河出書房新社から刊行、Twitter 河出書房新社文藝アカウントで『植民人喰い条約ひょうすべの国』刊行によせたコメント紹介。十二月、「特別講演Iより　膠原病を生き抜こう―生涯の敵とともに」(『日本慢性看護学会誌』第10号第2号)発表。

(山﨑眞紀子編)

著書目録

笙野頼子

【単行本】

なにもしてない　平3・9　講談社
居場所もなかった　平5・1　講談社
硝子生命論　平5・7　河出書房新社
レストレス・ドリーム　平6・2　河出書房新社
二百回忌　平6・5　新潮社
おカルトお毒味定食（松浦理英子との対談集）　平6・8　河出書房新社
タイムスリップ・コンビナート　平6・9　文藝春秋
極楽　笙野頼子初期作品集〔I〕　平6・11　河出書房新社
夢の死体　笙野頼子初期作品集〔II〕　平6・11　河出書房新社
言葉の冒険、脳内の戦い（エッセイ集）　平7・7　日本文芸社
増殖商店街　平7・10　講談社
母の発達　平8・3　河出書房新社
パラダイス・フラッツ　平9・6　新潮社
太陽の巫女　平9・12　文藝春秋
東京妖怪浮遊　平10・5　岩波書店
説教師カニバットと百人の危ない美女　平11・1　河出書房新社
笙野頼子窯変小説集　時ノアゲアシ取リ　平11・2　朝日新聞社

ドン・キホーテの「論争」　平11・11　講談社
てんたまおや知らズどっぺるげんげる　平12・4　講談社
愛別外猫雑記　平13・3　河出書房新社
渋谷色浅川　平13・3　新潮社
幽界森娘異聞　平13・7　講談社
S倉迷妄通信　平14・9　集英社
水晶内制度　平15・7　新潮社
片付けない作家と西の天狗　平16・6　河出書房新社
金毘羅　平16・10　集英社
徹底抗戦！　文士の森　実録純文学闘争十四年史　平17・6　河出書房新社
絶叫師タコグルメと百人の「普通」の男　平18・4　河出書房新社
だいにっほん、おんたこめいわく史　平18・8　講談社
一、二、三、死、今日を生きよう！成田参拝　平18・10　集英社
だいにっほん、ろんちくおげれつ記　平19・10　講談社
萌神分魂譜　平20・1　集英社
だいにっほん、ろりりべしんでけ録　平20・4　講談社
おはよう、水晶――おやすみ、水晶　平20・12　筑摩書房
海底八幡宮　平21・9　河出書房新社
人の道御三神といろはにブロガーズ　平23・3　河出書房新社
猫ダンジョン荒神　平24・9　講談社
小説神変理層夢経
猫未来託宣本
母の発達、永遠に／猫トイレット荒神　平25・2　河出書房新社
未闘病記――膠原病、「混合性結合組織

病」の

小説神変理層夢経2　平26・12　河出書房新社
猫文学機械品
猫キャンパス荒神

植民人喰い条約　平28・11　河出書房新社
ひょうすべの国

【アンソロジー】

抜萃のつづり（エッセイ「家族愛と宗教の間で」所収）　平7・1　熊平製作所

HYPERVOICES（エッセイ「眼球の奴隷」所収）　平8・1　ジャストシステム

芥川賞全集　第一七巻（『タイムスリップ・コンビナート』所収）　平14・8　文藝春秋

テーマで読み解く　平16・6　小学館
日本の文学（上）
——現代女性作家の試み（「怪談の近代―怪訳『雨月物語』その他」所収）

テーマで読み解く　平16・6　小学館
日本の文学（下）
——現代女性作家の試み（「夫婦主従関係のリアリズム　狂言《たわこと》への狂言——時代を超える混沌発狂空間」所収）

コレクション　戦争と文学4（「姫と戦争と『庭の雀』」所収）　平23・8　集英社

【全集・選集】

文学1995　平7・4　講談社

（「シビレル夢ノ水」所収）
文学1997（「越乃寒梅泥棒」所収）　平9・4　講談社
女性作家シリーズ21　山田詠美／増田みず子／松浦理英子／笙野頼子（「虚空人魚」、「イセ市、ハルチ」、「下落合の向こう」所収）　平11・7　角川書店
文学2005（「姫と戦争と『庭の雀』」所収）　平17・5　講談社

【文庫】
なにもしてない（解＝川村二郎）　平7・11　講談社文庫
レストレス・ドリーム（解＝清水良典）　平8・2　河出文庫
おカルトお毒味定食（解＝桐野夏生）　平9・4　河出文庫
二百回忌（解＝巽孝之）　平9・8　新潮文庫
タイムスリップ・コンビナート（シンダ・グレゴリー、ラリイ・マキャフリー、巽孝之、小谷真理、笙野頼子による座談会所収）　平10・2　文春文庫
居場所もなかった（解＝菅野昭正）　平10・11　講談社文庫
母の発達（解＝斎藤美奈子）　平11・5　河出文庫
極楽／大祭／皇帝（解＝清水良典）　平13・3　講談社文芸文庫
戦後短篇小説再発見10（『虚空人魚』所収）　平14・3　講談社文芸文庫
愛別外猫雑記　平17・12　河出文庫

（解＝稲葉真弓）
幽界森娘異聞　平18・12　講談社文庫
（解＝佐藤亜紀）
笙野頼子三冠小説集　平19・1　河出文庫
（解＝清水良典）
金毘羅（解＝安藤礼二）平22・9　河出文庫
幽界森娘異聞　平25・12　講談社文芸文庫
（解＝金井美恵子）
現代小説クロニクル　平27・4　講談社文芸文庫
1990～1994（『タイムスリップ・コンビナート』所収）
日本文藝家協会編

※『無尽的悪夢』（中日作家新作大系）訳：竺家栄、王建新　中国文聯出版公司（北京）平13・9（『レストレス・ドリーム』中国語への翻訳）

【文庫】の（　）内の略号は解＝解説を示す。

（作成・山﨑眞紀子）

【底本】

「冬眠」　『夢の死体　笙野頼子初期作品集［Ⅱ］』（一九九四年一一月、河出書房新社刊）

「居場所もなかった」　『居場所もなかった』（一九九八年一一月、講談社文庫刊）

「増殖商店街」　『増殖商店街』（一九九五年一〇月、講談社刊）

「こんな仕事はこれで終りにする」　『増殖商店街』（一九九五年一〇月、講談社刊）

「生きているのかでてのでんでん虫よ」　『増殖商店街』（一九九五年一〇月、講談社刊）

「モイラの事」　『片付けない作家と西の天狗』（二〇〇四年六月、河出書房新社刊）「あとがき」

「この街に、妻がいる」　「群像」二〇〇六年一〇月号

各作品について加筆、修正し、文芸文庫版「前書き」「後書き」を加えました。

猫道《ねこみち》 単身転々小説集《たんしんてんてんしょうせつしゅう》
笙野《しょうの》頼子《よりこ》

二〇一七年三月一三日第一刷発行
二〇一七年四月二四日第二刷発行

発行者――鈴木 哲
発行所――株式会社 講談社
東京都文京区音羽2・12・21 〒112-8001
電話 編集（03）5395・3513
販売（03）5395・5817
業務（03）5395・3615

デザイン――菊地信義
印刷――豊国印刷株式会社
製本――株式会社国宝社
本文データ制作――講談社デジタル製作

定価はカバーに表示してあります。

講談社
文芸文庫

ISBN978-4-06-290341-7

講談社文芸文庫

青木淳選	建築文学傑作選	青木 淳——解
青柳瑞穂	ささやかな日本発掘	高山鉄男—人／青柳いづみこ-年
青山光二	青春の賭け 小説織田作之助	高橋英夫—解／久米 勲——年
青山二郎	眼の哲学|利休伝ノート	森 孝一——人／森 孝一——年
阿川弘之	舷燈	岡田 睦——解／進藤純孝—案
阿川弘之	鮎の宿	岡田 睦——年
阿川弘之	桃の宿	半藤一利—解／岡田 睦——年
阿川弘之	論語知らずの論語読み	高島俊男—解／岡田 睦——年
阿川弘之	森の宿	岡田 睦——年
阿川弘之	亡き母や	小山鉄郎—解／岡田 睦——年
秋山駿	内部の人間の犯罪 秋山駿評論集	井口時男—解／著者———年
芥川比呂志	ハムレット役者 芥川比呂志エッセイ選 丸谷才一編	芥川瑠璃子-年
芥川龍之介	上海游記|江南游記	伊藤桂一—解／藤本寿彦—年
阿部昭	未成年|桃 阿部昭短篇選	坂上 弘——解／阿部玉枝他-年
安部公房	砂漠の思想	沼野充義—人／谷 真介——年
安部公房	終りし道の標べに	リービ英雄-解／谷 真介——案
阿部知二	冬の宿	黒井千次—解／森本 穫——年
安部ヨリミ	スフィンクスは笑う	三浦雅士—解
鮎川信夫 吉本隆明	対談 文学の戦後	高橋源一郎-解
有吉佐和子	地唄|三婆 有吉佐和子作品集	宮内淳子—解／宮内淳子—年
有吉佐和子	有田川	半田美永—解／宮内淳子—年
安藤礼二	光の曼陀羅 日本文学論	大江健三郎賞選評-解／著者———年
李良枝	由煕|ナビ・タリョン	渡部直己—解／編集部——年
李良枝	刻	リービ英雄-解／編集部——年
伊井直行	さして重要でない一日	柴田元幸—解／著者———年
生島遼一	春夏秋冬	山田 稔——解／柿谷浩一—年
石川淳	紫苑物語	立石 伯——解／鈴木貞美—案
石川淳	安吾のいる風景|敗荷落日	立石 伯——人／立石 伯——年
石川淳	黄金伝説|雪のイヴ	立石 伯——解／日高昭二—案
石川淳	普賢|佳人	立石 伯——解／石和 鷹——案
石川淳	焼跡のイエス|善財	立石 伯——解／立石 伯——年
石川淳	文林通言	池内 紀——解／立石 伯——年
石川淳	鷹	菅野昭正—解／立石 伯——解

▶解=解説 案=作家案内 人=人と作品 年=年譜を示す。 2017年４月現在